KRÜGER

Deborah Install

Ein Roboter kommt selten allein

Roman

Aus dem Englischen von
Susanne Goga-Klinkenberg

KRÜGER

FSC
www.fsc.org
MIX
Papier aus verantwortungsvollen Quellen
FSC® C083411

Erschienen bei FISCHER Krüger

Satz: Pinkuin Satz und Datentechnik
Druck und Bindung: CPI books GmbH, Leck
Printed in Germany
ISBN 978-3-8105-3040-0

Für Mum

1
Jasmine

Dass ein Roboter bei uns im Garten auftauchte, mag sonderbar erscheinen. Aber zwei … da könnte man glatt behaupten, wir hätten es nicht anders gewollt.

Ich verglich den zweiten Roboter unwillkürlich mit dem ersten: dem, den wir vor über achtzehn Monaten in unserem Garten entdeckt hatten. Der neue war rund und schwarz, und aus seinem Kopf ragten Metallstangen in seltsamen Winkeln, die an zweckentfremdete Kleiderbügel erinnerten. Der erste Roboter war ein ramponierter Kasten namens Nasser Tang gewesen, der trotz seines Aussehens – oder vielleicht gerade deshalb – mein bester Freund geworden war. Wie sich herausstellte, war er auch ein ausgezeichneter Geburtshelfer für meine Frau Amy, als sie vor neun Monaten unsere Tochter zur Welt gebracht hatte. Ich meine, Exfrau. Nein. Frau. Egal. Es ist kompliziert. Jedenfalls sind wir technisch gesehen nicht zusammen. Wir haben getrennte Schlafzimmer und so weiter.

Tang stand neben mir und schaute aus der Terrassentür, während Amy versuchte, sich mit dem Neuankömmling zu unterhalten. Baby Bonnie zappelte auf meinem Arm, weil sie herunterwollte. Also setzte ich sie in ihren Laufstall. Das Manöver war erfolgreich, und Tang und ich konnten in Ruhe die Nasen ans Fenster drücken. Amy ging um den neuen Roboter herum und sah ziemlich verwirrt aus. Dann runzelte sie die Stirn, kniff sich in die Unterlippe und kam zu uns ins Haus.

»Nun, es ist ein Robotermädchen«, verkündete sie.

»Woher willst du das wissen?«, fragte ich. Sie schaute von mir zu Tang und wieder zu mir. Dann zog sie eine Augenbraue hoch.

»Du wusstest auch, dass Tang ein Junge ist.«

»Stimmt. Er hörte sich so an. Hört sie sich wie ein Mädchen an?«

»Nein, sie hat gar nichts gesagt.«

»Und wie …«

»Weil sie ›Jasmine‹ heißt.«

»Jasmine?«

»Es steht auf einer Platte an der Vorderseite.«

»O Gott, nein, nicht schon wieder so eine verdammte Platte.« Ich wusste noch sehr gut, wie ich Tang nach seiner Ankunft mit einer Zahnbürste gesäubert und dabei eine verbeulte Metallplatte an seiner Unterseite gefunden hatte, die Informationen über ihn enthielt. Irreführende Informationen, wenn ich das hinzufügen darf. Dennoch war es mir gelungen, seinen früheren Besitzer ausfindig zu machen, aber das ist eine andere Geschichte.

»Nein, nein«, sagte Amy, »es ist deutlich zu erkennen.«

»Gut. Und was steht da? Außer ›Jasmine‹, meine ich.«

Amy sah besorgt aus. »Schau es dir lieber selbst an«, sagte sie leise.

Ich ging in den Garten, Tang folgte scheppernd. Tatsächlich, in die Platte waren winzige Punkte graviert, die Wörter bildeten und einwandfrei zu lesen waren.

»Ich heiße Jasmine. Ich bin Eigentum von August Bollinger. Warnung: Die hierin enthaltene Nachricht ist nur für Mr Ben Chambers bestimmt. Sollte sie von jemand anderem gefunden werden, bitte Nachricht nicht beachten und an … zurücksenden.«

Es folgte die Adresse des entlegenen Inseldomizils im Südpazifik, das der Irre namens Bollinger bewohnte.

Tang und ich schauten einander an.

»Was für eine Nachricht?« Das Robotermädchen erwachte surrend zum Leben.

Sie schwebte in die Luft, bis sie auf Brusthöhe mit uns war. Tang streckte einen Greifer aus und schloss ihn um einen der metallenen Kleiderbügel. Ein leises Knistern, dann zog er den Greifer quiekend weg.

»Aua.« Er funkelte den Neuankömmling böse an. Wir wichen einen Schritt zurück, wobei ich mich vor Tang stellte, um ihn vor Jasmine zu schützen. Der kugelförmige Körper des neuen Roboters teilte sich horizontal in der Mitte, worauf ein rotes Licht in dem Spalt erschien, das im Rhythmus der Worte blinkte.

»Der geschätzte August Bollinger grüßt Ben Chambers und den Roboter namens Nasser Tang, früher bekannt als James.« Ich hörte, wie Tang hinter mir von einem Fuß auf den anderen trat. Jasmine fuhr fort: »Er wünscht, beide Parteien daran zu erinnern, dass Letzterer ihm gehört und dass die Mitnahme seines geistigen und körperlichen Eigentums Diebstahl ist und entsprechend geahndet wird.«

»Herrgott nochmal«, sagte ich. Tang umschloss mit seinem kleinen Metallgreifer meine Hand. »Es ist gut, Tang, niemand holt dich hier weg.« Ich wandte mich an Jasmine. »Und was will dieser verrückte alte Mann dagegen tun?«

Jasmine leuchtete wieder auf.

»Der geschätzte August Bollinger empfiehlt, dass Sie den Roboter Nasser Tang, früher bekannt als James, in sein ehemaliges Heim auf Bollingers Insel zurückschicken. Ansonsten bleibt ihm nichts übrig, als herzukommen und ihn persönlich an sich zu nehmen.«

»Bollinger will herkommen?«

Jasmine beugte sich vor, richtete sich wieder auf und nickte.

»Der geschätzte August Bollinger hat mich geschickt, um Sie zu finden. Wie Sie sehen, habe ich genau das getan. Ich werde dem Meister Ihre Koordinaten übermitteln, obwohl es eine Weile dauern kann, bis er sie erhält. Bis dahin habe ich die Anweisung, auf Ihrem Grund und Boden zu bleiben.«

»Das kannst du aber nicht. Das ist Hausfriedensbruch. Ich will dich nicht hierhaben. Na los, verpiss dich.«

»Das verstößt gegen meine Programmierung und meine Wünsche. Ich werde hierbleiben.«

»Hörst du schlecht? Du bist unbefugt hier eingedrungen. Das verstößt gegen das Gesetz.«

Jasmine hielt inne, ihr rotes Licht umkreiste den Spalt in ihrer Mitte.

»Nach Rücksprache mit dem großen Mutter-Web habe ich erfahren, dass die Gesetze in diesem Land, die sich auf sogenannten ›Hausfriedensbruch‹ beziehen, nur für menschliche Aktivitäten gelten. Da ich kein Mensch bin, können Sie auch nicht gegen mich vorgehen. Ich bleibe hier.« Mit diesen Worten schloss sich der Spalt in Jasmines Mitte, und sie surrte zu Boden, wo sie als harmloser schwarzer Ball knapp über dem Gras schwebte.

Tang und ich schauten einander an. Er zuckte mit den Schultern und blinzelte ein paarmal.

»Ich sage dir was, wir brauchen eine Anwältin. Amy!«

Ich kehrte Jasmine den Rücken und ging ins Haus zurück. Tang schepperte hinterher.

»Was hat sie gesagt?«, fragte Amy.

»Sie hat gesagt, Tang sei Bollingers Eigentum, und wir müssten ihn zurückschicken, sonst würde er kommen und ihn holen.«

»Na schön, soll er kommen. Er weiß doch gar nicht, wo wir sind.«

»Sie versucht anscheinend, ihm unsere Koordinaten zu übermitteln.«

»Das ist ja super.« Amy schaute an mir vorbei zu dem neuen Roboter. »Und womit vertreibt sie sich bis dahin die Zeit?«

»Sie sagt, sie wolle in unserem Garten bleiben und auf Bollinger warten.«

»Das glaubt sie aber auch nur. Ich lasse keinen hergelaufenen Roboter auf dem Rasen herumgammeln.«

»Ich habe ihr gesagt, sie könne nicht bleiben, worauf sie erwidert hat, es sei kein Hausfriedensbruch, weil sie kein Mensch sei. Ich glaube, sie hat, während wir uns unterhielten, die Gesetzeslage im Internet recherchiert.«

Amy ließ die Schultern hängen. »Sie hat recht. Das Gesetz gilt nur für Menschen. Ich glaube, es gibt auch keinen Präzedenzfall.«

»Was sollen wir machen?«

»Ich will verdammt sein, wenn ich sie einfach hier sitzen und meine Familie bedrohen lasse. Ich rufe Bryony an.«

Sie holte ihr Handy aus der Jeanstasche und drückte die Kurzwahl für meine Schwester.

»Bry, wir haben ein Problem. Nein, nein, Bonnie geht es gut. Ja, Tang auch.« Ich zog die Augenbrauen hoch. »Hör mal, es ist einfacher, wenn ich es dir zeige. Kannst du rüberkommen?« Eine Minute Schweigen, dann nickte Amy, sagte: »Okay, danke«, und beendete das Gespräch.

»Sie sagt, sie bringt Annabel zum Reiten und kommt dann zu uns. Ich mache Tee.«

Ich schloss die Terrassentür und folgte Amy in die Küche, während Tang im Wohnzimmer blieb, Greifer und Gesicht an die Glasscheibe gedrückt.

»Armer Tang«, sagte Amy. »Er hatte sich gerade an die Vorstellung gewöhnt, dass er zu uns gehört, und dann passiert so was.«

Sie hatte recht. Tang hatte so viele Vorbehalte überwunden und war ein wertvolles – ein wesentliches – Mitglied meiner Familie geworden. Ich hatte ihm gut zugeredet, wenn er Panikattacken in Geschäften bekam, weil er Angst hatte, ich würde ihn allein lassen. Und ich musste ihn so manches Mal um zwei Uhr morgens beruhigen, wenn er Albträume deswegen hatte. Es war so unfair. Doch als ich zu ihm hinübersah, wurde mir klar, dass er gar keine Angst hatte. Ich sah keine Pfütze zwischen seinen Füßen

– normalerweise ein untrügliches Zeichen dafür, dass er unter Stress stand –, und er trat auch nicht von einem Fuß auf den anderen, wie er es machte, wenn er ängstlich oder aufgeregt war. Er schaute einfach nur hinaus. Ich stieß Amy an.

»Sieh mal.« Ich nickte zu Tang hinüber. »Was glaubst du, was er da macht?«

»Vielleicht passt er auf, dass sie keinen Mist baut.«

»Mist? Wie meinst du das?«

»Na ja, dass sie durchs Fenster ins Wohnzimmer springt und unser Baby entführt oder so was.«

Amy hatte die Maske der pragmatischen Anwältin fallen lassen. Nicht Tang hatte Angst, sondern sie. Ich musste Jasmine loswerden.

Bryony tauchte zwanzig Minuten später auf. Sie umarmte uns nacheinander und nannte uns »Darling«, was mich überraschte, und erklärte, ich müsse zum Friseur, was mich nicht überraschte. Bryony hatte schon immer geglaubt, sie müsste mich bemuttern, und im Grunde war ich ganz glücklich damit. Vermutlich musste ich wirklich zum Friseur.

»Was ist los?«, fragte sie, stellte ihre überdimensionale Handtasche auf den Garderobentisch und marschierte ins Wohnzimmer.

»Das Übliche«, sagte Amy lachend. Bryony schien verwirrt.

»Wir haben einen Roboter im Garten«, fügte ich mit Pokerface hinzu. Sie verdrehte die Augen.

»Jetzt fang nicht wieder damit an.« Sie bedachte uns

mit dem Blick, mit dem sie ihre Kinder anschaut, wenn sie etwas kaputt gemacht haben und nicht verraten wollen, wer es war.

»Nein, ich meine es ernst, diesmal ist es ein anderer. Das ist ja das Problem.«

Bryony runzelte die Stirn und ging zur Terrassentür. »Oh.« Sie zeigte nach draußen. »Ihr habt wirklich einen Roboter im Garten.«

»Sag ich doch.«

»Was will der hier?«

»Sie will Bollinger anscheinend sagen, wo wir sind.«

»Das ist nicht gerade nett, oder?«

»Ich glaube, das ist ihr ziemlich egal. Und bevor du fragst, wir wissen, dass es eine Sie ist, weil sie eine weibliche Stimme hat und Jasmine heißt. Sie ist nicht wie Tang.«

»Nun ja, niemand ist wie Tang.«

Wir hörten ein schepperndes Geräusch von der Treppe, und eine Minute später trat Tang höchstpersönlich ins Zimmer. Sein Gesicht leuchtete auf, als er Bryony sah, und er schepperte mit ausgestreckten Armen auf sie zu, worauf sie sich bückte und ihn an sich drückte.

»Tang, was wollt ihr denn mit einem neuen Roboter?«

Er schaute sie verwirrt an. »Gar nichts. Wir wollen sie loswerden.«

Bryony richtete sich lächelnd auf und schaute wieder in den Garten.

»Das ist mir klar.« Sie tippte sich nachdenklich ans Kinn. »Warum tut ihr es nicht einfach?«

»Wie meinst du das?«, fragte Amy.

»Bringt sie doch zur Müllkippe.«

Ich verspürte ein Déjà-vu: Genau das hatte Amy zu mir gesagt, als Tang damals bei uns aufgetaucht war. Doch dieses Mal fragte sie: »Wie einen Kühlschrank?«

»Warum nicht?«

»Meinst du, das funktioniert?«

»Das sehen wir, wenn wir es versucht haben.«

»Können wir das machen?«, sagte ich. »Ist das nicht … wie soll ich sagen … unmoralisch?«

Bryony verdrehte die Augen.

»Ben, sie bedroht deine Familie.«

»Der Fairness halber muss ich sagen«, warf Amy ein, »dass sie uns nicht wirklich bedroht hat. Sie sitzt einfach nur da und versucht, unsere Koordinaten an Bollinger zu beamen. Es ist nicht so, als hätte sie die Hintertür eingetreten und versucht, Bonnie zu entführen.«

»Bollinger herzuführen kommt meines Erachtens auf dasselbe hinaus«, verkündete Bryony entschlossen.

»Wirklich? Wir sind zu Tang durchgedrungen. Vielleicht gelingt uns das auch bei ihr. Nur weil ihr Meister ein Arschloch ist, muss sie nicht automatisch auch eins sein.«

»Ganz deiner Meinung«, sagte Amy.

»Ich denke trotzdem, ihr solltet sie entsorgen.«

»Ja, was Brei-oo-nie sagt«, meldete sich Tang zu Wort

»Du stimmst ihr zu? Du meinst, wir sollten Jasmine zur Müllkippe bringen?«

Er zuckte mit den Schultern. »Wenn Jasmine August holt, Jasmine nicht gut für uns. Jasmine nicht nett.«

»Man kann Leute nicht einfach verschrotten, nur weil sie nicht nett sind, Tang, das ist … na ja … auch nicht nett.«

»Hat angefangen.«

»Darum geht es nicht.«

»Außerdem ist Jasmine nicht ›Leute‹. Jasmine ist Roboter.«

Ich brauchte ein paar Sekunden, um die Tatsache zu verdauen, dass unser Roboter aus reiner Selbstsucht behauptete, ein anderer Roboter sei kein fühlendes Wesen.

»Aber mal angenommen, sie wäre Leute. Angenommen, tief in ihrem Inneren wäre sie wie du.«

Tang schaute mich durchdringend an. Ich seufzte und sah zu Amy, die lediglich mit den Schultern zuckte. Hier gab es insgesamt zu viel Schulterzucken und zu wenige Entscheidungen.

»Na schön, ich fahre mit ihr hin.«

Gemurmelte Zustimmung, doch Bryony runzelte die Stirn. »Moment mal, vielleicht hat sie die Koordinaten längst an Bollinger gesendet?«

Sie hatte recht. Keiner von uns hatte das bedacht, und die Bedrohung schien auf einmal noch größer. Bollinger konnte bereits unterwegs sein.

»Ich frage sie mal«, bot ich an und öffnete wieder die Terrassentür.

Ich hockte mich vor den schwebenden schwarzen Roboter und streckte den Zeigefinger aus. Sie kippte nach oben, das rote Licht strich über meinen Finger und von da zu meinem Gesicht – offensichtlich nahm sie mich in Augenschein. Dabei rührte sie sich nicht von der Stelle und sagte kein Wort, bis ich sie ansprach.

»Hör zu, Jasmine.« Ich versuchte, entschlossen und zuversichtlich zu klingen. »Antworte bitte mit Ja oder

Nein: Hat Bollinger die Koordinaten für dieses Haus oder nicht?«

Das rote Licht strich hin und her und hielt dann inne.

»Das kann ich leider nicht beantworten, Ben.«

»Für dich immer noch Mr Chambers, aber darum geht es jetzt nicht. Warum kannst du das nicht beantworten?« Ich überlegte kurz, wonach genau ich gefragt hatte. Roboter nehmen Dinge manchmal sehr wörtlich. »Liegt es daran, dass ich ein ›oder nicht‹ an meine Frage gehängt habe? Liegt da das Problem? Oder bist du einfach nur bockig?«

Das Licht schwankte und hielt wieder inne.

»Nein, Mr Chambers, ich glaube nicht, dass ich das bin, obwohl dieser Begriff nicht in meiner Datenbank enthalten ist und ich daher nicht zuverlässig sagen kann, ob ich, wie Sie es ausdrücken, ›bockig‹ bin. Um auf Ihre vorherige Frage, ob Bollinger die Koordinaten für dieses Haus hat, zurückzukommen: Ich kann sie nicht mit Ja oder Nein beantworten, weil ich es nicht weiß. Da Sie mangelndes Wissen nicht als Alternative angegeben haben, konnte ich Ihre Frage nicht beantworten.«

»Oh«, sagte ich verblüfft. Ich hatte mit Diskussionen gerechnet, doch das klang recht vernünftig. Ich rollte meinen Zeigefinger ein und schob die Hände in die Hosentaschen. »Na schön, wie wäre es mit dieser Frage: Warum weißt du das mit den Koordinaten nicht?«

»Ich stehe nicht in direkter Verbindung zum geschätzten August Bollinger.«

»Könntest du bitte das ›geschätzt‹ weglassen?«

Jasmines Licht schwankte rasch hin und her und verharrte dann reglos. »Ich … ich könnte es versuchen.«

»Ich bitte darum.« Ich verschränkte die Arme.

»Wie gesagt, ich stehe nicht in direkter Verbindung zum August Bollinger.«

»Wenn du keine direkte Verbindung zu ihm hast, woher weißt du dann, dass deine Signale überhaupt gesendet werden?«

»Ich weiß es nicht. Darum bin ich auch noch hier. Ich werde wissen, ob ich erfolgreich war, wenn er hier eintrifft.«

»*Wenn* er hier eintrifft? Du scheinst dir deiner Sache sehr sicher zu sein.«

»Ja.«

»Wie kannst du dir so sicher sein?«

»Ich bin hier.«

Das war gruselig. Wie kam es, dass sie hier war? Wenn Bollinger nicht bereits wusste, wo wir waren, wie hatte er sie hierherschicken können? Ich fragte sie danach.

»Ich habe viele Monate gebraucht, um das richtige Grundstück zu finden. Kurz nachdem Sie seine Insel verlassen hatten, baute mein Meister mich und sandte mich aus, um Sie zu finden. Während meiner Reise habe ich viele Kalkulationen erstellt, wo der nächste wahrscheinliche Ort zum Suchen wäre, und meine Algorithmen haben mich – wie Sie sehen können – an mein Ziel geführt.«

»Warum konnte Bollinger das nicht einfach selbst tun?«

»Er ist ein Genie. Er berechnet nichts.«

»Das ist allerdings wahr«, sagte ich, obwohl das, was ich damit andeuten wollte, an ihr vorbeiging.

»Ich finde es befriedigend, dass Sie es verstehen«, sagte sie, und ich widersprach nicht. »Aber wie kannst du dir, wenn du nicht in direkter Verbindung mit ihm stehst, sicher sein, dass er deine Nachrichten erhält?«

»Weil ich die Wahrscheinlichkeit des Erfolges berechnet habe und diese Berechnungen mich zu dem Schluss geführt haben, dass der August Bollinger bei Anwendung meiner derzeitigen Methoden meine Übermittlung irgendwann in den nächsten –«, das Licht schwankte und kam zum Stillstand, »– fünfundzwanzig Jahren erhält.«

»Fünfundzwanzig Jahre? Jasmine, in fünfundzwanzig Jahren ist Bollinger wahrscheinlich tot.« Mein Herz wurde ein bisschen leichter.

»Das ist die pessimistischste Bewertung der derzeitigen Situation. Sehr viel wahrscheinlicher ist, dass er die Nachricht deutlich früher erhält. Vielleicht in den nächsten zwölf bis achtzehn Monaten.«

Mein Herz wurde wieder schwer, aber ich war auch von ihr fasziniert.

»Jasmine, welche ›Methoden‹ wendest du denn an? Warum sind sie so ungenau?«

»Dem August Bollinger wurde von Gesetzes wegen untersagt, auf der Insel Nachrichten zu empfangen und zu versenden, die nicht von der Regierung der Vereinigten Staaten genehmigt wurden. Es ist eine der Bedingungen, unter denen er weiter auf der Insel statt in einem Gefängnis leben darf. Die einzigen Anrufe, die er entgegennehmen darf, werden durch die Regierung vermittelt. Er ist nicht in der Lage, jenseits der genehmigten Kanäle zu kommunizieren. Aufgrund dieser Parameter vermutete der August Bollinger, dass man meine Mission nicht befürworten würde.«

Sie schwebte hin und her, ihr Licht schwankte einige Sekunden lang sehr schnell. Ich vermutete, dass die Geschwindigkeit des Lichtes unmittelbar mit dem Stress verbunden war, den sie empfand. Eine technologischere Variante von Tang, wenn er nervös von einem Fuß auf den anderen trat. Ihre nächsten Worte bewiesen das auch.

»Ich glaube, der August Bollinger hätte auch nicht die Genehmigung erhalten, mich zu bauen. Er hat es trotzdem getan.« Ihr Licht schwankte heftig. »Aber es ist nicht an mir, darüber zu spekulieren. Ich habe nur diese eine Mission.«

Allmählich kam mir der Gedanke, Tang könne sich in Jasmine geirrt haben. Vielleicht steckte doch eine Persönlichkeit dort drinnen, die nur greifbar werden musste.

»Hör mal zu, Jasmine. Musst du wirklich diese Nachrichten senden? Du weißt doch sicher, was das für uns alle hier bedeutet.«

Sie schwankte auf und ab und mit ihr das rote Licht.

»Ja, das verstehe ich. Aber meine Programmierung ist meine Programmierung, und meine Mission ist meine Mission. Ich werde weiterhin senden.«

Vielleicht auch nicht.

»Wie genau soll diese Mission vonstattengehen? Was machst du überhaupt?«

»Es steht mir nicht frei, das zu sagen.«

»Aber du schickst irgendwie Signale an Bollinger.«

»Das ist korrekt.«

»Gibt es irgendwelche Umstände, unter denen es dir freistünde, es mir zu sagen?«

»Nein.« Sie hielt inne. Ihr Licht zuckte über mein Gesicht. »Um die Wahrheit zu sagen, ich weiß es nicht.«

»Hat er es dir nicht gesagt?«

»Nein. Ich nehme an, er dachte, ich würde es Ihnen verraten.«

»Was würde sich denn dadurch ändern?«

»Sie könnten einen Weg finden, um mich daran zu hindern.«

»Natürlich, vor allem angesichts meines umfassenden Wissens über Telekommunikation.«

Ihr Licht verweilte auf meinen Augen.

»Dies würde den geschätzt … den … August Bollinger in seiner Annahme bestätigen.«

»Nein, Jasmine, ich war nur sarkastisch. Ich habe keinen Schimmer, wie ich dich am Senden hindern soll.«

»Ich verstehe den Begriff ›sarkastisch‹ nicht. Es tut mir leid.«

»Macht nichts. Hast du irgendeine Ahnung, wie die Datenübermittlung funktionieren könnte?«

»Warum möchten Sie das wissen?«

»Es interessiert mich einfach.«

Jasmine schwankte von links nach rechts, und ich vermutete, dass sie zu begreifen versuchte, weshalb ich Informationen verlangte, die mir wahrscheinlich gar nichts nützen würden. Schließlich sagte sie:

»Ich dachte, mein Meister habe die Mission womöglich auf eine Reihe willkürlicher Radiofrequenzen abgestimmt. Und wenn wir Glück haben, benutzen wir an irgendeinem Tag dieselbe Frequenz. Dann erhält er die Informationen, die ich sende. Es schien die einzige Möglichkeit zu sein.

unbeobachtet zu operieren. Da sich Radiofrequenzen jedoch in gerader Linie bewegen, also ohne den Einsatz von Satelliten, die ihm nicht zur Verfügung stehen, weiß ich nicht, wie er es bewerkstelligt. Ich weiß nur, dass er ein Genie ist.«

»Klüger als ein Roboter?«

»Ja.«

»Na schön. Andere Frage: Warum schickt er jemanden von deiner Größe, wenn er unbemerkt bleiben will? Er muss doch gewusst haben, dass wir dich entdecken. Du sitzt mitten in unserem Garten, Herrgott nochmal. Warum hast du dich nicht versteckt?«

»Der August Bollinger hat es nicht für nötig gehalten, dass ich unbemerkt bleibe. Er ist der Einzige, der diskret vorgehen muss.«

»Wieso? Ich könnte doch jederzeit nach dem Telefon greifen und dich dem FBI oder der Polizei übergeben oder wer auch immer dafür zuständig ist. Sie würden sofort kommen und dich holen. Wenn ich's mir recht überlege, werde ich genau das tun.« Ich holte mein Handy aus der Tasche.

»Der August Bollinger hat es vorhergesehen. Er hat mich angewiesen, Ihnen zu sagen, dass dieses Vorgehen unklug sei.«

»Warum?«

»Weil Sie sich im Besitz gestohlener Güter befinden. Wenn Sie mich der Regierung übergeben, müssen Sie auch den Roboter Tang aushändigen.«

2

Schranken

»Es hilft nichts«, sagte ich zu Amy. »Wir müssen sie zur Müllkippe bringen.«

»Hab ich doch gesagt«, warf Bryony hilfsbereit ein. Amy und ich ignorierten sie.

»Was hat sie gesagt?«

»Das erzähle ich dir später. Im Augenblick möchte ich sie einfach nur ins Auto packen und zur Wertstoffannahmestelle bringen.«

»In Ordnung. Was müssen wir tun?«

Ich blies die Backen auf. »Wenn ich ehrlich bin, keine Ahnung. Wie bekommt man einen Roboter ins Auto, ohne ihm zu sagen, warum man ihn dort haben will?«

»Nun, sie ist ein Roboter«, bemerkte Bryony. »Du kannst ihr einfach sagen, sie soll ins Auto steigen.«

»Das würde funktionieren, wenn wir ihre Besitzer wären. Sind wir aber nicht.«

»Es ist den Versuch wert.«

Also formierten wir uns und marschierten in den Garten, wo Jasmine schwebte. Sie hatte zu den Pferden geschaut und sich umgedreht, als sie uns kommen hörte. Wir stellten uns im Halbkreis um sie auf, was sie rückblickend wohl als bedrohlich und absolut verdächtig empfunden haben muss. Ein Wunder, dass sie nicht weglief … besser gesagt, wegglitt. Ihr Licht strich nacheinander über uns und verweilte dann auf mir, als ginge sie davon aus, dass ich hier das Sagen hatte. Das bewies, wie wenig sie uns kannte.

Ich räusperte mich und sprach in meiner besten »Jetzt mal ganz im Ernst«-Stimme.

»Jasmine, du musst ins Auto steigen.«

»Ins Auto?«

»Ja, ins Auto.«

»Welches Auto?«

»Mein Auto. Das in der Einfahrt parkt.«

»Das niedrige, glänzend schwarze?«

»Nein, das gehört Amy. Ich meine das andere. Das größere.«

Ich hatte damit gerechnet, dass sie mich nach dem Grund für die Autofahrt fragen würde. Ich hatte nicht damit gerechnet, darüber zu diskutieren, von welchem Auto überhaupt die Rede war.

»Sie möchten also, dass ich in das große, hässliche schwarze Auto steige.«

»Es ist nicht hässlich! Aber ja, da sollst du rein.«

»Dabei gibt es ein Problem.«

O Wunder.

»Welches Problem, Jasmine?« Ich schaute zu Amy und Bryony.

»Ich kann die Tür nicht öffnen.«

»Ach so, dabei kann ich dir helfen. Steigst du ein, wenn ich die Tür öffne?«

»Wenn Sie es wünschen.«

Ich hätte es einfach dabei belassen sollen, aber ihre Fügsamkeit beunruhigte mich. Tang verlangte immer hieb- und stichfeste Gründe, wenn ich etwas von ihm wollte.

»Das ist alles? Du fragst nicht nach dem Grund?«

Ihr Licht schwankte zu Amy und Bryony und dann wieder zu mir.

»Sollte ich das?«

»Nun ja, nein … es ist nur so … ich an deiner Stelle würde es tun.«

»Aber ich bin nicht Sie.«

»Nein.« Ich überlegte. »Du bist also kein bisschen neugierig darauf, warum du in mein Auto steigen sollst?«

»Ben«, zischte Amy und sah mich durchdringend an, »halt einfach die Klappe und lass sie einsteigen.«

»Na schön. Hier entlang, Jasmine.«

»Um deine Frage zu beantworten, Ben«, sagte Jasmine, die wieder auf meinen Vornamen verfallen war, »ich bin nicht dazu gebaut, neugierig zu sein. Ich bin gebaut, um Befehle entgegenzunehmen.«

»Hab ich doch gesagt«, wiederholte Bryony.

»Bryony, könntest du bitte mit Amy reingehen?«

Sie wirkte beleidigt, gehorchte aber und zog Amy mit sich. Ich wandte mich wieder an Jasmine.

»Aber genau darum geht es doch. Du bist nicht dafür gebaut, Befehle von mir entgegenzunehmen. Du gehörst Bollinger.«

»Der gesch … August Bollinger hat mich angewiesen, so wenig ›lästig‹ wie möglich zu sein.«

»Wieso?«

»Er hat gedacht, dass du versuchen würdest, mich loszuwerden, wenn ich dir im Weg bin.«

Ich war unschlüssig, ob ich mich umdrehen und sie anschauen oder ihre Worte einfach ignorieren sollte.

»Oh«, sagte ich schließlich, und der Schweiß kribbelte mir im Nacken.

»Ich vermute«, fuhr Jasmine fort, »dass ich dieser Anweisung am besten folge, indem ich deinen Befehlen gehorche, bis mein Besitzer hier eintrifft, vorausgesetzt, man befiehlt mir nicht, mich selbst zu verletzen oder irgendeiner Anweisung zuwiderzuhandeln, die mir mein Besitzer zuvor gegeben hat. Falls du möchtest, dass ich in das Auto steige, ist es nicht an mir, nach dem Grund zu fragen.«

»Mal angenommen, ich würde dir befehlen, von hier wegzugehen?«

»Damit würde ich einer Anweisung meines Besitzers unmittelbar zuwiderhandeln und wäre in diesem Fall gezwungen, meinem ursprünglichen Befehl zu gehorchen.«

Es war den Versuch wert gewesen.

»Ich mag zwar nicht verstehen, weshalb ich in das Auto steigen soll, aber nach meinen Berechnungen stellt es keinen Verstoß gegen eine vorherige Anweisung dar, so dass ich mit Freuden gehorche.«

»Aber musst du nicht hierbleiben, um die Koordinaten zu ermitteln?«

»Ich habe die Koordinaten bereits ermittelt.«

Obwohl es Frühling war, spürte ich einen kalten Hauch. Vermutlich hatte ich geahnt, dass dieser Teil ihrer Aufgabe erfüllt war, aber nicht erwartet, dass sie es so nonchalant zugeben würde. Jasmine war eine Bedrohung. Uns blieb nichts anderes übrig, als sie zu verschrotten. Ein winziges Körnchen Schuld keimte in mir. Ich verdrängte es und öffnete die Hintertür des Wagens.

Auf dem Weg zur Müllkippe sprachen wir kein Wort. Worüber soll man auch mit einem Roboter sprechen, der ein fühlendes Wesen sein mag oder auch nicht, dessen Mission aber zweifellos darin besteht, einem Schaden zuzufügen, und den man deswegen verschrotten will? Der Fairness halber muss ich zugeben, dass ich es nicht als Todesurteil betrachtete, sondern hoffte, dass Jasmine ein paar Wochen zwischen alten Mikrowellen und Küchenherden liegen würde, bevor sich jemand ihrer erbarmte. Die Leute würden sie mit nach Hause nehmen und neu verdrahten, oder was immer kluge Leute mit Robotern tun, worauf sie sich als wertvolle und vollkommen ungefährliche Bereicherung des Haushalts erweisen würde. So ähnlich, wie wir es mit Tang gemacht hatten, nur dass er nicht neu verdrahtet werden musste.

Als der Wagen über die Auffahrt holperte, schepperte es vom Rücksitz, weil Jasmine umhergeschleudert wurde. Mein schlechtes Gewissen meldete sich. Vielleicht erregte sie ja Mitleid, wenn sie richtig durchgerüttelt aussah. Richtig überzeugt war ich allerdings nicht, denn Jasmine war nicht dafür gebaut, Dellen zu haben, sie sollte glänzend und hübsch aussehen. Tangs Dellen waren Patina, Jasmine hingegen würde einfach ramponiert aussehen.

Ich hielt an der Schranke und ließ das Fenster hinunter, um mit dem korpulenten Mann im Häuschen zu sprechen.

»Was gibt's?«, fragte er gelangweilt.

»Ähm … ich …« Ich geriet ins Stottern, doch als er einen Blick auf dem Rücksitz warf, wurde mir klar, dass ich die Wahrheit sagen musste.

»Ich habe einen Roboter.«

»Mit Papieren?«

»Nein.«

»O-kay … Ist der Roboter kaputt?«

»Nicht dass ich wüsste«, antwortete ich so selbstsicher wie möglich, beugte mich aus dem Fenster und sagte vertraulich: »Aber ich glaube, sie muss neu verdrahtet werden.«

Der Mann nickte und lehnte sich zurück, und ich glaubte schon, ich wäre damit durchgekommen. Ich wartete, dass sich die Schranke hob, aber es passierte nichts. Ich sah ihn wieder an. Er hatte die Hände über dem Bauch verschränkt und wackelte mit seinem eindrucksvollen Schnurrbart.

»Das hier ist eine Wertstoffannahmestelle, sie ist für kaputte Gegenstände.«

»Das ist mir klar.«

Ich hätte lügen sollen.

»Warum sind Sie dann hier?«

Ich beugte mich aus dem Fenster und senkte die Stimme.

»Weil ich sie nicht haben will. Ich muss sie loswerden.« Die letzten Worte hatte ich fast hingehaucht, doch der Mann an der Schranke schien mich nicht verstehen zu wollen.

»Aber wenn er nicht kaputt ist …«

»Sie«, meldete sich eine Stimme vom Rücksitz. Wir drehten uns beide um. Jasmines Licht schwankte regelmäßig auf und ab und verriet keine Emotion.

»Du hast unser ganzes Gespräch mitgehört und nimmst ausgerechnet daran Anstoß?«

»Ich lege Wert auf Genauigkeit, das ist alles.«

Na toll. Jasmine war genauso eigen wie Tang, wenn es um ihr Geschlecht ging. Und obendrein pedantisch.

Der Schrankenmann pfiff.

»Ich glaube nicht, dass wir sie nehmen können.«

»Wieso nicht?«

»Na ja, da steckt doch mehr dahinter, als Sie zugeben, Sir. Ohne die Papiere kann niemand wissen, was in ihr drin ist. Das könnte alles Mögliche sein. Ich könnte gefährliche Substanzen aufs Gelände lassen, vielleicht sogar verbotene.« Er schüttelte den Kopf. »Es tut mir leid, aber dafür zahlen sie mir nicht genug.«

Sein Bedauern überzeugte mich nicht.

»Bitte«, sagte ich mit Hundeblick.

»Tut mir leid, Sir, aber Sie müssen umdrehen. Sie halten den Verkehr auf.« Er deutete nach hinten, wo sich eine Schlange aus vier bis fünf Autos gebildet hatte. Der Typ im Kombi gleich hinter mir sah auf die Uhr und gestikulierte wild.

»Na schön, ich fahre. Aber sagen Sie mir bitte, ob ich es woanders versuchen kann.«

Er kratzte sich am Kopf und strich sein schütteres Haar glatt. »Sie könnten eine Sondersammlung beantragen.«

»Was bedeutet das?«

»Genau das, wonach es sich anhört. Die sammeln besondere Sachen ein, die nicht auf die Müllkippe gehören. Es ist Ihre einzige Möglichkeit, außer Sie wollen den Müll wild entsorgen.« Meine Augen leuchteten auf, doch er schüttelte den Kopf. »Das würde ich Ihnen nicht empfehlen. Die Stadtverwaltung ist ziemlich streng, was die Strafverfolgung angeht.«

»Okay, okay, danke.« Ich wendete den Wagen, was sich ein bisschen schwierig gestaltete, da er die Schranke nicht heben und der Sturkopf hinter mir nicht zurücksetzen wollte.

»Was ist passiert? Warum hast du sie immer noch im Auto?«, wollte Amy wissen, als ich in die Einfahrt bog. Ich stieg aus und knallte die Fahrertür zu. Meine Antwort fiel leise aus, nur für den Fall, dass Jasmine mich durchs geschlossene Fenster hören konnte.

»Ich habe erfahren, dass man einen Roboter ohne Papiere nicht einfach verschrotten kann.«

»Wieso nicht?«

»Es hat etwas mit Gefahrenstoffen zu tun und dass sie nicht wissen, was in ihr steckt.«

»Lass mich raten: Sie werden nicht gut genug bezahlt, um das Risiko einzugehen und dich durchzulassen.«

»Er wollte nicht die Schranke heben.«

»Hatten sie irgendwelche Vorschläge, was wir sonst noch unternehmen können?«

»Der Typ hat eine ›Sondersammlung‹ vorgeschlagen.«

»Eine was?«

»Die Müllkippe ist wohl nur für Gegenstände da, die recycelt oder verbrannt werden können. Da sie nicht wissen, woraus Jasmine besteht, müssten sie sie auseinanderbauen und die Einzelteile angemessen entsorgen.«

Amy verdrehte die Augen, nickte aber. »Das leuchtet mir ein.«

»Sie haben mir eine Nummer gegeben, die ich anrufen soll.«

»Du solltest das online regeln«, sagte Bryony, die mit Bonnie nach draußen gekommen war. Sie hob sie von einer Hüfte auf die andere.

»Schon gut, ich rufe einfach an.« Doch Amy stimmte Bryony zu.

»Sie hat recht. Wenn du anrufst, musst du ihnen sicher genau erklären, was sie abholen sollen. Online kannst du dem vielleicht aus dem Weg gehen. Und auch der Tatsache, dass du keine Papiere für sie hast.«

Ich seufzte und öffnete die hintere Wagentür, um Jasmine herauszulassen. Sie schwebte wortlos um die Ecke in den Garten. Sie hatten recht. Ich war es zwar gewöhnt, Telefonate wegen eines ramponierten, aber liebenswerten Roboters zu führen und ihn gegen alle zu verteidigen, die ein Upgrade für ihn vorschlugen, doch diesmal versuchte ich, einen glänzenden, vollkommen funktionsfähigen Roboter loszuwerden.

Auf der Internetseite der Stadtverwaltung fand ich die Seite für Sperrmüll und versuchte, den Antrag auszufüllen.

»Amy«, rief ich ins Wohnzimmer, »was würdest du sagen, gleicht Jasmine eher einem Kühlschrank oder einem Rasenmäher?«

»Keinem von beiden«, lautete die hilfreiche Antwort. »Wieso?«

»Weil die Option ›sturer, bedrohlicher Roboter‹ leider nicht existiert.« Ich hätte mich nicht aufregen sollen, aber die Zeit verrann, und ich wollte es endlich hinter mich bringen. Ich hörte, wie Füße in Pantoffeln aus dem Wohnzimmer hereinschlurften.

Amy beugte sich über meine Schulter.

»Zeig mal.« Ich klickte auf das Drop-down-Menü und wartete, während sie die Liste überflog.

»Hm. Eigentlich ist sie nichts davon, oder?«

»Genau das meine ich.«

»Mal sehen, was hier steht.« Sie klickte auf einen Link, worauf sich eine lange Liste von Gegenständen öffnete, die die Stadtverwaltung nicht annahm.

»Nun, sie ist weder ein Ziegelstein noch Asbest, Wohnwagen oder Fass, und Roboter sind hier nicht aufgeführt, also ist es vielleicht in Ordnung. Wenn mir nur eine Kategorie einfiele, in die wir sie stecken können. Geht sie als Gasflasche durch?«

»Vielleicht hättest du doch anrufen sollen«, sagte Amy. Ich verdrehte die Augen, was sie wiederum ignorierte.

»Meinst du?«

»Vielleicht bleibt dir nichts anderes übrig. Nein, warte mal, hier gibt es noch die Option ›Sonstiges‹. Nimm die. Dann musst du womöglich mit den Leuten diskutieren, kannst aber immerhin einen Termin vereinbaren.«

»Du hast recht, eins nach dem anderen. Augenblick.« Ich drehte mich zu ihr um. »Was meinst du mit ›du‹? Wieso muss ich mit diesen Leuten diskutieren? Du bist doch die Anwältin und kannst das sicher besser.«

Amy verzog schmollend den Mund und machte große Augen. Ich wusste nicht, ob sie sich das bei Tang abgeschaut hatte oder er bei ihr, aber hier fand zweifellos eine

Kreuzbestäubung in Sachen emotionaler Erpressung statt. Ich war weichgeworden. Inzwischen wusste jeder hier im Haus, wie man mich manipulieren konnte.

»Es wird dir guttun«, sagte sie. »Überleg doch nur, wie toll du dich fühlst, wenn du gewinnst.«

»Wenn ich eine Diskussion darüber gewinne, ob ein Müllmann ein glänzendes schwarzes Ei mitnehmen soll, bei dem es sich vielleicht, aber auch nur vielleicht um einen gefährlichen Roboter handelt? Das leuchtet mir ein.«

Sie tätschelte meine Schulter. »Sei nicht so sarkastisch.«

Ich drehte mich lächelnd zum Laptop um, wählte ›Sonstiges‹ und betete, dass sich kein Fenster öffnen würde, in dem eine nähere Beschreibung verlangt wurde. Was nicht geschah, obwohl Kontaktdaten erforderlich waren, die ich nervös eintippte und mir dabei ähnlich kriminell vorkam wie Bollinger. Nachdem ich mich zu einer Kalenderseite navigiert hatte, konnte ich die Abholung für den folgenden Tag vereinbaren. Die Kosten waren beträchtlich, Sperrmüll war nicht billig, doch für den Seelenfrieden meiner Familie erschien mir kein Preis zu hoch. Nachdem ich die Terminvereinbarung abgeschlossen hatte, klappte ich den Computer zu und kehrte ins Wohnzimmer zurück, um Zeit mit meiner Familie zu verbringen und den Roboter im Garten zu ignorieren, der seine letzten vierundzwanzig Stunden bei uns verbrachte.

3
Hickhack

»Sie nervt mich allmählich, Ben«, sagte Amy, während sie in den verregneten Garten schaute. Ich las Zeitung oder hätte es getan, wenn Bonnie nicht die ganze Zeit danach gegriffen hätte. »Wenn sie etwas Schlimmes vorhat, soll sie es endlich hinter sich bringen.«

»Ich weiß, was du meinst.« Ich bog Bonnies Finger auseinander, um ihr den Schöner-Wohnen-Teil zu entreißen. »Aber wir wissen ja, dass sie nicht deswegen hier ist, das ist immerhin etwas Positives.«

Amy rümpfte die Nase.

»Sie geht mir trotzdem auf die Nerven.«

»Schon gut, morgen ist sie ja weg.«

»Ich weiß, ich wünschte nur, ich müsste sie nicht bis dahin die ganze Zeit ansehen.«

»Vielleicht ist genau das unser Problem. Wir haben sie schon viel zu lange angesehen. Wir könnten mal versuchen, sie bis morgen zu ignorieren«, schlug ich vor. Dann kam mir eine Idee. »Oder wir gehen aus.« Ich überließ Bonnie die Zeitung. »Wie wäre es mit Abendessen? Wir gehen mit Tang und Bonnie Pizza essen. Die Pizzeria in der Stadt ist kinderfreundlich. Wenn ich auf dem Heimweg dort vorbeikomme, haben sie immer ein Dutzend kleiner Gäste, die sich vollkommen danebenbenehmen. Niemand wird mit der Wimper zucken, wenn wir mit einem Baby und einem Roboter ankommen, weil alle viel zu sehr damit beschäftigt sind, ihre eigenen Kinder davon abzuhalten, die Nudeln auf den Tisch zu schmieren.«

»Das überzeugt mich nicht«, sagte Amy und hob eine Augenbraue, gab dann aber nach. »Du hast recht, wir müssen mal raus hier.«

»Bonnie, hör auf, Tang anzumalen. Bonnie, hör auf, Tang anzumalen. Bonnie, ich habe gesagt, du sollst aufhören.«

Es lief bestens in der Pizzeria. Ich wusste nicht, ob Bonnie übermüdet oder hungrig war oder es einfach nur satthatte, dass sich ihre Eltern von Robotern ablenken ließen. Jedenfalls war sie streitsüchtig und schien es darauf anzulegen, jeden zu ärgern, ob Mensch oder Roboter, vor allem Tang.

»Ben soll aufhören machen. Bon-niiee malt auf mich. Aufhören. Aufhören. Ben … Ben … Ben … Amy … aufhören …«

»Ich weiß, Tang, ich versuche es ja. Amy, hilf mir bitte. Sie hört nicht auf mich. Amy …«

Während ich versuchte, unserer kleinen Tochter einen grünen Buntstift zu entreißen und Tang gleichzeitig mit einem feuchten Tuch abzuwischen, schaute ich zu Amy und fragte mich, weshalb sie nicht einschritt. Dann bemerkte ich ihren Gesichtsausdruck. Sie starrte auf ihr Handy und sah sehr besorgt aus.

»Was ist los?«

Amy schien aus einer Trance zu erwachen, schüttelte den Kopf und sah mich mit glasigen Augen an.

»Tut mir leid, es ist nur …« Sie warf einen Blick auf unsere zusammengewürfelte Familie. »Ich erzähle es dir später. Ist jetzt der falsche Zeitpunkt.« Sie gab sich einen Ruck und schien mit einem Lächeln wieder sie selbst zu werden. »Na komm, Liebling, lass Tang in Ruhe, das ist nicht nett von dir. Gib Daddy den Stift.« Bonnie tat nichts dergleichen. Schließlich legte sie den Stift vor sich auf den Tisch und rollte ihn weg. Dann, als Amy und ich gerade die Luft ausstießen, die wir bei der Schlacht mit unserem Baby angehalten hatten, schrie Tang:

»Traue ihr nicht!« Mit einer ausholenden Geste wischte er alle Buntstifte auf den Boden. Bonnies Gesicht wurde düster, ein Ausdruck, den ich von ihrer Mutter kannte, und dann kippte sie Tang ihre Spaghetti mit Fleischbällchen über den Kopf.

Am Rand meines Blickfelds konnte ich Reinigungsroboter heransausen sehen, ohne eine Spur des Taktgefühls, das ein Mensch haben würde, nämlich, eine Krise nicht noch schlimmer zu machen, indem man die Aufmerksamkeit aller darauf lenkte.

Doch in diesem Moment, in dem wir uns für die schlimmste Familie im ganzen Restaurant hielten, warf ein Kind zwei Tische weiter das Besteck nach seinem Vater, sprang vom Stuhl, warf sich auf den Boden und startete einen Tobsuchtsanfall wie aus dem Lehrbuch.

Manchmal ist Vatersein richtig scheiße.

Es dauerte bis zum nächsten Tag, bis Amy sich so weit gesammelt hatte, dass sie anfangen konnte, mir von der SMS zu erzählen. Pastagate hatte die Familie ganz schön gestresst. Zu Hause hatten wir uns in unsere Zimmer verkrochen und dort den restlichen Abend verbracht. Ich hatte ein schlechtes Gewissen, weil es meine Idee gewesen war, in die Pizzeria zu gehen, andererseits hatte uns das Desaster von Jasmine abgelenkt. In dieser Hinsicht war der Ausflug wohl erfolgreich gewesen.

Als Amy endlich zu sprechen begonnen hatte, kam sie nicht sehr weit, weil die Müllabfuhr erschien, um Jasmine mitzunehmen. Ihr Timing war tadellos. Der Fahrer drückte auf die Hupe seines Lieferwagens, anstatt bei uns an der Tür zu klingeln. Also ging ich raus. Ich hatte mir Mühe gegeben, so annehmbar wie möglich auszusehen, in der Hoffnung, das Ganze wäre schnell erledigt und wir wären von Jasmine befreit. Aber als der Mann ausstieg und Jasmine erspähte, merkte ich, wie sich ein großer Seufzer in meiner Brust bildete. Nichts war jemals einfach.

Ein großer, robust aussehender Roboter stieg auf der Beifahrerseite des Führerhauses aus und stellte sich neben seinen Bediener, der mir die Hand hinhielt. Nicht in der Art eines freundlichen Händeschüttelns, mehr mit nach oben gekehrter Handfläche, in der Erwartung, dass ich ihm etwas gab. Ich zeigte auf Jasmine.

»Es ist nur das, was mitzunehmen ist«, sagte ich, in Ermangelung eines besseren Gesprächsanfangs, und fügte noch »Danke« hinzu.

Er rollte mit den Augen, dann öffnete und schloss er die

Finger der ausgestreckten Hand, und ich dachte beinahe, dass er mit mir kämpfen wolle. Schließlich sagte er:

»Papiere, bitte.«

Verdammt.

Ich räusperte mich und richtete mich auf.

»Ich habe keine, fürchte ich. Wir … haben sie … wir haben ihn geerbt, den Roboter, und wir haben keine Papiere. Tut mir leid.«

Der Mann zog die Augenbrauen zusammen. Er nahm einen Stift hinter seinem Ohr weg und ein elektronisches Gerät vom Gürtel unter seiner nicht mehr vorhandenen Taille und tippte auf den Bildschirm. Dann verstaute er Gerät und Stift und stemmte die Hände in die Hüften.

»Ich verstehe das nicht«, sagte er. Der Gabelstapler-Roboter stand ausdruckslos neben ihm und wartete auf seinen Einsatz.

»Was gibt es da zu verstehen? Wir haben einen Termin vereinbart, damit Sie das hier abholen und entsorgen.« Ich bezeichnete Jasmine ungern als »das«, weil ich genau wusste, was sie war, doch in diesem Fall war es das einzige Mittel. Mir gefiel die Situation ganz und gar nicht, und der Mann trug nicht gerade dazu bei, das zu ändern.

»Aber es gibt doch sicher andere Wege, um es loszuwerden. Warum wollen Sie es überhaupt loswerden, es ist doch in einem tadellosen Zustand. Können Sie es nicht reparieren?«

»Wir wollen es einfach nicht hierhaben, das ist alles. Ja, wir könnten es reparieren lassen, aber wir wollen nicht. Ihre Aufgabe ist es, es abzuholen und zu entsorgen. Warum muss ich mich von Ihnen verhören lassen?«

Der Mann von der Müllabfuhr wirkte verärgert, weil ich ihm widersprach, und plusterte sich auf. Jasmines Licht schwankte von ihm zu seinem Roboter, zu mir und wieder zurück, doch sie blieb stumm und reglos. Weder der Müllmann noch sein Roboter rührten sich, als ob unser Grundstück verbotenes Gelände wäre, bis er die Transaktion genehmigt hätte. Aber er wollte noch weiter diskutieren.

»Kein Grund, so unfreundlich zu werden, Sir. Ich will Ihnen doch nur helfen.«

»Ich weiß, vielen Dank, aber in diesem Fall ist das nicht nötig. Könnten Sie es bitte einfach mitnehmen?«

Der Mann schaute über meine Schulter und runzelte die Stirn. Er nickte zu etwas hinter mir, und ich sah, dass Amy mit Tang nach draußen gekommen war. Na toll. Einen Sekundenbruchteil fragte ich mich, wo Bonnie war, dann fiel mir Bryony ein. Sie arbeitete nur noch halbtags und hatte uns angeboten, Bonnie vorsichtshalber abzuholen, falls es Schwierigkeiten mit der Stadtverwaltung geben sollte. Angesichts der Lage war das durchaus vorausschauend gewesen.

»Soll ich den auch mitnehmen?«, fragte der Mann von der Müllabfuhr.

»Nein, Sie sollen nur den Roboter mitnehmen, der wie vereinbart am Rand unseres Grundstücks steht und den mitzunehmen ich Sie gebeten habe. Warum ist das so kompliziert?« Ich rang verzweifelt die Hände.

»Sie wollen also, dass ich diesen sauberen, tadellos aussehenden Roboter mitnehme, und den behalten, der aussieht, als hätte man mit einer Eisenstange draufgeschlagen?«

Ich funkelte ihn an.

»Ja.«

Er schüttelte den Kopf.

»Ich verstehe das einfach nicht.«

»Tut mir leid, aber da gibt es nichts verstehen. Es braucht Sie nicht zu interessieren, warum jemand eine Sondersammlung beantragt. Ihre Aufgabe ist es, die Sammlung durchzuführen.«

»Ja, aber ich bin auch ein menschliches Wesen, das richtig und falsch unterscheiden kann. Manche Leute hätten liebend gern so einen Roboter zum Herumspielen, Sie müssten sich eigentlich glücklich schätzen. Mir erscheint es unnatürlich, einen absolut funktionsfähigen Roboter wegzuwerfen. Ich meine, das ist doch nicht moralisch. Und auch schlecht für die Umwelt.«

In diesem Moment beschloss der Roboter-Assistent seinen eigenen Senf auch noch dazuzugeben. Er sah erst seinen Meister, dann mich an und nickte nachdrücklich.

Ich spürte, dass ich kurz vor dem Überkochen war, doch Amy spürte das zum Glück ebenfalls und sprang mir bei.

»Ihr Vorgesetzter wäre sicher nicht sehr erfreut zu hören, dass Sie einen unbescholtenen Bürger beleidigen.« Der Mann sah uns empört an, doch Amy sprach weiter. »Und ich bin mir ebenfalls sicher, dass Sie noch eine ganze Reihe Termine haben. Sie sind bestimmt sehr beschäftigt und möchten nicht in Verzug geraten. Ich bezweifle, dass es Ihrer Frau gefallen würde, wenn Sie schon wieder Überstunden machen müssten.«

Worauf ein Wunder geschah. Der Müllmann, der bereit gewesen war, so lange zu diskutieren, bis er seinen Gegner, in diesem Falle mich, niedergerungen hatte, knickte vor unseren Augen ein. Er drehte sich um, schaute Amy noch einmal misstrauisch an, nickte seinem Assistenten zu, der sich Jasmine schnappte und sie hinten in den Lieferwagen warf, wo sie zwischen einem Kühlschrank und einem Sessel landete, die beide ebenfalls durchaus funktionstüchtig aussahen. Ich fragte mich, ob er mit deren Eigentümern auch so lange diskutiert hatte.

Der Widerstand des Müllmanns war irritierend, doch Jasmines stoische Haltung fand ich noch schlimmer. Sie hatte keinen Ton von sich gegeben, als sie in den Lieferwagen geworfen wurde, und verzichtete auch auf die übliche Lightshow, mit der sie gewöhnlich ihre Umwelt analysierte. Der Spalt zwischen Kopf und Körper hatte sich geschlossen und ließ sie wie ein Ei aussehen, aus dem ein paar Kleiderbügel ragten. Es sah aus, als hätte sie sich in ihr Schicksal gefügt und ging in der einzigen ihr zur Verfügung stehenden Weise damit um. Mir kam es ein wenig passiv-aggressiv vor.

»Warum wehrt sie sich nicht?«, fragte Amy, die wohl meine Gedanken gelesen hatte.

»Keine Ahnung. Wirklich nicht. Kannst du dir Tang in ihrer Lage vorstellen? Er würde treten und schreien, bis die gesamte Nachbarschaft auf der Matte stünde. Jasmine könnte mit diesen Leuten durchaus vernünftig diskutieren, aber sie tut es nicht. Das verstehe ich nicht.«

»Ich wünschte beinahe, sie hätte es getan. Diese Schicksalsergebenheit ist irgendwie beunruhigend. Mehr als beunruhigend.«

Ich versuchte, positiv zu bleiben.

»Wer weiß, vielleicht ist sie einfach anders als Tang und fühlt nichts. Vielleicht ist sie daran gewöhnt, umhergefahren zu werden, und begreift nicht, was mit ihr geschieht.«

»Oder sie hat erkannt, dass das Spiel vorbei ist. Vielleicht hat sie herausgefunden, dass Bollinger ein schlechter Mensch ist, und will sich nicht mehr für seine Zwecke einspannen lassen.«

Ich gestattete mir einen langen Blick auf Amy und lächelte. Dies schien eine sehr optimistische Sicht der Lage, aber ich war nur allzu gern bereit, sie zu teilen.

»Vielleicht.«

Der diskussionsfreudige Müllmann fuhr davon. Als wir ins Haus zurückkehrten, kam mir ein Gedanke.

»Amy, woher wusstest du eigentlich, dass er schon öfter Überstunden machen musste?«

»Ganz einfach«, sagte sie augenzwinkernd. »Er schien mir der Typ zu sein, der immer auf Streit aus ist, also habe ich mal vermutet, dass er sich ständig mit Leuten anlegt, weil sie irgendwelche Dinge wegwerfen. Außerdem habe ich vor einer Weile ebendiesen Mann gesehen, wie er mit den Pearsons von Nr. 50 diskutierte, weil sie ihren alten Küchenherd bei der Renovierung weggeworfen haben. Die Schlussfolgerung lag nahe.«

Ich lächelte und legte den Arm um sie. Ich hätte schwören können, dass sie sich steif machte, aber vielleicht bildete ich mir das auch nur ein.

»Amy, du bist das klügste Wesen, das ich kenne.«

»Ich nicht?«, fragte eine leise Stimme unter uns.

»Doch, Tang, selbstverständlich. Du bist das klügste Wesen, das ich kenne. Aber Amy kommt knapp dahinter.«

4

Knochenjob

Nachdem Jasmine verschwunden war, wurden alle ein bisschen fröhlicher, sogar Bonnie, obwohl Amy ähnlich zerstreut wirkte wie in der Pizzeria. Vor allem Tang profitierte von der Abwesenheit des anderen Roboters. Es war, als hätte man einen Fluch von ihm genommen, und er war wieder er selbst.

»Ben … Ben … Ben … Ben … Ben … Ben?«

»Was ist?«

»Mich kann kochen.«

»Wie bitte?«

»Mich kann kochen.«

»Mir ist nicht klar, was du damit sagen willst, Kumpel.«

»Mich … kann … kochen …«

»Ich höre, was du sagst, verstehe aber nicht, was du meinst.«

Tang schaute mich an, verdrehte die Augen und hob enttäuscht die Schultern. Er überlegte einen Moment und begann dann, ganz langsam und deutlich zu sprechen, als wäre ich ein Vollidiot.

»Haben Trittstufe für Küche. Haben lernen Tee gemacht. Aber kann immer noch nicht kochen. Mir lernen.«

»Oh.« Mir brach der Schweiß aus. Er wollte, dass ich ihm das Kochen beibrachte. Dann müsste ich zugeben, dass ich es gar nicht richtig konnte, und ihn an Amy verweisen. Meine Erfolge beschränkten sich bis dato auf Käsetoast, Spaghetti Bolognese (die ich ihm definitiv nicht beibringen würde), englisches Frühstück und was immer Fertiggerichte und Tiefkühlkost hergaben. Ziemlich jämmerlich für einen Mann meines Alters.

»Ben kann lernen?«

»Ich … du solltest … ähm … weißt du, was? Ich kann auch nicht richtig kochen. Sollen wir es zusammen versuchen?«

Es schien mir der geeignete Zeitpunkt. Nach der Begegnung mit dem Mann von der Müllabfuhr war Amy mit Bonnie zu einer Babymusikgruppe gefahren, und Bryony war in ihr vernünftiges Heim zurückgekehrt, so dass Tang und ich das Haus für uns hatten. Wir konnten uns an einem Mittagessen versuchen, ohne uns zu blamieren, und wenn Amy nach Hause käme, hätten wir etwas Leckeres für sie vorbereitet. Irgendetwas stimmte nicht mit ihr. Sie hatte nichts erzählt, aber etwas nagte an ihr. Daher wollte ich sie aufmuntern.

Tang strahlte mich an und klatschte mit den Greifern.

»Was möchtest du denn kochen?«, fragte ich und ging in die Küche.

»Kuchen.«

»Das ist aber kein Mittagessen. Wir müssen was Herzhaftes kochen.«

»Herz-haft?«

»Es heißt … es heißt so viel wie ›nicht süß‹.« Vermutlich

hätte er eine ausführlichere Erklärung benötigt, aber mir fiel gerade keine ein.

»Oh, machen herzhaften Kuchen?«

»So was kann ich nicht, wir müssen …« Dann hatte ich eine Eingebung. Wir würden Scones backen, Käsescones. Die hatte ich als Kind in der Schule gemacht, und obwohl mir die Einzelheiten entfallen waren, konnte es nicht allzu schwer sein.

»Wir müssen … was?«

»Na komm«, ich holte seine Trittstufe. »Wir machen jetzt Käsescones. Die sind wie Kuchen, aber nicht süß. Genau das Richtige.«

Es wird Sie vermutlich überraschen, dass es uns tatsächlich gelang, essbare Scones zu backen. Sicher, sie waren ein wenig mit Eierschalen versetzt, und ja, es gab darin einzelne Käseklumpen, die auch lange nach dem Abkühlen eine geradezu thermonukleare Hitze verströmten. Aber wir hatten unser Ziel erreicht. Wir hatten Amy zum Mittagessen Käsescones gebacken und aßen sie auch.

Tangs Stärke bestand eindeutig darin, Mehl und Butter zu Streuseln zu verarbeiten. Da er keine Muskeln hatte, die ermüden konnten, streuselte er noch, nachdem sich meine Begeisterung längst gelegt hatte. Irgendwann waren seine Streusel so fein, dass man sie durch Stoff hätte sieben können. Meiner Ansicht nach übertrieb er es, war aber so scharf darauf, dass ich es nicht über mich brachte, ihn zu bremsen.

»Sieh mal! Ben! Krümel! Ist wie Sand am Strand!«

»Ja. Ich glaube, du kannst jetzt aufhören, Tang.«

»Aber ich mag! Ist Spaß!«

»Schon, aber wir müssen auch Käse und Milch dazu tun, sonst werden es keine Scones. Nur heiße Krümel.« Er wollte schmollen, erkannte dann aber die Logik. »Was hältst du davon, Käse zu reiben?«

»Was machen?«

»Käse reiben. Hier.« Ich holte die Reibe, stellte sie auf einen Teller und rieb mit einem kleinen Käsestück darüber, um es ihm zu demonstrieren.

»Ohhhh. Mir geben, mir geben«, sagte er, streckte die Arme aus und wackelte mit den Greifern.

»Fehlt da nicht was?« Ich hielt Reibe und Käse in die Höhe.

»Mir geben … jetzt?«

»Nein, das habe ich nicht gemeint. Was sagt man, wenn man etwas haben möchte?«

»Bitte?«

»Schon besser.« Ich gab ihm Reibe und Käse.

»Danke.«

»Gern geschehen.«

Ich sah zu, wie sein Trocknerschlauch-Arm sich schnell auf und ab bewegte und das Käsestück sich vor meinen Augen in Nichts auflöste.

»Stopp!«, sagte ich, bevor er seinen Greifer zu reiben begann. »Das ist genügend Käse!«

»Oh. Okay. Käse reiben macht Spaß. Machen tollen Käse!«

»Gut!« Ich nahm ihm die Reibe weg und legte sie ins Spülbecken, damit er nicht auf die Idee kam, noch etwas anderes zu reiben. Türgriffe, Esstisch, so in der Art. Ich packte den Käse, den wir nicht brauchten, in eine Plastiktüte und verstaute sie im Kühlschrank.

Tang ließ den Käse in die Rührschüssel rieseln, während ich die übrigen Zutaten knetete, und er traf auch meist das Ziel. Den Rest las ich später von der Arbeitsplatte auf. Er quetschte den Käse teilweise zusammen, was die Klumpen in den Scones erklärte, doch das schien ihn nicht zu stören. Schließlich hatten wir (mehr oder weniger) gleichmäßig große Scone-Teiglinge auf einem Backblech aufgereiht. Das Werk war fast vollbracht.

Nachdem wir die Küche aufgeräumt hatten, holte ich die Scones aus dem Ofen (»Nein, Tang, das kannst du nicht machen … weil es heiß ist, darum«). Ich schaute erst Tang an und dann meine Schürze. Mein Gesicht war mit feuchtem Mehl verkrustet und geriebener Käse in meinen Haaren gelandet. Wir hatten beide eine Reinigung nötig. Ich machte Tang einen diesbezüglichen Vorschlag, den er wenig begeistert aufnahm.

Dann beschloss ich, getrieben vom Stolz auf meine Leistung in der Küche und im Wissen, dass Amy und Bonnie vorerst nicht nach Hause kommen würden, endlich das Tor neben dem Haus zu reparieren und zu streichen. Ich war ohnehin schmutzig, also konnte ich eine weitere schmutzige Aufgabe erledigen. Außerdem war da dieses bohrende Gefühl, dass Amy etwas vor mir verbarg, und ich fürchtete, es könnte mit uns zu tun haben. Vielleicht hatte sie ihre Meinung geändert und dachte, dass zusammenleben, ohne *zusammenzuleben*, doch keine so gute Idee sei. Ich hatte geglaubt, alles laufe bestens, aber es wäre nicht mein erster Irrtum. Also musste ich aktiv werden.

»Das Tor muss repariert werden, sonst zieht Amy aus!«, stieß ich unvermittelt hervor und rannte zum Gartenschuppen, weil ich hoffte, dort noch eine angebrochene Lackdose zu finden. Tang schepperte hinter mir her. Seine Miene verriet mir, wie irrational ich mich verhielt. Egal, ich würde das Tor reparieren, und wenn es das Letzte wäre, das ich tat.

»Tang, könntest du mir bitte den Schraubenzieher geben?«

Stille.

»Tang?« Ich sah mich um und stellte fest, dass er zum Zaun gewandert war und sich die Pferde anschaute. Ich hatte gar nicht gehört, wie er weggegangen war. Tangs Scheppern war mittlerweile so vertraut, dass ich es gar nicht mehr beachtete. Leider kniete ich hier, eine Schraube zwischen den Zähnen und ein Tor in den Händen, das mir jeden Moment zu entgleiten drohte.

»Tang, Kumpel, komm zurück! Du musst mir helfen, sonst lasse ich das Tor fallen«, nuschelte ich.

»Okay«, erscholl Tangs metallene Stimme, und dann stand er auch schon neben mir.

»Gib mir bitte einen Schraubenzieher aus dem Werkzeugkasten«, stieß ich undeutlich hervor.

Er sah mich verständnislos an. »Was geben?«

»Schraubenzieher. Metallstange mit Griff und einem spitzen oder flachen Ende.«

»Verstehe.« Er schaute in den Werkzeugkasten. »Welche Seite will Ben?«

Gute Frage. Die Schraube steckte in meinem Mund. Ich

konnte mich nicht erinnern, ob sie einen Schlitz oder ein Kreuz hatte.

»Flach.«

»Okay.« Er gab mir den Schraubenzieher, und ich ließ das Tor mit einer Hand los, um gleichzeitig die Schraube aus dem Mund zu nehmen und den Schraubenzieher festzuhalten. Natürlich war es der falsche.

»Kannst du mir den anderen geben, bitte?«

»Ben hat nach diesem gefragt.«

»Ja, ich weiß, okay, ich habe mich geirrt. Pass auf, kannst du vielleicht das Tor festhalten?«

»Wo festhalten?«

»Ich zeige es dir. Hier.« Ich positionierte ihn da, wo ich gekauert hatte, und er hielt das Tor problemlos fest. Ich hätte es gleich so machen sollen.

Tang hielt das Tor fest, ich schraubte es an den Balken, und dann traten wir beide zurück, um unser Werk zu bewundern.

»Möchtest du es ausprobieren?«

»Nein, ist okay, brauche jetzt nicht.«

»Nein, ich meinte … schon gut.« Ich drückte gegen das Tor. Es quietschte.

»Schön.« Ich schlug die Hände zusammen. »Jetzt der Lack.«

Als wir fertig waren, sah Tang aus wie ein Schwein. Bevor wir anfingen, hatte ich es für eine gute Idee gehalten, ihn beim Streichen helfen zu lassen, aber ich wurde eines Besseren belehrt. Er sah aus, als hätte Jackson Pollock sich an einer Industrieskulptur versucht. Ich schaute auf die Uhr. Amy und Bonnie würden gleich kommen, und wenn wir dann nicht sauber waren, wäre die ganze Wirkung dahin. Andererseits sah das Tor jetzt toll aus, leuchtend rot, glänzend, schick, und wie durch ein Wunder war auch kaum Lack auf dem Weg gelandet.

»Glänzt«, sagte Tang, und ich nickte.

»Na los, suchen wir mal was, mit dem wir dich saubermachen können.« Er zuckte zusammen. Er ließ sich nicht gerne saubermachen. Allerdings hatte ich letztes Mal eine elektrische Zahnbürste verwendet, daher war sein Misstrauen berechtigt. »Keine Sorge, ich suche was Besseres als eine Zahnbürste.« Ich nahm ihn am Greifer und ging mit ihm in die Garage, wo ich die einsame Glühbirne einschaltete.

»Hier muss es doch etwas Passendes geben.« Mein Blick fiel auf einen Eimer, in dem ich Utensilien für die Autoreinigung aufbewahrte. Ich wühlte darin herum und holte eine alte Flasche Autoglym hervor.

»Was ist das?«

»Eine spezielle Lotion, mit der man Au … Metallteile reinigt.«

»Tut es weh?«

»Ganz und gar nicht. Setz dich hin, dann versuchen wir es mal.« Laut Gebrauchsanweisung sollte man ein fusselfreies Tuch verwenden, also ging ich ins Wohnzimmer und holte aus der Schublade im Sideboard ein altes Brillenputztuch, mit dem ich mich ans Werk machte.

Es dauerte ewig und war ganz schön mühsam. Tang sah schweigend zu, wie ich die Lotion in kreisenden Bewegungen in die Lackflecken rieb. Sein einziger Kommentar bestand in einem gelegentlichen »Hurra!«, wenn ein Fleck verschwand.

Als ich den letzten Rest beseitigt hatte, drehte sich ein Schlüssel in der Haustür, und Amy rief: »Wir sind zurück!«

»Bin in der Garage.« Ich richtete mich auf, noch immer mit Farbe bedeckt, doch immerhin war Tang jetzt sauber.

»Ich jetzt glänzend wie das Tor!«

Amy steckte den Kopf zur Tür herein. »Warum bist du in … wow, Tang, du siehst ja toll aus!«

»Yay!« Er klatschte in die Greifer.

»Wie bist du auf die Idee gekommen, ihn zu reinigen?«, fragte sie mich, gefolgt von: »Warum bist du voller Farbe?«

Ich lächelte. »Ich zeig's dir.«

5

Stellenabbau

»Ben, ich muss dir was sagen«, begann Amy, nachdem Roboter und Baby im Bett waren. Mein Magen zog sich zusammen. Da war er nun, der gefürchtete Augenblick. Der Augenblick, in dem sie mir sagen würde, dass sie nicht glücklich sei, sich eine eigene Wohnung suchen und mit Bonnie ausziehe wolle.

»Okay«, erwiderte ich, nur um etwas zu sagen. Unsere Bemühungen mit dem Gartentor hatten also nicht gereicht.

»Meine Firma baut Stellen ab, und ich stehe auf der Liste.«

»Was?« Es klang zu laut und ungläubig, doch es traf mich wirklich wie ein Schlag. Ich wusste nicht, ob ich lachen oder weinen sollte.

»Ist schon gut, es steht noch nicht fest. Und ich wollte dich nicht so erschrecken. Ich hätte es dir anders beibringen sollen …«

»Nein, nein, darum geht es nicht. Ich dachte, du wolltest mir eröffnen, dass du ausziehst!«

»Ausziehen? Warum zum Teufel sollte ich das tun? Wir verstehen uns doch gut, oder? Ich dachte, wir wären so glücklich, wie das unter den Umständen überhaupt möglich ist.«

»Ja, das dachte ich auch, aber … aber …«

»Ben, hast du etwa darüber nachgegrübelt? Bist du paranoid?«

»Du hattest eine SMS bekommen … und mir nichts gesagt. Du schienst nicht ganz du selbst zu sein. Da dachte ich …«

»Ben, wir waren gerade dabei, einen Roboter loszuwerden, mit dem uns ein gefährlicher Verbrecher ausspionieren wollte, während unsere Tochter gleichzeitig unseren Familienroboter mit Nudeln bewarf. Wir hatten in dem Augenblick alle Hände voll zu tun, und da konnte ich dir nicht auch noch diese Bombe in den Schoß werfen.«

»Wenn du es so ausdrückst …«

»Moment mal, hast du deshalb mit Tang urplötzlich das Gartentor repariert?«

»Kann sein.« Ich schaute auf meine Füße und spürte, wie ich rot wurde.

»O Ben, du bist so ein Idiot. Komm her«, sie umarmte mich. Ich atmete ein paarmal tief in ihre Haare und spürte, wie sich meine Schultern entspannten.

»Tut mir leid«, sagte ich, »können wir dieses Gespräch vielleicht noch mal von vorn beginnen? Es geht ja nicht um mich. Tut mir leid.«

Sie löste sich von mir und lächelte.

»Ben, ich muss dir was sagen.«

»Okay.«

»Ich werde entlassen.«

»Entlassen? Das ist unerhört. Das können sie nicht machen, oder? Besser?«

Amy lächelte. »Besser.«

»Aber mal ehrlich, ich dachte, Anwältinnen würden nicht entlassen. Ich dachte, die arbeiten ohnehin freiberuflich.«

»Ja, wenn sie zu einer Sozietät gehören. Ich hielt es allerdings für eine tolle Idee, meine Sozietät zu verlassen und eine Stelle in der Wirtschaft anzunehmen.« Sie lächelte reumütig. »Damals erschien es mir vernünftig. Sicherer. Wie blöd ich war.«

»Du konntest das doch nicht wissen. Vermutlich war es damals tatsächlich eine tolle Idee. Und dir hat die Firma gefallen. Es ist doch nicht deine Schuld, dass sie sich jetzt als Arschlöcher erweisen.«

»Ich bin so enttäuscht. Ich dachte wirklich, ich könnte dort etwas Gutes bewirken.«

Eine lange Pause, in der ich versuchte, mir etwas Ermutigendes zu überlegen. Dann kam mir ein Gedanke.

»Augenblick, du bist doch in Elternzeit. Können die dich da überhaupt entlassen?«

Amy seufzte und nickte. »Leider ja. Es müssen besondere Umstände vorliegen, und sie müssen behutsam vorgehen, aber möglich ist es. Das Problem besteht darin, dass man das leicht verschleiern kann, so dass die Gründe für die Entlassung ganz logisch aussehen. Ich habe erlebt, wie Freundinnen Frauen verteidigt haben, die in dieser Lage waren, und am Ende zogen die Frauen die Klage oft zurück. Manchmal wird es ihnen einfach zu viel – sie treten gegen eine Firma an, die ihre eigene Rechtsabteilung und viel Geld hat, und als Frau erhält man hierzulande kaum finanzielle Unterstützung. Firmen suchen sich immer den idealen Zeitpunkt aus, zu dem eine Mutter besonders angreifbar ist. Schrecklich.«

»Aber du bist doch selbst Anwältin, du kannst das durchkämpfen. Und das wirst du auch, oder? Du schaffst das.« Ich hoffte, zuversichtlich zu klingen, doch es hörte sich wohl an, als wollte ich das Problem einfach nur wegschieben. Ich bereute die Worte, sowie ich sie ausgesprochen hatte.

»Ben, ich würde als einzelne Anwältin einer ganzen Armee gegenüberstehen. Die entlassen mich nur, weil sie wissen, dass sie vor Gericht damit bestehen können. Ich fürchte, ich habe keine Chance. Außerdem – möchte ich wirklich bei einer Firma bleiben, die mir so etwas antut?«

Da hatte sie recht. Sie würde nie wieder zur Arbeit gehen, ohne daran zu denken, was man ihr angetan hatte, und auch die Arbeitgeber würden sie nie wieder mit denselben Augen sehen. Die Sache war von Anfang an besiegelt. Wie ungerecht.

Ich fragte mich, was Amy jetzt unternehmen würde. Sie musste arbeiten, musste Menschen helfen, eine Elternzeit mit offenem Ende würde sie in den Wahnsinn treiben.

Zum Glück hatte sie einen Plan. Am nächsten Tag verkündete Amy, meine Amy, die fähige Überfliegerin, die nie hatte begreifen können, dass ich so lange arbeitslos gewesen war:

»Die können mich am Arsch lecken.«

»Wie bitte?« Amy fluchte gewöhnlich nicht, und obwohl die Entlassung – und auch das Muttersein – mir neue Seiten an ihr gezeigt hatte, waren diese Worte dennoch ein Schock. Immerhin hatte sie ihre Karriere darauf aufgebaut, leidenschaftlich zu reden, ohne in Obszönitäten zu verfallen.

»Es könnte das Beste sein, was meiner Karriere je passiert ist. Ich würde wahrscheinlich eine neue Stelle finden, aber scheiß drauf. Ich will nicht, dass mir das noch einmal passiert. Ich arbeite wieder freiberuflich. Vielleicht studiere ich noch eine ganz neue Fachrichtung. Vielleicht wechsle ich von Menschenrechten auf Roboterrechte, damit wir uns gegen Bollinger zur Wehr setzen können.«

»Wieso nicht? Das kann doch gar nicht so sehr viel anders sein.« Ich wollte ihr Mut machen, aber es klang einfach nur ignorant.

Das verriet mir auch ihr Blick, doch Amy nahm es mir nicht übel. »Jura ist ein sehr komplexes Fach, wie könnte ein Laie das je begreifen? Jedenfalls muss ich eine Menge lesen.« Sie lief im Zimmer auf und ab. »Es ist nicht leicht und wird vermutlich lange dauern, bis ich mir einen Mandantenstamm aufgebaut habe. Einige meiner alten Mandanten könnten interessiert sein, wenn ich eine neue Richtung einschlage. Aber in die Sozietät kann ich nicht zurück. Ich muss mich mal umhören.«

»Tu das.«

»Es würde allerdings bedeuten, dass wir beide in der Ausbildung sind und eine Zeitlang wenig verdienen.« Sie blieb stehen und sah mich stirnrunzelnd an. »Wäre das in Ordnung?«

»Ja«, sagte ich entschieden.

An dieser Stelle sollte ich anmerken, dass ich mir nicht so sicher war, wie ich mich anhörte. Ich würde definitiv meine finanzielle Lage checken. Ich wusste nicht, wie viel Amy gespart hatte, und wollte sie nicht darauf ansprechen. Es war nicht ihre Schuld, dass wir uns in dieser Lage befanden. Wie könnte ich ihr die Chance verwehren, sich beruflich etwas Neues aufzubauen, vor allem, wenn es einem Mitglied unserer Familie zugutekäme?

Es ging uns gut, das Geld würde reichen. Und da war noch etwas anderes. Wir waren die unmittelbare Bedrohung losgeworden, aber Bollingers Schatten hing noch über uns. Daher war Amys Plan der einzig richtige.

6

Bücher

Amy hatte schon immer gern im Wohnzimmer gearbeitet, was vor Tang und Bonnie auch nie ein Problem gewesen war. Ich hatte mein Arbeitszimmer, in dem ich früher meist Nabelschau betrieb und keine sinnvollen Gedanken zustande brachte. Heutzutage war es mit medizinischen Fachbüchern, Computerzubehör und einem Rattenskelett gefüllt, das ich als Gedächtnisstütze benutzte.

Das Problem mit dem Wohnzimmer war nur, dass Amy dort auch ihre Bücher verstreute, und wenn man ein Krabbelkind und einen Roboter hinzurechnete, entstanden gewisse Spannungen. Bonnie kaute gerne auf Amys Büchern, und Tang … nun ja, er saß einfach gern da und beobachtete sie.

»Du kannst mein Arbeitszimmer benutzen, wenn du möchtest.«

»Nein, es gefällt mir hier. Aber danke.« Mehr sagte sie nicht dazu. Ich hatte nie wirklich begriffen, warum sie sich hier wohl fühlte, vor allem jetzt, wo sie auch noch vor Publikum arbeiten musste.

Als Amy und ich wieder einmal in unseren Arbeitsbereichen saßen, kam Tang zu mir. Bonnie schlief, und wir hatten beschlossen, dass jetzt die richtige Zeit zum Lernen sei. Amy hatte ihre juristischen Fachbücher auf Sofa, Couchtisch und Boden ausgebreitet und Tang verboten, mit der Playstation zu spielen, weil sie Ruhe brauchte. Er warf einen Blick auf das Rattenskelett, das vor mir auf dem Tisch stand, verkniff sich aber einen Kommentar.

»Nicht fair«, verkündete er. »Will spielen. Warum ist Amy da?«

»Sie muss arbeiten, Kumpel, das weißt du doch. Sie braucht Platz für ihre Bücher.«

»Ja. Das ist es.«

»Was ist was?« Ich drehte die Ratte um und betrachtete sie über den Rand meiner Brille.

»Muss Ben fragen: Was ist ›Bücher‹?«

»Wie meinst du das?«, sagte ich geistesabwesend, hob das Skelett hoch und versuchte, die Darstellung auf meinem Laptop mit dem abzugleichen, was ich vor mir hatte.

»Ich weiß, Amy hat Sachen, die Bücher heißen, weiß aber nicht, was Bücher ist. Wofür ist – wofür sind – die gut? Was machen die?«

Ich legte die Ratte beiseite. Das war eine berechtigte Frage. Ich war einfach davon ausgegangen, dass Tang über Bücher Bescheid wusste. Schließlich waren es keine geheimen Apparate, zu denen nur die geheimsten Geheimorganisationen Zugang hatten. Jedenfalls nicht in unserer Welt. Sie waren überall. Wir hatten ganze Regale voll, ganze Kisten. Er hatte nie danach gefragt. Andererseits – warum auch? Wir lasen Bonnie beim Schlafengehen vor, aber Tang war nie dabei gewesen. Dann fiel mir auf, dass ich mich gar nicht daran erinnern konnte, wann ich zuletzt etwas gelesen hatte, das kein Fachbuch war oder von Tieren handelte, die irgendetwas machten, das sich reimte. Das Gleiche galt für Amy. Woher sollte Tang wissen, wozu Bücher gut waren? Ich bekam ein schlechtes Gewissen. Er kannte Brettspiele, Ballspiele, Computerspiele und das Internet als Formen der Unterhaltung, aber ich hatte ihm noch nie ein Buch gegeben. Ich nahm die Lesebrille ab und legte sie auf den Schreibtisch.

»Tang, wir machen jetzt einen Ausflug.« Ich ging zu Amy ins Wohnzimmer. Sie saß auf dem Sofa, ein Bein unter sich gezogen, das andere ausgestreckt, und wackelte geistesabwesend mit den Zehen.

»Amy, ich bin mal kurz mit Tang weg.«

»Kein Problem. Wohin wollt ihr?«

Tang stand im Flur vor meinem Arbeitszimmer. Es war mir unangenehm, die Frage in seiner Gegenwart zu beantworten, weil ich wirklich etwas versäumt hatte, und so zog ich die Tür hinter mir zu.

»Ich fahre mit ihm in eine Buchhandlung. Er hat mich gerade gefragt, was Bücher sind … wie kann es sein, dass wir ihm das nie erklärt haben?«

Amy runzelte die Stirn. »Du hast recht. Das haben wir wirklich nicht getan. Macht uns das zu schlechten Eltern?«, fragte sie beschämt.

»Keine Ahnung. Aber er soll nicht glauben, dass Bücher nur zum Arbeiten da sind. Wir können Bonnie nicht die Liebe zu Büchern vermitteln und Tang einfach ignorieren, das wäre nicht richtig.«

»Nein, da hast du recht. Wieso stehst du noch hier? Na los!« Ich salutierte lächelnd, bevor ich das Wohnzimmer verließ. Tang wartete an der Haustür, er sah jetzt noch misstrauischer aus.

»Wo fahren hin?«

»Wir fahren in eine Buchhandlung, Tang.«

Als wir die Buchhandlung betraten, fielen Tang beinahe die Augen aus dem metallenen Kopf. Eigentlich waren wir noch gar nicht richtig drin, standen noch im Sensorenfeld, und die Türen gingen hinter uns immer wieder auf und zu.

»Tang, Kumpel, könnten wir einen Meter nach vorn gehen?«

Er drehte sich um.

»Oh. Tut mir leid, Ben.« Er schepperte vorwärts, und die Türen schlossen sich. Dann breitete er die Arme aus, als wollte er die ganze Buchhandlung umarmen, und rief: »Ist Bücher für mich?« Er streckte den Greifer nach einem Tisch aus, auf dem Stapel bunter Bestseller lagen.

»Ich weiß nicht, ob das die richtigen für dich sind. Die Kinderbücher sind weiter hinten. Komm mit.« Ich führte ihn in einen gelb eingerichteten Bereich mit einem Aquarium. Sowie er die Fische erblickte, ließ er meine Hand los und schlug die Greifer aneinander, wobei er aus vollem Hals »Fische!« brüllte.

»Ben! Schau! Haben Fische!«

Ich hatte keine Ahnung, wieso es in dieser Buchhandlung Fische gab, aber ich war ihnen ungemein dankbar dafür. Der Kinderbereich war bunt und gemütlich, mit Sitzkissen und einem Maltisch (damit kleine Ausreißer nicht auf die Idee kamen, die Bücher anzumalen). Und dazu die Fische. Tang verbrachte einige Minuten damit, sein Gesicht ans Aquarium zu drücken, womit er den Fischen wohl einen gehörigen Schrecken einjagte, zumal seine Augäpfel klirrten, wenn sie die Scheibe berührten. Dann ließ er sich mit seinem metallenen Hinterteil auf ein Sitzkissen fallen und schaute sich um.

»Ben! Ich liebe hier! Buchhandlung ist tooooolI!«

Ich schaute mich um und musste ihm beipflichten. Ich hatte nie zum Vergnügen gelesen, obwohl meine Eltern und Bryony echte Bücherwürmer waren. Als ich sah, wie viel Freude Tang und die anderen Kunden an dieser Buchhandlung hatten, fragte ich mich, weshalb ich nicht schon früher hergekommen war.

»Hey, Tang, wie wäre es hiermit?« Ich griff nach einem Bilderbuch, das in einem blaugelben Regal stand und von einem Tintenfisch namens Brian handelte. Ich kauerte mich neben Tang, und er verzog das Gesicht, schaute mir aber über die Schulter, während ich das Buch durchblätterte.

Anscheinend war Brian ein Außenseiter, weil er ein Tintenfisch und damit anders als »normale« Fische war. Doch am Ende lernte er mit Hilfe einer Seeanemone namens Mark, sich selbst zu lieben, und war wieder glücklich. Tang hatte zwar das Gesicht verzogen, doch die Geschichte könnte ihn durchaus ansprechen.

Ich klemmte mir das Buch unter den Arm, und wir verbrachten einige sehr zufriedene Minuten damit, in den Regalen zu stöbern.

»Ben!«, sagte Tang unvermittelt. »Was ist mit dem?«

Als ich sah, was er sich ausgesucht hatte, wusste ich sofort, was ihn daran faszinierte. In dem Buch ging es um ein Kind, das ein Geschwisterchen bekommt, und was dies für das Kind bedeutete. Die Autorin hatte die Geschichte aufgepeppt, indem sie das fragliche Kind zum Roboter gemacht hatte. Ein Buch, wie geschaffen für Tang und Bonnie.

Wir kauften es sofort. Und Brian, den Tintenfisch, noch dazu.

7
Das Problem im Garten

Bei genauer Betrachtung hätten wir es ahnen müssen. Wir wussten, dass Bollinger nicht so einfach aufgeben würde und folglich auch nicht Jasmine, doch eines Morgens die Vorhänge zu öffnen und sie wieder im Garten zu sehen war trotzdem ein schwerer Schlag. Sie schwebte an derselben Stelle wie zuvor, als wäre sie nie weg gewesen.

»Scheiße«, murmelte ich und lehnte die Stirn an die Scheibe. Ich konnte hören, wie Amy oben mit Bonnie sprach, während sie die Windel wechselte, und Tang sich scheppernd von seinem Futon erhob. Bald würden alle runterkommen und sie sehen. Ich konnte sie nicht davor beschützen.

Ich hörte Amys Schritte oben im Schlafzimmer, dann kam sie mit Bonnie auf dem Arm die Treppe herunter. Die zweite Stufe knarrte leicht. Mir blieben nur wenige Sekunden, um mir die Worte zu überlegen. Sie setzte Bonnie in den Hochstuhl und gab ihr die Milchflasche, bevor sie in Richtung Wohnzimmer kam. Ich trat ihr an der Tür entgegen.

»Guten Morgen«, sagte ich übertrieben fröhlich und ging zur Kaffeemaschine, um Zeit zu schinden.

Sie wurde sofort misstrauisch. »Was ist los?«

Ich überlegte noch, wie ich die Neuigkeit nett verpacken könnte, aber es hatte keinen Sinn.

»Sie ist wieder da, oder?«

Ich nickte. Amy ging zur Terrassentür, um sich mit eigenen Augen davon zu überzeugen.

»Nein! Das ist nicht fair!«, schrie sie in einem untypischen Gefühlsausbruch. »Warum konnte sie nicht einfach wegbleiben?«

»Was passiert?«, fragte eine leise, nervöse Stimme hinter uns. Tang sah unschuldig zu uns auf. Im Gegensatz zu Amy hatte er es noch nicht begriffen. Es blieb uns nichts anderes übrig, als ihm die Wahrheit zu sagen.

»Jasmine ist wieder im Garten.«

»Oh.« Mehr sagte er nicht. Er wirkte nicht mal sonderlich überrascht.

»Vermutlich war es dumm zu glauben, wir könnten sie so einfach loswerden«, sagte Amy. »Sie ist wohl zu klug dafür. Dann müssen uns eben einen besseren Plan überlegen.«

Tang quetschte sich zwischen uns hindurch, öffnete die Tür und ging nach draußen. Die Luft war schon warm, und mir kam der Gedanke, dass Jasmine in einem heißen Sommer dank ihrer dunklen Farbe vielleicht überhitzen würde, wodurch sich das Problem von selber löste. Aber es sollte anders kommen.

Amy und ich standen nebeneinander und schauten in den Garten, wo Tang Jasmine umkreiste. Sie folgte seinen Bewegungen mit dem roten Lichtauge.

»Ich wünschte, er würde sie in Ruhe lassen«, sagte ich.

»Meinst du, er will ihr etwas tun?«, fragte Amy überrascht. »Er hat es doch sehr ruhig aufgenommen.«

»Ganz und gar nicht. Ich finde es nur beunruhigend, ihn in der Nähe eines Roboters zu sehen, der uns schaden will. Das macht mich wahnsinnig.«

»Vielleicht überlegt er, was wir unternehmen können.«

»Bei Tang ist alles möglich. Vielleicht findet er sie auch nur interessant. Sieht aus, als hätte er eine Tradition begründet: künstliche Intelligenz im Chambers-Garten.«

Amy grinste, sagt aber nichts.

»Was sollen wir jetzt machen?«, fragte ich mich selbst und Amy.

Sie zuckte mit den Schultern. »Keine Ahnung. Ich habe angefangen, mich einzulesen, aber das Thema ist komplex. Ich brauche eine Weile, um es für unseren Fall aufzubereiten. Möglicherweise werde ich es nicht rechtzeitig schaffen.«

»Dann müssen wir auf Zeit spielen. Wenn wir Jasmine davon überzeugen können, die Übermittlungen einzustellen, hättest du ein bisschen Luft.«

»Aber wie soll das gehen?«

Ich nickte zu Tang. »Sie zu belästigen dürfte jedenfalls nicht der richtige Weg sein. Vielleicht müssen wir ihn ein bisschen ablenken, während wir uns einen Plan zurechtlegen.«

»Er braucht den neuen Chip, das wolltest du mit ihm erledigen. Und er möchte unbedingt babysitten, das könnten wir mal versuchen. Nichts lenkt einen besser ab als ein Krabbelkind.«

»Auch wieder wahr.«

»Und wir müssen uns mit der Tatsache abfinden, dass Tang nicht dir gehört. Nicht uns.«

»Wie meinst du das?«

»Er gehört Bollinger. So falsch das auch sein mag, juristisch betrachtet hast du ihn gestohlen, und wenn Jasmines Botschaften ankommen und Bollinger hier auftaucht, hat er das Recht auf seiner Seite.«

»Das ist unfair!«

»Ich weiß. Aber so lautet das Gesetz.«

»Können wir denn gar nichts machen?«

»Na ja, ich bin noch mitten in der Recherche, aber wir können schon mal seinen Chip mit deinem Namen und deiner Adresse versehen lassen. Damit melden wir immerhin unsere Ansprüche auf ihn an und die Absicht, ihn zu behalten. Das könnte vor Gericht hilfreich sein.«

»Vor Gericht? Muss das sein?«

Amy zuckte betont sorglos mit den Schultern. Sie liebte Tang ebenso wie ich, das war mir klar.

»Wahrscheinlich.«

»Müsste Tang mitkommen?«

»Davon gehe ich aus.«

»Das will ich ihm aber nicht zumuten.«

»Ich weiß, ich auch nicht. Wir müssen nur auf alles gefasst sein.«

»Ich lasse gleich morgen seinen Chip in Ordnung bringen.«

Sie lächelte mitfühlend und drückte meine Hand.

»Wir tun alles Menschenmögliche. Es wird schon gutgehen.«

Ich seufzte und verschränkte die Arme.

»Ich wüsste immer noch gern, weshalb Jasmine sich nicht gewehrt hat.«

»Gegen die Müllabfuhr?«

»Ja. Sie hat kein Wort gesagt. Wieso?« Dann deutete Amy auf Tang, der gerade zur Terrasse stapfte. »Frag sie doch mal. Ich lenke Tang solange ab.«

»Was hat sie gesagt?«, fragte Amy, als ich zurück ins Wohnzimmer kam.

»Sie sagt, sie habe sich nicht gewehrt, damit wir sie nicht für ein Ungeheuer halten.«

Amy verzog das Gesicht.

»Jetzt fühle ich mich mies, weil ich sie verschrotten wollte.«

»Geht mir genauso.«

»Vielleicht kann man sie doch noch umdrehen.«

»Eben. Ich halte sie nicht für die dumme Maschine, die Tang in ihr sieht.«

»Nein, das kann sie nicht sein, wenn sie sich Gedanken darüber macht, was wir von ihr halten.« Dann kam mir eine Idee. »Tang? Könntest du bitte mal runterkommen?«

»Wieso?«, ertönte die Roboterstimme.

»Weil ich dich darum gebeten habe. Na los, stell dich nicht so an.«

Sekunden später schepperte es auf der Treppe. Dann tauchte Tang mit wütender Miene in der Tür auf.

»War bei Buch«, verkündete er. »Ben hat gestört.«

»Tut mir leid, du kannst gleich weiterlesen. Ich muss dich nur was fragen.«

»Warum kommt Ben nicht oben zu Tang?«

Vielleicht war ich zu faul oder verspürte den unüberwindlichen Wunsch, der Vater zu sein und das Sagen zu haben.

»Darum geht es jetzt nicht«, wich ich aus. »Ich wollte mit dir über Jasmine reden.«

Tang wirkte argwöhnisch, was mich nicht überraschte.

»Du hast gesagt, du hältst Jasmine für einen ganz normalen Roboter, für eine Maschine, die nicht fühlen kann. Die keine Person ist.«

»Ja.«

»Aber du irrst dich. Ich glaube, sie ist eine Person. Ich glaube, sie könnte ebensolche Gefühle entwickeln wie du.« Da Tang nichts sagte, fuhr ich fort. »Und ich glaube, du weißt das auch.«

Er senkte den Blick.

Hatte ich es mir doch gedacht.

»Du wusstest es die ganze Zeit, oder? Du wusstest, dass sie mehr ist, als du zugeben wolltest, und hast uns dennoch gedrängt, sie wegzubringen. Wieso?«

Er trat nervös von einem Fuß auf den anderen.

»Tang? Warum hast du getan, als wäre Jasmine etwas, das sie gar nicht ist?«

Er schaute flehend zu Amy, doch sie schüttelte den Kopf. »Schau mich nicht so an, Tang. Wenn Ben recht hat, dann musst du da allein durch, so leid es mir tut. Du musst dafür geradestehen, wenn du uns belogen hast.«

Er hob seufzend die Schultern.

»Wenn ihr seht, dass Jasmine kluger Roboter ist, holt ihr sie ins Haus. Mögt sie lieber, sie ist Familie. Ist besser als ich.« Er schaute mich von unten an. »Vielleicht kein Platz für zwei Roboter. Vielleicht nehmt ihr sie.«

Aus dem Augenwinkel bemerkte ich, wie Amy auf dem Sofa herumrutschte, aber nicht aufstand. Sie hatte Tang instinktiv umarmen wollen, versuchte aber, meine Autorität nicht zu untergraben. Also umarmte ich ihn.

»Tang, wir werden niemals einen anderen Roboter lieber mögen als dich, das weißt du doch. Wir tun alles, um dich zu behalten, und egal, wie viele ›kluge‹ Roboter hier auftauchen, du bleibst immer unser Tang. Wir werden dich immer gleich lieben.«

Ich spürte, wie er die Greifer um meinen Rücken schlang, und Amy kam dazu und legte ihm die Hand auf die Schulter. Dann schob ich ihn ein bisschen weg und sah ihm in die Augen.

»Danke, dass du uns die Wahrheit gesagt hast, aber es wäre noch besser gewesen, wenn du gar nicht erst gelogen hättest. Wir haben dir schon einmal gesagt, dass Lügen nicht gut ist. Wenn man lügt, können schlimme Dinge passieren. Stell dir vor, Jasmine wäre auf der Müllkippe geblieben. Sicher, wir haben sie gerade im Augenblick nicht so furchtbar gern, aber damit hätten wir sie so gut wie getötet. Verstehst du das?«

Tang nickte niedergeschlagen.

»Wir können wirklich von Glück sagen, dass sie anständig zu sein scheint. Sie hätte auch zurückkommen und uns alle umbringen können.«

Tang riss die Augen auf.

Amy sagte: »Ben, jetzt wirst du ein bisschen melodramatisch. Ich glaube, es tut ihm sehr leid, nicht wahr?«

»Ja. Tut leid. Ich sehe mit den Lügen. Ich sehe, ist schlecht.«

»Okay. Aber vielleicht solltest du dich auch bei Jasmine entschuldigen.« Tang schaute zwischen uns hin und her, doch Amy nickte zustimmend.

»O-kay. Gehe jetzt.«

Er schepperte an uns vorbei auf die Terrasse, zögerte einen Moment und ging dann zu Jasmine.

»Sollten wir ihn begleiten?«

Amy schüttelte den Kopf.

»Nein, lass ihn das allein regeln. So kann er lernen, Verantwortung zu übernehmen.«

»Erledigt«, sagt Tang und marschierte an uns vorbei durchs Wohnzimmer. »Kann jetzt zurück zu Buch?«

»Ich denke schon. Alles klar mit ihr?«

»Ja. Hat Kleiderbügel gegen meinen Kopf gehauen und dann gesagt, nicht wieder machen, und dann war alles klar.«

»Hat er gerade gesagt, sie habe ihm eine Ohrfeige gegeben und ihm dann verziehen?«

»Hört sich ganz so an.«

Wir traten ans Fenster.

Jasmine schwebte auf und ab, ihr Licht strich sanft hin und her. Sie wirkte undurchdringlich wie immer.

8

Kleine Schritte

Eines Tages kam ich aus der Praxis nach Hause und fand Amy im Wohnzimmer, wo sie auf den Laptop starrte und an ihrer Lippe zupfte. Sie hatte die Arme verschränkt und einen Fuß unter sich gezogen. Bonnie hockte vor ihr auf dem Boden, hämmerte mit einem Holzlöffel auf einen umgedrehten Kochtopf und schien sich prächtig zu amüsieren. Ich zog die Schuhe aus und küsste sie auf die Wange.

»Alles in Ordnung mit dir?«, fragte ich Amy.

»Hm?«

Sie war kilometerweit entfernt gewesen und schüttelte sich, als müsste sie sich in die Gegenwart zurückrufen.

»Macht Jasmine dir zu schaffen?« Ich sah aus dem Fenster und war nicht weiter überrascht, sie draußen zu sehen.

»Ja, nein, sorry. Es ist was anderes. Mein Vater hat sich gemeldet.«

»Oh.« Mehr fiel mir nicht dazu ein. Amy hatte praktisch keinen Kontakt zu ihrer Familie, und wenn sich Verwandte bei ihr meldeten, bedeutete das immer Stress.

»Er ist diese Woche in der Stadt und will sich am Donnerstag zum Mittagessen treffen.«

»Na schön, das können wir machen.«

Amy rutschte hin und her.

»Ben, er meint mich. Nur mich.«

»Oh. Wieso?«

»Ich zitiere: ›Wenn er nicht zu dir steht, nur weil du einen Fehler gemacht hast, ist er nicht der Schwiegersohn, den ich mir vorstelle. Gut, dass du ihn los bist.‹«

»Wow.« Ich hielt nichts von dem Mann, aber die Worte schmerzten trotzdem. »Vielleicht hätte ich nicht davon ausgehen sollen, dass ich erwünscht bin, aber trotzdem. Das ist mehr als unfair.«

»Ich weiß. Das habe ich ihm auch gesagt. Aber es hat keinen Sinn, per E-Mail zu diskutieren.«

»Wohl kaum. Woher weiß er, was passiert ist?«

»Nun, er wusste, dass wir uns getrennt hatten, weil er nach Bonnies Geburt im Krankenhaus war. Da muss mir wohl was rausgerutscht sein. Ich war müde und habe es wohl nicht richtig erklärt. Oder gar nicht. Keine Sorge, ich werde das klarstellen, wenn ich ihn sehe.«

»Du gehst also hin?«

Sie verzog das Gesicht. »Mir bleibt wohl nichts anderes übrig. Immerhin ist er mein Vater.«

»Was ist mit deiner Mutter? Kommt die auch?«

Amy lächelte schief. »Nein, sie ist mit ihren Enkelkindern zu Hause.«

»Hat er das so gesagt?«

»Ja.«

»Sie zählen Bonnie also nicht zur Familie?«

»Anscheinend nicht.«

»Nimmst du sie mit?«

»Aber sicher. Ich werde ihn daran erinnern, dass er noch ein weiteres Enkelkind hat.«

Ich hatte Mitgefühl mit Amy. Sie war ein Unfall gewesen, nachdem das Thema Familienplanung eigentlich abgeschlossen war, und das hatten die Eltern sie spüren lassen. Amy war ein ungewolltes Kind mit vielen älteren Geschwistern, das weitgehend ignoriert worden war und sich mit Büchern, Schule und Internet quasi selbst aufgezogen hatte. Ihre Eltern hatten kaum bemerkt, dass sie von zu Hause ausgezogen war, und warfen es ihr dennoch vor, denn alle anderen drängten sich loyal ums Elternhaus und machten einen auf glückliche Familie. Dann und wann tauchte Amys Vater in ihrem Leben auf, anscheinend immer mit dem erklärten Ziel, ihre Geschwister als leuchtende Vorbilder hinzustellen und neue Ängste in seiner Tochter zu schüren. Sie wurde nie nach Hause eingeladen.

Am Donnerstag kam ich nach einem anstrengenden Tag im College nach Hause und hoffte, dass bei Amy alles gut gelaufen war. Einerseits wäre es schön gewesen, wenn Bonnie ihren Großvater vollgekotzt oder ihm den Finger ins Auge gebohrt hätte. Andererseits hoffte ich, dass sie sich als wahrer Engel erwiesen hatte. Es war schwer, sich seine Anerkennung nicht zu wünschen, obwohl er ein Arschloch war und gar nicht begriff, welch tolle Tochter er hatte.

Ich lief nägelkauend im Wohnzimmer auf und ab, als die beiden hereinkamen. Ich ging sofort zu Amy und umarmte sie, wobei ich spürte, wie die Anspannung in ihrem Körper nachließ.

»Wie war es?«

»In Ordnung, würde ich sagen«, murmelte sie, den Mund in meinem Hemd vergraben. »Er wollte wissen, ob Bonnie schon spricht. Ich habe nein gesagt, aber sie könne beinahe laufen.«

»Und was hat er dazu gesagt?«

»Dass alle seine Kinder mit neun Monaten gelaufen seien und mit elf Monaten gesprochen hätten.«

»Aber natürlich. Du eingeschlossen?«

»Wer weiß?«

»Hat er sich mit ihr beschäftigt?«

»Mehr oder weniger. Ein paarmal meinte ich, etwas wie großväterlichen Stolz zu sehen, aber er hat ihn sofort unterdrückt.«

Ich verzichtete darauf, ihn mit einem obszönen Schimpfwort zu bedenken. Bonnie zog sich an meinem Bein hoch und kletterte aufs Sofa, wo sie sich die Fernbedienung in den Mund steckte und zusah, wie ich ihre Mutter im Arm hielt.

»Und was ist mit dir? Hat er sich erkundigt, wie es dir geht?«

»Klar. Er wollte wissen, warum ich die Firma nicht verklagt habe. Ich habe mir nicht die Mühe gemacht, es ihm zu erklären. Er sagte, er und Mum hätten ja schon immer geglaubt, die ›Anwaltsgeschichte‹ habe keine Zukunft.« Amy spürte wohl, wie ich mich verkrampfte. »Schon gut, keine Sorge. Er ist nicht wichtig.«

»Er ist dein Vater.« Ich konnte es einfach nicht begreifen. Meine eigenen Eltern waren tot, ich würde sie nie wiedersehen. Amys Familie hingegen war quicklebendig, doch die Verbindung war zerbrochen, und die Begegnung mit ihrem Vater hatte Amys Optimismus im Keim erstickt.

»Er hat gesagt, er möchte mich bald wiedersehen.«

»Ach ja?«

»Und …« Sie hielt inne, als müsste sie sich die Worte zurechtlegen. Dann holte sie tief Luft und stieß hervor: »Er hat gesagt, ich wisse doch, dass er stolz auf mich sei. Und ich sagte, nein, das Gefühl hätte ich eigentlich nie, und er sagte, doch, sie seien stolz auf mich.«

Ich löste mich von Amy und schaute sie an, weil ich meinen Ohren nicht traute.

»Das hat er gesagt?«

Sie nickte.

»Das verstehe ich nicht. Ist er todkrank?«

»Er hat es nicht erwähnt, aber der Gedanke ist mir auch gekommen.«

»Was hast du gesagt?«

»Ich habe gefragt, weshalb er mir das erst jetzt erzähle, wo ich schon Mitte dreißig sei. Warum nicht früher, warum nicht ein einziges Mal in meinem ganzen Leben.«

»Gute Frage.«

»Er sagte, Mum sei gestürzt und habe sich den Arm gebrochen und die Hüfte geprellt, aber es gehe ihr gut. Allerdings habe ihm der Zwischenfall Angst gemacht, weil sie ein paar Minuten bewusstlos war, und dann habe er an seine Familie – seine ganze Familie – gedacht und beschlossen, er müsse Kontakt zu mir aufnehmen.«

»Oh.«

»Ich weiß nicht, ob ich ihm das abkaufe. Das bleibt wohl abzuwarten. Kleine Schritte und so.«

In den folgenden Tagen wirkte Amy ziemlich zerstreut. Ich bemerkte, wie sie Fachbücher in die Hand nahm und wieder weglegte, ins Leere starrte und auf der Lippe kaute.

»Ben? Glaubst du, Bonnie müsste mittlerweile sprechen?«

»Keine Ahnung. Sie ist noch nicht mal ein Jahr. Wenn sie drei wäre und noch kein Wort gesprochen hätte …«

»Du hast vermutlich recht.« Sie stand auf und ging in die Küche. Ich saß auf dem Boden und versuchte, mit Bonnie ein Puzzle zu legen. Tang war im Garten und tat, als würde er die Pferde beobachten, behielt in Wahrheit aber Jasmine im Auge. Sie machte ihn nervös. Sie machte uns alle nervös, aber ihn am allermeisten.

»Meinst du, sie sollte nicht wenigstens inzwischen ›Mama‹ und ›Papa‹ sagen?« Amy schaute mich von der Küchentür aus an.

»Machst du dir Sorgen?«

»Ich weiß nicht, ob ich mir Sorgen machen sollte und es nicht tue oder ob ich mir Sorgen mache, obwohl kein Grund dazu besteht.«

»Kann es sein, dass du zu viel darüber nachdenkst?«

Sie lächelte. »Mag sein.« Ich holte das Handy aus der Tasche, als sie in der Küche verschwunden war. Als sie mit zwei Kaffeetassen zurückkam, hielt ich es ihr entgegen.

»Hier steht, es sei normal, wenn Kinder zwischen elf und fünfzehn Monaten zu sprechen anfangen. Und dabei geht es nicht mal um ganze Sätze, nur um einzelne Wörter.«

»Klar, das habe ich schon gelesen. Es ist nur so …«

»Es ist nur so, dass dein Vater angedeutet hat, Bonnie könnte in der Entwicklung verzögert sein.«

Amy wurde rot und schaute in ihre Kaffeetasse.

»Sie läuft noch nicht mal.«

»Nein, aber fast. Warte ab.«

»Stimmt wohl.«

»Ganz ehrlich, Bonnie ist super.« Leider stahlen sich ihre Zweifel auch in meinen Kopf. Nur mal angenommen, Bonnie wäre in der Entwicklung zurück, weil wir uns zu sehr um Tang und Jasmine gekümmert hatten. Oder weil unsere familiäre Situation einen schlechten Einfluss auf sie hatte.

Und dann, als hätte sie es gemerkt, stand Bonnie auf und ging zur Terrassentür. Ganz allein.

Sie schaffte es gerade noch, ihre dicken Babyfinger an die Scheibe zu drücken und auf Tang zu zeigen, bevor Amy und ich uns auf sie stürzten, sie aufhoben und mit Glückwünschen und Liebkosungen überhäuften. Sie begann zu quengeln und wollte runter. Amy küsste sie, und ich rief Bryony an.

9

Knautschzone

Amy hatte beschlossen, dass Bonnie nun, da sie laufen konnte, sicher großen Spaß an einer Geburtstagsparty auf einem Indoorspielplatz hätte. Ich hatte von diesen Spielplätzen gehört, auf denen alles weich gepolstert war, aber bisher hatte Amy sich immer geopfert und war mit Bryony hingegangen. Ich bedauerte auch nicht, dass mir die Erfahrung bisher erspart geblieben war. Es klang wie die sieben Höllenkreise, die ich nur betreten würde, wenn es sich gar nicht vermeiden ließ. Aber wenn die eigene Tochter ihren ersten Geburtstag feierte, war dieser Zeitpunkt wohl gekommen.

Amy lud Bonnies kleine Freundinnen aus den verschiedenen Kindergruppen ein, und wir buchten einen Platz für fünfzehn Kinder plus Eltern. Ich wollte Tang unbedingt mitnehmen, damit er mir notfalls die Hand halten konnte. Er selbst war sich unsicher, was Amy ihm nachfühlen konnte.

»Ich weiß nicht, ob er da wirklich mitmachen kann. Es hat viel mit Klettern zu tun. Er könnte vielleicht im Bällebad sitzen.«

Genauso kam es auch. Tang und ich saßen inmitten

leuchtend bunter Plastikbälle und ließen uns von kleinen Kindern bewerfen, die Tang für einen Bestandteil des Spielplatzes und somit für ein Klettergerät hielten. Ein älteres Kind, das nicht zu unserer Gruppe gehörte, erkundigte sich sogar, weshalb er nicht rot, gelb und blau sei. Ich muss Tang zugutehalten, dass er nur mit den Worten »Weil ich Metall bin« antwortete.

»Tut mir leid«, sagte ich zu ihm, »vielleicht hätten wir dich doch zu Hause lassen sollen.«

Er schüttelte den Kopf.

»Nein, wenn zu Hause bleiben, dann allein mit Jasmine draußen, und gefällt mir nicht. Hier wenigstens bei Ben. Und Amy. Und Bon-niiee ... wenn auch nicht so viel.«

Ich war davon überzeugt, dass Tang Bonnie liebte, aber auch seine Probleme mit ihr hatte. Bisweilen kam es mir vor, als betrachte er sie als ein Ding, das zwischen uns getreten war, mehr Aufmerksamkeit forderte als er und sie auch bekam. Er bemühte sich zu verstehen, was an ihr besonders war, zumal sie in seinen Augen nicht viel konnte und das, was sie konnte, gewöhnlich zu seinem Nachteil war. Er konnte auch nicht verstehen, weshalb zum Teufel wir in einem Bällebad saßen. Oder ich projizierte meine Gefühle auf ihn.

Es wurde besser, als wir in einen Partyraum gingen, in dem es Kuchen und bunte Hüte gab. Bryony besorgte eine Geschenktüte für Tang, und obwohl er weder den Kuchen essen noch in die Tröte blasen konnte, liebte er seinen Papphut und trug ihn den Rest des Tages. Er saß neben Bonnie und beobachtete fasziniert, wie sie sich ganze Hände voller Marmeladenplätzchen in den Mund steckte. Ich konnte förmlich sehen, wie seine Empörung über das Bällebad dahinschmolz, während Bonnie die Aufmerksamkeit genoss. Das ging so lange gut, bis ein Kind, das Tang gegenübersaß, seine klebrige Hand ausstreckte und ihm ein Stück Plätzchen ins Gesicht klebte. Die Mutter sprang auf und entschuldigte sich, bevor sie versuchte, Tang mit einem feuchten Tuch abzuwischen, wobei sie das Gebäck nur auf seinem Kopf verteilte. Bonnie war begeistert über das neue Spiel und warf ein Stück Kuchen nach ihm. Ein erstklassiger Wurf, der Kuchen landete mit einem weichen Plopp mitten auf Tangs Kopf.

»Bonnie!« Ich schaute sie streng an, doch die Wirkung verpuffte, weil Tang gleichzeitig quiekte, sich das nächstbeste Kuchenstück schnappte und Bonnie damit bewarf. Der Kuchen hatte dem Kind gehört, das ihn beschmiert hatte, was eine gewisse poetische Gerechtigkeit darstellte, doch der Junge schien das anders zu sehen und begann zu weinen. Bonnie kicherte, die blonden Ringellöckchen mit Marmelade und Sahne verschmiert. Sie hatte Riesenspaß, bis ich mich schließlich vorbeugte und drohend den Finger hob.

»Schluss, ihr beiden. Hier wird nicht mit Essen geworfen.« Eigentlich wollte ich, dass sich beide entschuldigten, doch dann fiel mir ein, dass Bonnie nicht sprechen konnte und es unfair wäre, wenn nur Tang sich entschuldigen müsste. Sie sah mit großen Augen von mir zu Tang und schob schmollend die Unterlippe vor. Ich wappnete mich schon für das große Geheul, doch dann zeigte sie auf den Roboter, schlang die kleinen Arme um seinen Hals und sagte: »Da Tang.«

Von da an waren Tang und Bonnie unzertrennlich. Er strahlte förmlich vor Wichtigkeit, weil Bonnies erste Worte ihm gegolten hatten, und nachdem er sie als selbständigen Menschen erkannt hatte, wollte er so viel wie möglich über sie erfahren.

»Warum schläft Bon-niiee am Tag?« (»Weil sie ein Baby ist.«) »Warum wacht Bon-niiee nachts manchmal auf?« (»Weil sie ein Baby ist. Außerdem kommt das bei uns allen vor.«) »Warum spielt Bon-niiee nicht?« (»Sie spielt, ist aber noch zu klein, um mit dir zu spielen.«) »Warum hat Bon-niiee kleine Bettdecke am Po?«

Es ist schon anstrengend, sich um ein Baby zu kümmern, doch dass wir auch noch die unablässigen Fragen eines kindlichen Roboters beantworten und dessen Bedürfnissen nachkommen mussten, brachte uns an unsere Grenzen. Heute stelle ich immer wieder fest, dass mir Wissen fehlt, das ich mir in dieser Zeit hätte aneignen sollen. Die Sorge um Amy und Tang und Jasmine und Bonnie und Bollinger und alle anderen verdrängte die Kenntnisse tierischer Physiologie aus meinem Gehirn.

Obwohl Bonnie uns große Freude machte, indem sie fast gleichzeitig laufen und sprechen lernte, war Jasmines Allgegenwart im Garten eine schwere Belastung. Wir wurden sie einfach nicht los. Amys Recherchen, wie wir Tang auf legalem Weg behalten konnten, waren bisher ergebnislos verlaufen. Ich wollte ihr begreiflich machen, dass es auch mein Problem war, doch der Druck, eine juristische Lösung zu finden, lastete schwer auf ihr. Amy zog sich zurück, und ich fing an, mir Sorgen zu machen.

Wir brauchten eine Auszeit. Ein paar Stunden nur für uns. Ein nettes Essen. Leider war Bryony unsere einzige Babysitterin, und wir hatten sie schon stark in Anspruch genommen. Da meine Eltern nicht mehr lebten und kaum Kontakt zu Amys Familie bestand, blieb uns keine Wahl, auch wenn wir Bryony ungern als selbstverständlich betrachteten.

Schließlich fragte Tang, ob er babysitten könne.

Ich war skeptisch. Er hatte Amy bei Schwangerschaft und Geburt sehr geholfen, weshalb sie unser Kind ohne weiteres in die Obhut eines fühlenden Roboters gegeben hätte. Ich selbst war mir nicht so sicher. Ich hatte Tang erst abgewöhnen müssen, einfach wegzulaufen, und fürchtete, er könne Bonnie allein lassen.

Letztlich gaben wir ihm eine Chance. Ein erster Test, wir würden nur kurz einkaufen fahren. Wir stellten Knabberstangen, Milchflaschen und Wasser bereit und ließen Bonnie und Tang auf dem Sofa zurück, wo sie sich im Kinderfernsehen eine Sendung über Bauernhoftiere anschauten.

Zwanzig Minuten. Wir waren ganze zwanzig Minuten weg und hörten das Geschrei schon, als wir in die Einfahrt bogen.

Bonnie saß in ihrem Laufstall, den wir gar nicht mehr benutzten und nur im Wohnzimmer gelassen hatten, weil wir ihr Spielzeug darin aufbewahrten. Tang stand davor, mit dem Rücken zu uns, eine Babysocke auf dem Kopf und schrie: »Nein, nein, nein, nein!« Bonnie hielt seinen Greifer fest umklammert und wollte nicht loslassen. Tang stampfte von einem Fuß auf den anderen, aber unsere

Tochter amüsierte sich anscheinend prächtig und ließ erst los, als sie uns sah. Dann fing sie an zu weinen, worauf Tang, der uns immer noch nicht bemerkt hatte, sie zu beruhigen versuchte und ihr durch die Gitterstäbe hindurch übers Haar strich.

»Nein, nein, nein. Bon-niiee kein Weinen … kein Weinen. Nicht weinen, Bon-niiee. Tang kümmert um Bon-niiee. Tang hat lieb. Kein Weinen!«

Amy warf ihre Handtasche aufs Sofa, kniete sich neben ihn und legte die Arme um seine kleinen Metallschultern. Er zuckte zusammen, war aber sichtlich erleichtert, sie zu sehen. Er zog den Arm aus dem Laufstall und legte ihn um Amys Hals. Ich hob Bonnie auf, worauf ihr Weinen sofort verstummte. Schauspielerin.

»Ist ja gut, Tang, wir sind ja hier«, sagte Amy tröstend. »Alles in Ordnung?«

»Bon-niiee schwer. Hört nicht auf zu bewegen. Konnte nicht folgen. Zu langsam. Tang hat Angst Bon-niiee verlieren. Tang hat Bon-niiee hinter Stäbe gemacht. Ist sicher so.«

»Warum hast du sie gepiekt?«, fragte ich unfreundlich, was er eigentlich nicht verdient hatte. »Was hast du denn geglaubt, was passiert, wenn du den Greifer da reinsteckst?«

»Habe nicht gepiekt! Wollte Socke geben. Darf keine kalten Füße haben. Bon-niiee hat rausgeworfen, wollte zurückgeben. Bon-niiee wieder geworfen, Greifer gegriffen. Weiß nicht, wo Socke jetzt ist.« Ich nahm sie ihm vom Kopf und zog sie Bonnie wieder über den Fuß. Tang machte einen Schritt von Amy weg.

»Passe nicht mehr auf Bon-niiee auf. Gehe jetzt schlafen.« Mit diesen Worten schepperte er nach oben in sein Zimmer.

Nachdem Tangs kurze Karriere als Babysitter vorbei war, mussten wir wohl oder übel wieder auf die arme Bryony zurückgreifen. Amy heulte ihr am Telefon was vor, worauf meine Schwester am Wochenende ihre Kinder zu den Großeltern schickte, damit wir ein ausgedehntes Sonntagsessen zu zweit genießen konnten.

Ich wartete unten an der Treppe. Als Amy aus ihrem Zimmer auftauchte, hielt ich den Atem an. Sie trug eine wunderbar sitzende Jeans und eine schwarze Jacke mit einem rosa Top darunter. Sie hatte die welligen blonden Haare locker aufgesteckt, ein gewollt lässiger Look, für den sie vermutlich eine Ewigkeit gebraucht hatte. Sie wusste immer, wie man sich für welches Restaurant kleidete. Ich trug Hemd und Hose, weil es ein schickes Lokal war, ahnte aber, dass ich bei weitem nicht so elegant aussah wie sie.

Wir ließen Bryony in der Küche zurück, wo sie mit Bonnie Topfdeckel aneinanderschlug. Tang hatte es sich mit *Star Wars* vor dem Fernseher gemütlich gemacht. Keiner von ihnen schien sich für uns zu interessieren, also rief ich nur »Tschüs!«, und wir machten uns auf den Weg.

Wir hörten ein Surren, als ich den Schlüssel ins Schloss steckte. Mit einem Roboter im Haus war das nicht weiter ungewöhnlich, aber Amy und ich schauten einander stirnrunzelnd an, weil wir das Geräusch nicht kannten. Tangs ganze Palette an Surren, Scheppern und Quietschen war uns inzwischen bekannt, dies hier jedoch nicht.

»Jasmine?«, fragte Amy, doch ich schüttelte den Kopf.

»Sie ist lautlos. Außerdem, warum sollte sie im Haus sein? Bryony hätte sie bestimmt nicht reingelassen.«

Hatte sie auch nicht. Und es war auch nicht Jasmine. Wir sahen Tang durch den Flur gleiten, von links nach rechts, vom Wohnzimmer zur Abstellkammer. Er glitt. Kein Scheppern oder Wackeln. Gleiten. Und das Geräusch kam von ihm. Besser gesagt, von unserem Staubsaugerroboter, der mit seinem Gewicht zu kämpfen hatte.

Tang drehte sich zu uns um und glitt grinsend vorbei.

»Seht mal! Ben! Amy! Habe Bon-niiee-Problem gelöst! Folge mit Staubsauger. Fährt mich rum!« Worauf der Staubsauger noch einmal kehlig stotterte und dann den Geist aufgab. Tang schaute auf seine Füße. »Oh.«

Ich half ihm herunter. »Kumpel, ich glaube, du bist ein bisschen schwer. Er ist nicht dafür ausgelegt, Gewicht zu tragen.«

»Aber ich sehe … ich sehe online.« Ich muss ihn verwirrt angeschaut haben, denn er fügte hinzu: »Sehe Katze auf Staubsauger. Katze sitzt in Küche auf Staubsauger. ICH SEHE!« Er sah mich flehend an, und dann fiel bei mir der Groschen.

»Du meinst, du hast im Internet das Video mit der Katze gesehen, die auf einem Roboterstaubsauger herumfährt?«

»Ja.«

»Tang, die Katze ist ein bisschen leichter als du. Ich glaube, für dich brauchen wir eine andere Lösung.«

Tang war niedergeschlagen. »Wollte nur mit Bon-niiee mithalten. Ist zu schnell. Bin zu langsam. Will nur spielen.«

Ich umarmte ihn. »Das weiß ich doch. Wir überlegen

uns was, keine Sorge. Aber erst mal müssen wir den Staubsauger reparieren lassen.«

»Tut mir leid, Ben, dass Staubsauger kaputt. Wollte Staubsauger nicht weh tun.« Er kniete sich hin und streichelte den platten Roboter. »Ist nicht wie ich, fühlt nicht wie ich. Aber will ihm nicht weh tun. Falls er doch fühlt.«

Und so fügte Tang das Wort »Reue« seiner Liste menschlicher Eigenschaften hinzu.

10

Rollschuhe

Tangs zweite Idee war besser, kostete mich allerdings beträchtliche Mühe. Er kam darauf, als ich mit ihm und Bonnie im Park spazieren ging, weil Amy eine Pause brauchte. An diesem Morgen hatte ich sie am Küchenfenster vorgefunden, wo sie hinausstarrte und sich in die Lippe kniff. Bonnie und Tang schauten im Wohnzimmer fern. Überall lagen juristische Fachbücher verstreut.

»Alles in Ordnung?«

»Ich kann nichts finden.« Sie hatte den Blick immer noch in die Ferne gerichtet.

»Was meinst du?«

Sie drehte sich zu mir um.

»Ich dachte, es müsste irgendetwas geben, das wir gegen Bollinger verwenden können, aber ich kann keinen Präzedenzfall finden, der mit unserem auch nur annähernd vergleichbar wäre. Dabei war ich früher richtig gut darin. Aber die Entlassung … es kommt mir vor, als hätte ich dadurch mein ganzes Selbstvertrauen verloren. Ich dachte, ich hätte es geschafft, mir eine Karriere aufgebaut. Und dann, zack, bekommst du ein Baby, und um dich herum fällt alles auseinander! Man sollte glauben, Frauen müssten sich nicht mehr zwischen Kind und Karriere entscheiden, aber das ist ein Trugschluss.«

Ich wusste nicht, was ich sagen sollte. Wenn ich ihr gut zuredete, hätte sie das Gefühl, ich nähme sie nicht ernst. Sie in dieser Abwärtsspirale zu bestärken wäre allerdings auch falsch. Also legte ich den Arm um sie, weil mir nichts Besseres einfiel.

»Ich glaube an dich.«

Amy seufzte und murmelte ein Dankeschön, wobei sie den Kopf an mich lehnte. So blieben wir ein paar Minuten stehen.

»Und es fällt mir schwer, mich zu konzentrieren.«

»Das wundert mich nicht.«

»Nicht dass ich bereuen würde, Bonnie oder Tang bei mir zu haben. Es ist nur …«

»Schon gut, du brauchst es nicht zu erklären. Sie machen eine Menge Arbeit.«

»Ja.«

Dann kam mir eine Idee, etwas Praktisches, das ich tun konnte, um ihr ein wenig Luft zu verschaffen.

»Wie wär's, wenn ich mit den beiden ein bisschen rausgehe?«

Amy nahm das Angebot sofort an. Es war überfällig, aber ich war zu sehr mit meiner Ausbildung und meinen eigenen Gedanken beschäftigt gewesen. Gewiss, ich hatte mir Sorgen um Amy gemacht, mich aber nicht wirklich damit auseinandergesetzt. In meinem Kopf war sie immer noch die kompetente Amy, die keine Hilfe brauchte und die glücklich zu machen auch gar nicht mehr mein Privileg war.

So kam es jedenfalls, dass ich an einem Wochentag mit Baby und Roboter im Park landete. Ich tat es gern, obwohl mir nicht ganz wohl dabei war.

Bonnie strampelte mit den Beinen in ihrem Buggy und kaute auf ihrer Faust, während Tang neben mir herschepperte und darauf bestand, beim Lenken des Kinderwagens zu helfen.

»Tang, könntest du bitte den Griff loslassen, es ist einfacher, wenn ich ihn allein schiebe.«

»Nein, ich helfe. Helfe Ben.«

»Aber das tust du nicht. Wir fahren wild im Zickzack.« Tang ließ den Griff los und ging mürrisch weiter, wobei er an seinem Klebeband zupfte. Ich hatte ihm schon mehrmals vorgeschlagen, die Klappe zu reparieren, aber davon wollte er nichts wissen. Für ihn war die Klappe mit dem Klebeband eine Erinnerung an unsere gemeinsamen Erlebnisse. Wenn ich gewusst hätte, dass ihm das verdammte Klebeband so ans Herz wachsen würde, hätte ich sie gleich vernünftig repariert. Nun aber war das Zupfen ein tief verwurzelter Ausdruck des Kummers, den er wohl nie wieder aufgeben würde.

Egal, zurück zum Park. Wenn man als Mann mit seinem Baby allein auf den Spielplatz geht, gibt es zwei mögliche Reaktionen. Entweder finden die Leute es süß oder halten einen für sonderbar, weil man als Mann auf einen Spielplatz geht, selbst wenn man zweifelsfrei sein eigenes Kind dabeihat. Befindet man sich auch noch in Begleitung eines Roboters wie Tang, wird man erst recht angeglotzt. Dies gilt vor allem, wenn man sich in folgendem Dilemma befindet: Das Kleinkind schreit, weil es nicht mit einem auf die Schaukel will, die beim letzten Mal noch super war, und der Roboter schreit, weil er es geschafft hat, das Karussell allein in Gang zu setzen, und nun lieber runterwill. Und wer hilft einem? Niemand. Vermutlich sind die Leute einfach nur erleichtert, weil ihr eigenes Kind sie gelegentlich in den Wahnsinn treibt, sie aber wenigstens keinen Roboter haben. Oder einen, der ihren Wagen reinigt und nie mit ihnen in den Park will.

Ich hievte Bonnie von der Schaukel und setzte sie in den Buggy, wo sie sofort zu schreien begann und wieder auf die Schaukel zeigte.

»Pech gehabt. Jetzt helfen wir Tang, du musst warten.«

Ich schob den Kinderwagen zum Karussell und blieb vor dem Problem stehen, das in einem unermüdlich kreisenden Roboter bestand. Bonnie warf einen Blick auf Tang und befand, dass dies noch besser als die Schaukel sei. Sie begann zu kichern. Als ich nach dem Geländer des Karussells griff und es mühsam zum Stehen brachte, wurde mir klar, dass Tang ihre Belustigung nicht teilte.

»Bon-niiee, aufhören zu lachen!« Er funkelte sie an. »Nicht lustig! Nicht! Nicht! Nicht! Ben aufhören machen!«

»Ich kann ihr nicht vorschreiben, was sie lustig zu finden hat, Kumpel.« Ich half ihm herunter. Er taumelte ein bisschen, und ich hielt ihn fest, damit er nicht umfiel.

»Aber ist nicht nett! Ist nicht nett zu lachen, wenn ich Problem habe!«

»Das weiß ich, aber sie ist noch zu klein, um das zu verstehen, das weißt du doch. Sei einfach groß und geh drüber hinweg.«

Er funkelte mich an. »Ist nicht fair! Ben immer auf Bonniiees Seite. Nur weil klein ist. Nur weil Mensch ist!«

Und als hätte sie gewusst, was Tang gerade gesagt hatte, hörte Bonnie auf zu lachen. Sie sah mich aus großen Augen an. Tang sah mich aus großen Augen an. Ich runzelte die Stirn und versuchte, den Stich zu verdrängen, den Tang mir soeben versetzt hatte. Sein Gesicht verriet mir, dass ihm die Worte einfach so herausgerutscht waren. Ich war mir nicht sicher, ob er sie ernst gemeint hatte, doch war deutlich zu erkennen, dass er sie bereute. Er und Bonnie hatten sich so gut verstanden, und wenn ich ihn jetzt anbrüllte, würde das überhaupt nicht helfen.

»Tang, das ist nicht nett von dir. Es stimmt auch nicht, das weißt du nur zu gut. Außerdem hast du schon oft über Bonnie gelacht, oder?«

Er nickte und schaute auf seine Füße.

»Tut mir leid, Ben. Tut mir leid, dass ich gesagt. Ich nicht meine.«

»Das weiß ich doch. Du warst nur wütend. Aber trotzdem danke, dass du dich entschuldigt hast, das war gut.« Ich umarmte ihn. Er zupfte an seinem Klebeband, hob aber schließlich den Kopf.

»Vielleicht wir gehen mit Bon-niiee auf kleine Rutsche? Mag vielleicht lieber als Schaukel?«

»Das ist eine gute Idee, Tang.« Ich nahm seinen Greifer, und dann schoben wir den Buggy gemeinsam zu der Kleinkinderrutsche, die sich am anderen Ende des Spielplatzes befand. Ich setzte Bonnie obendrauf, und dann nahmen Tang und ich ihre Hände und halfen ihr beim Rutschen. Als sie unten ankam, schaute Tang fasziniert über meine Schulter zu dem Weg, der am Spielplatz entlangführte.

»Was ist denn los, Tang?«

Er sah mich kurz an und blickte dann wieder starr geradeaus.

»Ben, sieh mal«, sagte er leise. »Da drüben! Kinder da drüben.«

Ich drehte mich um.

»Na und? Das sind doch nur ein paar Kinder mit ihren Eltern.«

»Ja, aber sieh mal! Sie hat … haben Räder. Warum haben Räder? Ist das Upgrade? Wie bekommen?«

»Das sind Rollschuhe, Tang.«

»Roll … Schuhe?«

»Ja. Die kann man an den eigenen Schuhen befestigen und damit rollen, statt zu laufen. Bryony und ich hatten die als Kinder auch, aber sie wurden irgendwann unmodern. Jetzt erleben sie wohl ein Comeback.«

Tang ließ Bonnies Hand los und marschierte den davonrollenden Kindern hinterher.

»Komm zurück!« Ich hob Bonnie auf die Hüfte.

»Brauche Schuhe!«, rief er über die Schulter. »Brauche Schuhe!«

»Wieso?« Ich packte Bonnie in den Buggy und eilte ihm nach.

»Weil ich dann so schnell wie Bon-niiee bin!«

Die Kinder mit den Rollschuhen drehten sich erschrocken um, als ein schreiender Roboter mit ausgestreckten Armen hinter ihnen herschepperte. Ich erklärte Tang, dass er ganz andere Rollschuhe brauchen würde, womit ich ihn schließlich davon überzeugen konnte, die Verfolgungsjagd einzustellen. Er bestand jedoch darauf, diese speziellen Rollschuhe zu bekommen, als gäbe es keine anderen auf der Welt, und gab erst nach, als ich ihm sagte, sie seien zu klein für ihn.

»Hör mal, Tang, wir besorgen dir Rollschuhe, müssen sie aber ein bisschen abändern, okay? Kinderfüße sind viel schmaler als deine.«

Er schaute auf Bonnies Füße, dann auf seine eigenen.

»Ja.«

»Also brauchst du besonders breite Rollschuhe, damit sie an deine Füße passen.«

»O-kay. Wir holen bald, ja?«

»Ja«, versprach ich ihm, »ich sehe zu Hause sofort im Internet nach.«

Ich hielt Wort, versorgte Bonnie mit einer Knabberstange und Tang mit der Playstation und suchte dann online nach Rollschuhen, die breit genug für die Fußplatten eines Roboters waren. Es war etwas schwierig, den richtigen Suchbegriff zu finden. »Rollschuhe für Roboter«, keine Ergebnisse. »Rollschuhe für Kinder mit großen Füßen«, dito. Ich konnte beinahe die Entrüstung spüren, als ich in meiner Verzweiflung »Rollschuhe für fette Kinder« googelte. Denn es ging nicht nur um die Größe, auch die Belastbarkeit war ein Problem. Tang war schwer, und ein Rollschuh für zehnjährige Kinder würde unter seinem Gewicht genauso nachgeben wie der Staubsauger. Entgegen seiner Behauptung bestand er nämlich nicht aus Aluminium, sondern aus einer Stahllegierung oder etwas anderem, das Bollinger gerade zur Hand gehabt hatte.

Letztlich beschloss ich, selbst welche zu bauen. Das Klebeband an seiner Platte zeugte von meinen bescheidenen handwerklichen Fähigkeiten, doch wenn es jemals den richtigen Zeitpunkt gegeben hatte, mich mit Heimwerken zu beschäftigen, dann jetzt. Ich wollte Tang und Bonnie ein guter Vater sein, und als Vater muss man sich mit solchen Dingen auseinandersetzen. Wenn ich also in den Baumarkt fahren und Metallplatten und irgendwelche Ketten oder Riemen kaufen musste, würde ich es tun.

Und so kam es dann auch. Im Baumarkt fand ich solide Rollen für Kleiderschränke, die angeblich bis zu hundert Kilo aushielten. Ich fragte einen Lager-Bot, ob die Rollen einen kleinen eckigen Roboter von dieser Größe (ich hielt meine Hand etwa einen Meter zwanzig über den Boden) tragen könnten, der aus Stahl bestand. Der Bot antwortete, das sei wohl möglich. Als ich erklärte, wofür die Rollen gedacht waren, schickte er mich hilfsbereit zu den Blechplatten, die man auf die richtige Länge zuschneiden konnte. Als er die Panik in meinen Augen bemerkte, bekam er Mitleid und sagte, er werde sie mir zurechtschneiden. Dann verkaufte mir der Bot auch noch Schrauben und Seile. Und einen Schraubenzieher. Besser gesagt, einen ganzen Werkzeugkasten. Ich weiß nicht, ob Roboter ein Festgehalt oder Provision bekommen, aber dieser hier machte jedenfalls ein gutes Geschäft mit mir.

Amy riss die Augen auf, als ich mit meinen Tüten voller Werkzeug und Material zur Tür hereinkam.

»Was zum Teufel …?«

»Tang möchte Rollschuhe.«

»Na schön, dann kaufen wir ihm welche.«

Es schien sie nicht zu überraschen, dass unser Roboter Rollschuhe haben wollte, während sie meine Tüten mit hochgezogenen Augenbrauen betrachtete.

»Du verstehst das nicht. Man kann keine Rollschuhe für Tang kaufen. Ich baue ihm welche.« Ich trat die Haustür hinter mir zu und marschierte geradewegs zur Garage.

»Soll ich dir helfen?«

»Nein«, erwiderte ich entschlossen, »geht schon.« Mir wurde klar, dass ich vielleicht ein bisschen kurz angebunden gewesen war. »Ich mache es gern. Es kommt mir vor, als hätte ich beim Heimwerken etwas nachzuholen. Wäre ich nicht so mies darin, würde Tang nicht mit Klebeband auf dem Bauch herumlaufen. Ich will mir wohl selbst beweisen, dass ich dazu fähig bin.«

Amy nickte. »Verstehe. Dann mache ich dir Tee.« Sie deutete auf meine Tüten. »Den kannst du sicher gebrauchen.«

Ich lächelte und drückte mit dem Ellbogen die Klinke der Garagentür herunter.

Zunächst einmal setzte ich Amys glänzendes, unpraktisches Prä-Baby-Auto in die Einfahrt, um es nicht zu verkratzen, und breitete dann meine Einkäufe auf dem Boden aus. Nach ein paar Minuten ging die Tür auf, und ein tangförmiger Schatten fiel auf meine Utensilien.

»Bringe Tee. Amy sagt, du brauchst Tee. Bringe Becher.« Er schepperte vorsichtig die Stufen herunter und reichte mir den Tee. Seine Fähigkeiten in der Küche ließen noch zu wünschen übrig, aber er hatte gelernt, den Henkel eines Bechers zu ergreifen und diesen von einer Person zur anderen zu tragen. Er brachte Leuten gerne Tee. Dabei fühlte er sich wichtig.

»Danke, Tang, das ist sehr nett von dir.«

Er nickte und ließ sich auf die unterste Stufe fallen, weil er mir zusehen wollte.

»Was machst du?« Ich wusste nicht, ob ich ihm die Wahrheit sagen sollte. Angenommen, ich bekäme es nicht hin? Angenommen, ich endete mit einer Auswahl von Metallplatten und Rollen, die sich nicht aneinander befestigen ließen? Tang wartete geduldig auf meine Antwort, und ich beschloss, dass Ehrlichkeit der beste Weg sei.

»Ich baue dir Rollschuhe. Das hoffe ich jedenfalls.«

Tang sprang quiekend auf und schlang mir den Greifer um den Hals.

»Danke, Ben! DANKE!«

Ich klopfte ihm auf die kleine Metallschulter. »Aber du solltest wissen, dass ich so was noch nie gemacht habe. Sei nicht enttäuscht, falls ich es nicht hinbekomme.«

Er ließ mich los und sah mich lange und eindringlich an.

»Vertraue Ben. Ben findet Weg. Ich weiß, Ben kann Rollschuhe machen.« Dann setzte er sich wieder auf die Stufe. Einerseits wünschte ich mir, er würde weggehen, damit ich nicht vor seinen Augen scheiterte, aber sein optimistisches Gesicht verriet mir, dass er sich nicht von der Stelle rühren würde.

Dreieinhalb Stunden, vier Becher Tee und eine Flasche Bier später hielt ich Tangs Greifer und half ihm auf die

Füße. Wir waren beide nervös, doch als die Rollschuhe das Gewicht des Roboters trugen, seufzte ich erleichtert. Sie hatten die erste Hürde genommen und bogen sich nicht durch, wenn er auf ihnen stand.

»Versuch mal, dich zu bewegen.« Er rollte mit dem rechten Fuß nach vorn. Die Bewegung machte ihm Angst, und er wollte den Fuß zurückziehen, doch stattdessen sauste er nach hinten und knallte gegen die Stufen.

»Keine Sorge, es ist schwer beim ersten Mal. Niemand kann sofort Rollschuh laufen.« Er wirkte nicht überzeugt. »Weißt du, was? Du bewegst dich gar nicht, und ich ziehe dich einfach. Dann kannst du dich an die Rollen gewöhnen.« Er sah mich misstrauisch an, stellte aber die Füße nebeneinander und blieb ganz still, während ich ihn umherzog. Nach etwa einer Minute grinste er übers ganze Gesicht.

»Tang bewegt sich! Rollen nicht scheppern! Nicht wackeln! Ist wunderbar!« Der letzte Satz überraschte mich, weil er das Wort noch nie gebraucht hatte, und ich freute mich, dass er seine Gefühle ausdrücken konnte. Außerdem war ich heilfroh, dass die Rollschuhe funktionierten.

»Sollen wir es jetzt mal mit einer Hand versuchen?«

Er nickte und ließ meine linke Hand los. Ich ging durch die Garage und zog ihn neben mir her. Es lief so gut, dass Tang mutig wurde und sich selbst bewegen wollte. Er hob einen Fuß und wollte sich vorwärtsschieben, was ihm in gewisser Hinsicht auch gelang. Er bewegte sich in der Tat vorwärts. Leider so schnell, dass er meine rechte Hand losließ und mit dem Garagentor kollidierte. Ein gewaltiges Scheppern, er kippte auf die Seite, im Garagentor war eine große Delle zu sehen. Tang kreischte, und Sekunden später kam Amy angelaufen.

»Was ist passiert?«

»Alles in Ordnung, er ist nur ausgerutscht.« Ich half ihm auf die Füße und drehte ihn auf der Stelle. Er war gegen den Öffnungsmechanismus des Garagentors geprallt, der eine gewaltige Schramme hinterlassen hatte.

»Ist schlimm?«

Amy und ich sahen einander an.

»Nein, an sich nicht. Aber es muss wohl repariert werden. Tut es dir irgendwo drinnen weh?« Er schüttelte den Kopf. »Meinst du, etwas ist kaputt?« Wieder schüttelte er den Kopf. »Nun, in diesem Fall können wir wohl einen mobilen Reparaturservice bestellen. Die bringen das schon in Ordnung.« Tang sah mich misstrauisch an. »Keine Sorge, du bist bald wieder wie neu. Versprochen.«

»Ben?«

»Ja, Tang?«

»Ich glaube, brauche mehr Übung auf Rollschuhen. Vielleicht wieder mit Ben an Hand.«

11

Kindersicherung

Der mobile Reparaturservice kam nachmittags vorbei. Der Mechaniker war ein bärtiger Mittzwanziger namens Nick, der schlechtsitzende Jeans und ein unvorteilhaftes Hemd trug. Er stieß einen Pfiff aus, als er Tang erblickte.

»Ach du Scheiße, das ist vielleicht ein Retroteil. Haben Sie mal an ein Upgrade gedacht?«

Tang und ich verdrehten die Augen. Es hatte eine Zeit gegeben, in der er völlig ausgeflippt wäre und sich an mein Hosenbein geklammert hätte, als könnte ich eine solche Möglichkeit tatsächlich in Betracht ziehen. Heutzutage gingen wir beide stoischer damit um. Wir hörten diesen Spruch nicht zum ersten, nicht zum zehnten und ganz sicher nicht zum letzten Mal.

»Nein, er ist was Besonderes. Einzigartig unter Millionen. Unter einer Million Millionen.«

»Schon gut, schon gut, Kumpel«, der Mechaniker hob abwehrend die Hände. »Tut mir leid, wenn ich einen wunden Punkt getroffen habe.«

»Ach, kein Problem.« Ich hatte wohl beleidigter als beabsichtigt geklungen. »Es ist eine lange Geschichte. Was meinen Sie? Wegen der Delle.«

Er ging einmal um Tang herum und bückte sich dann, um seine verbeulte Karosserie zu betrachten.

»Ich glaube, dafür fehlt mir das richtige Werkzeug. Ich muss ihn mit in den OP nehmen.«

»Den OP?«

»So nennen wir die Werkstatt, weil sie wie ein Operationssaal aussieht. Sauberer als jede normale Werkstatt, wegen der Schaltkreise. Da darf kein Staub eindringen.«

»Verstehe.«

»Jedenfalls glaube ich, heute Nachmittag sind noch ein paar Termine frei. Soll ich mal nachsehen?« Bevor ich nicken konnte, hatte er schon ein Tablet in einer ramponierten Hülle herausgeholt. »Ja, 13.20 Uhr, 14.40 Uhr, 15.55 Uhr. Passt einer davon?«

»Ja, die passen alle. Sagen wir 14.40 Uhr.« Ich sah zu Tang, ob er damit einverstanden war. Er zuckte nur mit den Schultern.

Der Mechaniker tippte ein paarmal auf sein Tablet.

»Cool, damit steht der Termin.«

»Machen Sie das?«

»Nein, Dylan kümmert sich darum. Keine Sorge, er ist ein netter Kerl. Er bringt ihn schon wieder in Ordnung.«

»Das ist sehr beruhigend.«

»Darf ich fragen, ob Sie versichert sind?«

»Versichert?«

Er deutete wieder auf Tang.

»Ist er durch die Hausratversicherung abgedeckt?«

»Das weiß ich ehrlich gesagt nicht.«

»Ich meine nur, weil manche Schäden von der Versicherung getragen werden. Kommt drauf an, wo der

Unfall passiert ist. Jedenfalls sollten Sie mal bei Ihrer Versicherung anrufen. Könnte sich lohnen, Roboter sind ganz schön kostspielige …« Er verstummte und schaute zu Tang. »… ganz schön teuer in der Reparatur.«

»Danke, das werde ich machen.«

»Kann ich Ihnen sonst noch behilflich sein?« Mir fielen spontan eine ganze Menge Dinge ein, die im Haus erledigt werden mussten. Das Licht am Rasenmäher, das nicht ausging, die Tatsache, dass man manchmal den Reset-Knopf an der Spülmaschine fünf Sekunden lang drücken musste, bevor sie funktionierte. Das war schon immer so gewesen, selbst als sie nagelneu war. Amy und ich hatten sie gekauft, als wir nicht einmal zu einem normalen Gespräch in der Lage waren, und wollten uns wohl beide nicht an diese Zeit erinnern, indem wir das Thema anschnitten.

»Nein danke«, sagte ich nur.

»Keine Sorge.« Er gab mir seine Visitenkarte. »Rufen Sie mich einfach an, falls irgendwas ansteht.«

»Vielen Dank.«

Mit einem jungenhaften Lächeln stieg er wieder in den Lieferwagen. »Und Dylan freut sich, Sie heute Nachmittag um 14.40 Uhr zu sehen.«

Dann streckte er den Daumen nach oben und fuhr davon.

Ich rief tatsächlich die Versicherung an.

Während ich die Nummer wählte, wurde mir klar, dass ich gar nicht genau wusste, wie ich das Gespräch beginnen sollte. »Ähm … ich habe einen Roboter. Könnten Sie mir bitte sagen, ob er in unserer Hausratversicherung enthalten ist?«

»Haben Sie ihn angegeben?«

»Nein, der Gedanke ist mir erst heute gekommen.«

»In diesem Fall ist er mit großer Wahrscheinlichkeit nicht darin enthalten. Gewöhnlich sind sie zu wertvoll, um als Hausrat versichert zu werden. Daher brauche ich einige Angaben von Ihnen. Könnten Sie mir den Hersteller und das genaue Modell nennen?«

»Ähm. Eigentlich nicht. Beides trifft nicht auf ihn zu.«

»Ist er selbstgebaut?«

Du lieber Himmel, das nun auch wieder nicht.

»So kann man es wohl ausdrücken.«

»Und worin besteht die primäre Funktion Ihres Roboters?«

»Seine was?«

»Primäre Funktion, Sir. Worin besteht seine wichtigste Aufgabe? Wozu haben Sie ihn gekauft?«

»Das kann ich nicht genau sagen. Ich habe ihn nicht gekauft … ich habe ihn sozusagen gefunden. Manchmal glaube ich, seine primäre Funktion besteht darin, sich über mich lustig zu machen.« Ich lachte nervös, und der Versicherungsangestellte stimmte zu meiner Überraschung ein.

»Haha, ja, Sir, so kommt es einem manchmal vor. Sie verstehen die einfachsten Befehle nicht, und man muss sie dreimal in unterschiedlichem Tonfall wiederholen, bis sie es kapiert haben. Gelegentlich kommt mir der Gedanke, dass sie ihren eigenen Kopf haben.«

»Genau!« Vielleicht war Tang gar nicht so anders als

normale Bots. Es folgte eine Stille, bis ich bemerkte, dass ich seine Frage noch immer nicht beantwortet hatte.

»Ich würde sagen, seine primäre Funktion besteht darin, einfach hier zu sein. Er gehört zur Familie. Ich weiß nicht, wie ich es anders beschreiben soll.«

»Also ist er eine Art Gesellschafts-Bot?«

»Ja, und auch wieder nicht. Nicht auf diese Weise«, fügte ich eilig hinzu, als mir unser verstörender Aufenthalt im Hotel California einfiel, einem Bordell für künstliche Intelligenz. Diesmal würde ich die Sache von Anfang an klarstellen. Doch der Versicherungsangestellte war in voller Fahrt und tippte wild drauflos.

»Und wie lange haben Sie den Roboter schon, Sir?«

Ich überlegte.

»Fast zwei Jahre.«

»Hat er bestehende Vorschäden?«

»Nein«, log ich.

»Wird er regelmäßig gewartet?«

»Wird er was?«

»Ob er regelmäßig gewartet wird, Sir.«

»Nein, ich wüsste gar nicht, wo ich mit ihm hingehen soll.«

»Sie können ihn in jede Bot-Werkstatt bringen und dort warten lassen. Ich kann Ihnen gerne eine Liste mit Werkstätten in Ihrer Nähe zur Verfügung stellen, aber die finden Sie auch im Internet.«

»Schon gut. Wir haben schon …« Beinahe hätte ich gesagt »einen Termin«, womit ich mich als Lügner geoutet hätte.

»Ich empfehle Ihnen, Ihren Roboter mindestens einmal

im Jahr warten zu lassen. Manche auch öfter, aber wir verlangen nur eine Wartung pro Jahr.«

»Danke, ich werde mich darum kümmern.«

»Wissen Sie, was, ich schreibe einfach rein, dass er gewartet ist. Wenn Sie es schnell erledigen, kommt es aufs Gleiche heraus.«

»Danke, das ist sehr nett von Ihnen.«

»Kommen wir zur Frage des Wertes.«

»Sie meinen den Wert des Roboters?«

»Ja. Was schätzen Sie, wie viel Ihr Bot unter Berücksichtigung der Abschreibung wert ist?«

»Ähm … also … ich weiß nicht …«

In diesem Augenblick kam Amy herein, barfuß, Bonnie auf dem Arm und eine Scheibe Toast in der Hand.

Ich hielt den Hörer zu. »Amy, die Versicherung möchte wissen, wie viel Tang wert ist. Was meinst du?«

»Sag ihnen, er ist unbezahlbar.« Sie ging seelenruhig weiter.

»Das ist nicht sehr hilfreich bei einer Versicherung, Amy!«, rief ich ihr hinterher, worauf ihre Stimme aus den Tiefen der Küche erklang:

»Was soll ich denn sonst sagen? Das war eine dumme Frage.«

Seufzend wandte ich mich wieder dem Telefon zu.

»Leider kann ich Ihnen keinen Betrag nennen.«

»Sir, wenn Sie Ihren Roboter in die Police aufnehmen wollen, müssen Sie das aber tun. Es geht darum, welchen Wiederbeschaffungswert er hat.«

»Ich glaube, er lässt sich nicht wiederbeschaffen. Das ist das Problem.«

»Das verstehe ich nicht. Heißt das, Sie können es sich nicht leisten, ihn wiederzubeschaffen? Wir würden Sie dabei umfassend unterstützen …«

Das bezweifelte ich, wenn ich an meine zugegeben beschränkten Erfahrungen mit Versicherungsgesellschaften dachte, wollte mich aber nicht auf eine Diskussion einlassen.

»Darum geht es nicht. Es ist nur …« Meine Entscheidung war gefallen. »Entschuldigen Sie, ich habe wohl Ihre Zeit verschwendet. Ich glaube, wir können ihn doch nicht in die Versicherung aufnehmen.«

»Ich … na gut, Sir, wenn Sie meinen. Aber …«

Ich fiel ihm ins Wort. »Es ist kompliziert. Er ist ein kompliziertes Wesen, und ich glaube nicht, dass man ihn in die Richtlinien einer Versicherungspolice pressen kann. Verzeihung.«

Nachdem ich das Gespräch beendet hatte, ging ich zu Amy in die Küche.

»Tut mir leid, ich konnte Tang nicht versichern. Wir müssen die Reparatur selbst bezahlen.«

»Schon in Ordnung«, sagte sie gelassen und fügte hinzu: »Das hätte ich dir gleich sagen können.«

»Danke, sehr hilfreich.« Sie rutschte grinsend vom Barhocker, von dem aus sie Bonnie bei ihren Essversuchen beobachtet hatte, die die Küche in ein Schlachtfeld zu verwandeln drohten, und küsste mich auf die Wange. Im Hinausgehen rief sie noch:

»Schau bitte mal nach Bonnie, ich hole nur ein Buch.«

Tang und ich erschienen um 14.35 Uhr in der Werkstatt. Ich sah mich nach einer Empfangstheke um, doch es gab keine, also schlurfte ich mit meinem verbeulten Roboter im Schlepptau herum, bis mich ein junges Mädchen mit roten Haaren und Undercut ansprach. Ich kam mir sehr alt vor, als sie mich mit der gelangweilten Unschuld der Jugend musterte und fragte, ob sie mir helfen könne. Ich fuhr mir unwillkürlich mit der Hand durch die Haare, die vorzeitig ergraut waren, seit Tang zu unserer Familie gehörte.

»Ja, bitte, ich – wir – haben um 14.40 Uhr einen Termin bei Dylan.«

Sie holte ein Smartphone aus der Hosentasche und tippte darauf.

»Er kommt gleich zu Ihnen.« Noch bevor sie den Satz beendet hatte, marschierte Dylan höchstpersönlich auf uns zu und funkelte das junge Mädchen an.

»Steck das bloß nicht in die Gesäßtasche, das geht kaputt.« Sie salutierte und verdrückte sich. Tang und ich schauten einander an. Es war immer unangenehm, wenn man beim Streit anderer Leute zugegen war.

»Ich bin Dylan.«

»Hallo.«

»Nick sagte, Sie würden kommen.« Er lächelte Tang an. »Wow, Kumpel, Nick hat wirklich nicht gelogen. Er ist tatsächlich was ›Besonderes‹.«

Ich hatte mir fest vorgenommen, Dylan zu mögen, doch der Spruch gefiel mir gar nicht, ganz zu schweigen von den angedeuteten Anführungszeichen. Tang, der den Kommentar für bare Münze nahm, strahlte ihn an.

»Bin verbeult.«

»Das kann man wohl sagen.« Dylan nahm uns beiseite, damit wir nicht im Weg standen, und bückte sich, um die Delle zu begutachten.

»Können reparieren?«

Tang schien die Sache selbst in die Hand zu nehmen, also starrte ich nur böse auf Dylans Hinterkopf, damit er bloß nicht auf falsche Ideen kam.

»Klar kann ich das reparieren. Kein Problem.« Er richtete sich auf und sprach mich jetzt an. »Haben Sie seine Lizenz dabei?«

»Fangen Sie bloß nicht damit an. Das hatte ich schon mit der Versicherung. Er hat keine Lizenz, er ist nicht versichert, und er hat keinen Chip.«

»Oh.«

Dylan wollte noch etwas hinzufügen, aber ich fiel ihm ins Wort.

»Ich weiß, Sie wollen mir sagen, dass Sie die Delle ohne all das nicht richten können, stimmt's?«

»Ähm, ja.«

Ich knurrte gereizt, doch Tang trat vor und umklammerte Dylans Hosenbein. Er schaute zu ihm auf und blinzelte mehrmals.

»Ben chippt mich. Hat schon Termin. Aber muss jetzt repariert werden. Delle macht mich traurig.«

Tangs Phantasie war beeindruckend und beunruhigend zugleich. Dylans Entschlossenheit geriet ins Wanken, bevor Tang ihm den Todesstoß versetzte.

»Biiiittteee …«

Dylan seufzte, schaute sich um und beugte sich vor.

»Hören Sie, ich mache eine Ausnahme, aber nur weil ich nicht will, dass er so rumlaufen muss. Außerdem möchte ich nicht, dass er so unsere Werkstatt verlässt. Das ist, als käme man mit einem beschissenen Haarschnitt vom Friseur.«

»Ich verstehe. Vielen Dank.« Ich kehrte zu meinem ursprünglichen Plan, ihn zu mögen, zurück.

»Es dauert etwa vierzig Minuten«, sagte er mit einem Blick auf seine glänzende Uhr. »Können Sie ihn dann abholen?«

»Darf ich nicht mit rein?«

Tang ließ Dylans Hose los und klammerte sich an meine. »Will nicht ohne Ben gehen.«

Dylan zuckte mit den Schultern. »Das musst du leider. Menschen, die nicht in der Werkstatt arbeiten, haben dort keinen Zutritt. Das liegt an der Versicherung. Und dabei darf ich auch wirklich keine Ausnahme machen. Es tut mir leid.«

Ich schaute auf Tang hinunter und löste ihn vorsichtig von meinem Bein. »Hör zu, Kumpel, das musst du jetzt allein durchstehen. Ich warte hier auf dich, wenn du rauskommst.«

Er gab nach und ließ sich von Dylan in die Werkstatt führen.

Tang wusste Dylans handwerkliches Geschick zu schätzen und zeigte jedem, der es sehen wollte, die Seite, an der die Delle gewesen war. Um seine Lüge in Wahrheit zu verwandeln, vereinbarte ich heimlich einen Termin im Chip-Zentrum, bekam aber ein schlechtes Gewissen, als der Zeitpunkt näher rückte. Ich hatte schrecklich versagt, als ich mit Tang zu Bollinger auf die Südseeinsel gereist war, ohne ihm den Grund dafür zu erklären. Seither verheimlichte ich ihm nur ungern etwas. Ich hätte uns beiden damals viel Schmerz ersparen können, wenn ich ehrlich mit Tang gewesen wäre. Nun aber fürchtete ich, dass Tang sich weigern würde, ins Auto zu steigen, wenn er von dieser Aktion wusste, und er hatte den Chip dringend nötig.

Unterwegs versuchte ich, ihn schonend vorzubereiten, damit er nicht die Tür öffnete und sich vor Angst auf den Gehweg warf.

»Weißt du noch, wie wir zum Flughafen gefahren sind …«

»Eeeeerste Klasse!«, schnurrte Tang genüsslich.

»Nein, nicht dieses Mal, ich meine den Flughafen, von dem aus wir nach Japan geflogen sind.«

Mein Roboter sank in sich zusammen. Der Abflug von JFK International in Houston, Texas, war nicht sehr erfreulich verlaufen. Vielleicht hatte ich den falschen Ansatz gewählt.

»Ja.« Er zupfte an seinem Klebeband.

»Erinnerst du dich an den netten Mann beim Check-in und die Frau bei der Sicherheitskontrolle, die dich durchgelassen haben, obwohl dein Chip kaputt war?«

»Ja.« Er wirkte etwas fröhlicher. Die beiden hatten eine Engelsgeduld besessen.

»Weißt du, wieso du einen Chip haben musst?«

»Ja. Für Besitzer. Für wo ich wohne. Für wenn ich verlorengehe.«

Der letzte Satz ließ mich hoffen, doch ich schaltete

vorsichtshalber die Kindersicherung für die Autotüren ein. »Genau, falls du verlorengehst. Denn das wäre sehr schlimm, nicht wahr? Ich will dich doch nicht verlieren.«

»Nein … nein … nein … nein! Nicht verlieren!« Tang sah sich panisch um und strampelte mit Armen und Beinen, so dass ich ihn an mich ziehen musste. Er klammerte sich wie wahnsinnig an meinen Ärmel. »Nicht mich verlieren, Ben! Tang für immer finden. Bitte!«

»Ja, Tang. Darüber möchte ich mit dir reden.« Er sah mich verwirrt an, ließ aber meinen Arm los. »Wir wissen ja schon lange, dass wir deinen Chip ersetzen oder wenigstens reparieren lassen müssen, nicht wahr? Wir hoffen natürlich, dass Bollinger uns niemals findet. Sollte Jasmine es aber schaffen, ihm zu sagen, wo wir sind, können wir mit einem Chip beweisen, wohin du gehörst. Nämlich zu uns.«

Tang überlegte kurz. Dann setzte er sich aufrecht hin und deutete nach vorn.

»Jetzt schnell hinfahren, Ben. Müssen Chip wechseln.«

12

Chips und Lizenzen

Wir stolperten in den hochglanzpolierten weißen Empfangsbereich, um uns anzumelden. Sobald sie herausgefunden hatten, dass Tang keine Lizenz und ich keinen verdammten Kaufbeleg besaß, wollten sie nichts mehr mit uns zu tun haben und schickten uns weg.

»Aber er hat schon einen Chip, zählt das denn gar nicht? Er ist kaputt, aber trotzdem …«

»Tut mir leid, Sir. Den hätte er überall auflesen können.«

Was im Grunde auch stimmte. Es war trotzdem frustrierend. Wir wollten gerade ins Auto einsteigen, als uns der Empfangsmensch hinterherlief.

»Verzeihung, Sir.« Er kam näher und vergewisserte sich, dass uns niemand hörte. »Mein Cousin hatte das gleiche Problem. Hatte einen Roboter von irgendeinem Typen in der Kneipe gekauft. Eigentlich darf ich Ihnen das gar nicht erzählen, aber es gibt so einen Laden, in dem sie keine Fragen stellen. Falls Sie verstehen, was ich meine. Haben Sie was zu schreiben?« Ich schaute mich um und entdeckte eine Papierserviette im Türfach. Er nahm einen Kugelschreiber und notierte eine Adresse.

»Sagen Sie niemandem, dass ich Sie geschickt habe.« Er kniff mir ein Auge und verschwand wieder im Gebäude.

»Vielen Dank«, rief ich ihm hinterher, doch er drehte sich nicht um. »Na los, Tang, es gibt noch Hoffnung.«

Bei dem Laden handelte es sich um eine heruntergekommene Werkstatt, die nebenbei Chips einbaute. Hier stellte man tatsächlich keine Fragen. Ich schilderte einer fetten Frau mit furchterregender Frisur meine Lage, worauf sie verschwörerisch grinste.

»Verstehe. Er ist nicht fühlend, oder?« Sie schaute mich eindringlich an. Tang blickte zwischen uns hin und her.

»Doch, bin fühlend«, sagte er stolz.

»Ähm, nun, es ist, wie er sagt …«

Sie seufzte laut und verdrehte die Augen.

»Er. Ist. Nicht. Fühlend … stimmt's?«

Dann kapierte ich, worauf sie hinauswollte, und auch bei Tang fiel der Groschen.

»O nein, natürlich nicht.«

»Äh. Surr. Klick. Ping.«

»Ausgezeichnet«, sagte die Frau, »hier entlang, bitte. Es dauert nicht lange. Das Ganze ist ein Klacks.« Sie führte uns in ein Nebenzimmer, das mit einem Fenster, einem klapprigen Tisch und einem Stuhl eingerichtet war. Sie bot mir einen Platz an. Tang musste stehen, doch das störte ihn nicht. Durchs Fenster konnten wir in die Werkstatt sehen, was ich alsbald bedauerte.

Es handelte sich um eine Art kleinen Hangar mit Oberlichtern aus geriffeltem Plastik und Betonwänden, wie man sie in modernen Scheunen findet. An einem Ende befanden sich große Schwingtore wie in einer Garage. Vermutlich handelte es sich um eine ehemalige Autowerkstatt, die man auf Roboter umgerüstet hatte, da sich Autoreparaturen heutzutage darauf beschränkten, den Bordcomputer nach einem Tobsuchtsanfall zu beruhigen.

Überall hingen mechanische Körperteile von furchterregenden Fleischerhaken, waren auf hölzernen Werkbänken ausgebreitet oder in Schraubstöcken eingeklemmt. Vier oder fünf Männer und Frauen mit Schweißerbrillen beugten sich über Bauteile, dass die Funken nur so flogen. Von Arbeitssicherheit keine Spur. Es roch nach Motoröl und etwas anderem, dass ich nicht benennen konnte … ein Brandgeruch wie bei Knallkörpern. Kordit vielleicht. Tang sah alles andere als glücklich aus.

»Tut mir leid, dass wir hierherkommen mussten.« Ich nahm seinen Greifer. »Leider bleibt uns keine andere Wahl. Ich kann nur eine Lizenz für dich beantragen, wenn du einen Chip hast. Und ich bekomme in dem schicken Laden von vorhin keinen Chip, weil ich nicht beweisen kann, dass du mir gehörst.«

Er sah mich lange an und sagte dann:

»Nein. Ist gut. Verstehe. Ich gehöre dir nicht, darum du kannst nicht beweisen.«

»So meinte ich es … ja. Genau das. Du hast recht.« Ich brachte es nicht übers Herz, ihm zu sagen, dass er von Gesetzes wegen einen Besitzer brauchte, so unabhängig er auch sein mochte.

Ich stand auf und ließ die Jalousie hinunter.

Das Chip-Gerät erinnerte an eine Tätowiermaschine. So jedenfalls stellte ich sie mir vor, da ich noch nie eine echte gesehen hatte. Oder an die Dinger, mit denen man Ohrlöcher sticht. Als Bryony vierzehn war, hatte sie so lange getobt, bis unsere Eltern ihr Ohrlöcher machen ließen. Aus unerfindlichen Gründen schleiften sie mich mit ins Einkaufszentrum, in dem sich der Juwelier befand, bei dem ich Bekanntschaft mit der Ohrlochpistole machte. Jedenfalls sah das Chip-Gerät nicht sonderlich vertrauenerweckend aus, und Tangs Augenlider verschwanden fast in seinem Kopf, als er es erblickte. Der Chip-Mechaniker versicherte, es werde nicht weh tun.

»Das habe ich schon mehrere hundert Mal gemacht, Kumpel«, sagte er mit einem kaffeefleckigen Lächeln. »Es tut nicht weh. Nicht sehr. Nur ein kleiner Stups, das ist alles.«

Mit einer Zange holte er den alten Chip heraus, den Tang sich selbst zwischen die Metallplatten in seiner Schulter gesteckt hatte, bevor wir uns kennenlernten. Der Mann stieß einen Pfiff aus und ließ den verbeulten Chip klirrend auf ein Tablett fallen. Dann nahm er das Gerät und zielte auf dieselbe Stelle, schob es aber tiefer hinein. Er betätigte den Abzug, ein leises Geräusch, fertig.

»Oh«, sagte Tang. »Ich dachte, mehr Probleme. Das war leicht.«

Ich funkelte ihn an. »Wir wollten doch tun, als wärst du eine Maschine, schon vergessen?«

»Ach ja, Entschuldigung«, sagte er, was es nicht besser machte. Dann stieß er einen Laut aus, der wie das statische Rauschen eines alten Fernsehers klang, gefolgt von einigen Wörtern, die an fremdsprachige Kraftausdrücke erinnerten. Und dann, als ich schon glaubte, er übertreibe die ganze »Ich bin nicht fühlend«-Masche, knackte etwas in ihm, und er wurde wieder normal. Der Chip-Mechaniker und ich schauten einander an.

»Was ist? Warum schaut ihr so?«

Ich wollte etwas sagen, überlegte es mir aber anders. Was immer gerade passiert war, war passiert.

Der Mann zog eine gepiercte Augenbraue hoch. »Ich tue mal so, als hätte ich das alles nicht gehört.«

Ich lächelte dankbar.

»Sie sind jetzt fertig. Gehen Sie nach vorn zu Gina, dann lädt sie Ihren Namen und Ihre Adresse auf den Chip.«

»Danke.« Ich schüttelte ihm die Hand. »Vielen, vielen Dank. Sie haben mir eine Last von der Seele genommen.«

Leider stellte sich heraus, dass die ganze Prozedur völlig nutzlos gewesen war.

»Kaufbeleg?« Ich traute meinen Ohren nicht.

»Ja, eine Quittung oder Rechnung reicht völlig aus«, sagte die Frau von der Lizenzstelle ausdruckslos.

Ich fluchte leise. Und das nach all dem ganzen Aufstand um den Chip. Da ich nicht wusste, was ich machen sollte, hielt ich sie hin … und log.

»Ähm, die habe ich nicht. Die sind beim Umzug verlorengegangen. Aber er hat einen Chip mit unserer Adresse, reicht das nicht?«

»Leider nicht, Sir. Jeder kann einen Roboter chippen lassen. Die Gesetze sollen strenger werden, aber im Augenblick nutzen die Leute noch die Schlupflöcher. Daher müssen wir den Kaufbeleg verlangen.«

»Mal angenommen, ich hätte ihn selbst gebaut?«

»Haben Sie die Genehmigung, künstliche Intelligenz zu bauen?« Ihr Tonfall änderte sich, und ich begriff, dass ich mich auf gefährliches Eis gewagt hatte.

»Nein, das nicht, es war auch nur eine hypothetische Frage. Ich habe ihn nicht gebaut.«

»Das ist gut. Die Behörde ist nämlich nicht sehr scharf darauf, nachträgliche Genehmigungen für bereits gebaute Roboter auszustellen. Da hätten Sie gewaltige Probleme bekommen können.«

Fügen wir Bollingers Verbrechen auch noch »Bauen ohne Genehmigung« hinzu, dachte ich zähneknirschend.

»Das hatte ich befürchtet«, sagte Amy, als ich ihr die ganze Saga von Chips und Lizenzen vortrug.

»Das hast du mir aber nicht gesagt.« Es sollte nicht vorwurfsvoll klingen, tat es aber. Ich fragte, weshalb sie mich nicht gewarnt hatte. Dann hätte ich mir die ganze Mühe sparen können.

»Weil ich es nicht wusste. Ich hatte es befürchtet, war mir aber nicht sicher, dass es so kommen würde. Es hätte auch alles super laufen können, dann wäre meine Sorge ganz umsonst gewesen. Du musstest es wenigstens versuchen. Wir mussten es versuchen.«

Sie hatte recht.

»Tut mir leid.«

Plötzlich überkam mich ein ungeheurer Zorn. Nicht auf Amy, sondern auf mich, auf die ganze Situation. Ich deutete auf Jasmine, die mit ihrer roten Lampe im Garten schwebte.

»Es ist ein furchtbares Chaos. Ohne Kaufbeleg bekommen wir keine Lizenz für Tang. Und ohne Lizenz können wir ihn nicht warten lassen. Das hat der Typ in der Werkstatt sehr deutlich erklärt.«

»Wenn wir uns nun entschließen, ihn nicht zu versichern …«

»Ich weiß, wir können es selbst bezahlen, aber mal angenommen, er wäre richtig kaputt? Du warst nicht in dem Hotel in Palau, es war fürchterlich, das stehe ich nicht noch einmal durch.«

Auf unserer weiten Reise war Tang beinahe gestorben oder was immer fühlende Roboter tun, wenn sie einen Hitzschlag erleiden. Zu unserem großen Glück hatte es im Hotel einen Ingenieur gegeben, der ihm half und keine Fragen stellte. Ich selbst hatte die Gefahr gar nicht erkannt.

»Im Hotel sind sie wohl einfach davon ausgegangen, dass er dir gehört, weil ihr gemeinsam unterwegs wart.«

»Es ist alles meine Schuld. Hätte ich nicht nach Bollinger gesucht, hätte er nie erfahren, dass Tang bei mir ist. Dann wäre es gar nicht erst so weit gekommen …«

»Und Tang wäre inzwischen tot, weil der Riss in seinem Zylinder größer geworden und seine ganze Flüssigkeit ausgelaufen wäre, und das wäre dann sein Ende gewesen. Das alles hatte durchaus seinen Sinn. Du darfst dir nicht die Schuld geben.«

»Das ist noch nicht alles. Als der Typ den Chip eingesetzt hat, wurde Tang ganz sonderbar.«

»Wie sonderbar?«

»Es ist schwer zu erklären. Er sagte seltsame Dinge, die er nicht wissen kann, manches hörte sich nach einer fremden Sprache an. Ich habe Angst, dass er noch einmal kaputtgehen könnte. Aber immerhin hat er jetzt einen Chip. Besser als gar nichts.«

Amy umarmte mich und strich mir über die Haare, bis ich mich einigermaßen beruhigt hatte.

»Schreib doch eine Mail an Kato und erkläre, was beim Chippen mit Tang passiert ist. Vielleicht kann er dir weiterhelfen.«

»Gute Idee, das mache ich.« Kato Aubergine war ein Freund, den Tang und ich auf unserer Reise kennengelernt hatten. Er hatte Tokio verlassen und war zu Lizzie, seiner großen Liebe, nach Houston, Texas, gezogen. Ich rechnete es mir als Verdienst an, dass ich die beiden wieder zusammengebracht hatte.

»Ich habe doch gesagt, wir finden eine Lösung. Du und Tang habt so viel durchgemacht, dass euch nichts mehr trennen kann, schon gar kein Exil-Krimineller. Selbst wenn Jasmines Koordinaten bei ihm angekommen sind und er weiß, wo wir wohnen, lassen sie ihn vermutlich gar nicht erst ins Land.«

»Warum sollte er überhaupt herkommen? Warum hat er Jasmine nicht so programmiert, dass sie Tang zerstört, sobald sie ihn gefunden hat? Das wäre doch viel einfacher gewesen.«

»Ich glaube, er möchte ihn wirklich zurückhaben. Und Tang würde niemals mit Jasmine von hier weggehen. Bollinger muss herkommen, ihm bleibt nichts anderes übrig.«

»Aber er liebt ihn nicht. Ich glaube, er hat ihn nicht einmal gern«, sagte ich.

»Aber er ist stolz auf ihn. Er ist stolz auf seine Technologie und darauf, was Tang alles gelernt hat. Wenn er einen neuen Roboter baut, muss er wieder ganz von vorn anfangen.«

»Er hat Jasmine gebaut.«

»Ja, aber nur, um Tang zu suchen. Er will offensichtlich nicht bei null anfangen. Er will Tang wieder als Versuchskaninchen haben, an ihm herumbasteln und experimentieren …«

»Hör auf.«

»Tut mir leid.« Sie schluchzte einmal kurz auf und wischte sich eine Träne ab. »Uns fällt schon etwas ein.«

13

Energie

Wie sich herausstellte, benötigte Tang viel früher als erwartet einen mechanischen Eingriff. Ich war mit Amy essen gegangen, um uns ein bisschen von Jasmine und der Entlassung abzulenken, während meine Schwester auf Bonnie und Tang aufpasste. Der Anruf kam zwischen dem zweiten Amuse-Bouche und dem Hauptgang. Ich hätte ihn ignorieren können, aber das tut man nicht, wenn man ein kleines Kind hat.

»Hallo?«

»Ben?«

Ich erkannte die Stimme sofort und spürte, wie sich meine Schultern entspannten. Leider zu früh.

»Kato? Hallo, alter Freund, wie geht's? Und was macht Lizzie? Hast du meine E-Mail bekommen?«

»Danke, uns geht's gut.« Er hielt inne, und ich merkte, dass er nach Worten suchte. Meine letzte Frage hatte er auch nicht beantwortet.

»Was kann ich für dich tun?«, fragte ich, um ihm auf die Sprünge zu helfen.

»Ich weiß nicht recht, wie ich es sagen soll. Hast du Tang noch bei dir?«

»Natürlich, meine Schwester passt gerade auf ihn und das Baby auf. Amy und ich sind essen gegangen.«

Neuerliche Pause.

»Tut mir leid, wenn ich störe. Ich wollte dir nur sagen, dass ich auf dem Weg von Heathrow zu euch bin.«

»Was, jetzt?«

»Ja.«

Unter anderen Umständen hätte ich mich gefreut, dass er zu Besuch kam, doch etwas in seinem Tonfall machte mich misstrauisch.

»Wieso?« Mehr brachte ich nicht heraus.

»Ich muss etwas Dringendes mit dir und deiner Familie besprechen. Und mit … Tang.«

Mich überlief ein Schauer. Hoffentlich war es nur ein Luftzug von irgendwo, aber ich glaubte nicht so recht daran.

»Was ist los, Kato?«

Er stieß ein Geräusch hervor, als hätte er alle Vokale in einem einzigen Wort untergebracht, als versuchte er, einen erträglichen Weg zu finden, um das Unerträgliche auszudrücken.

»Ich glaube, dein Roboter könnte radioaktiv sein.«

Zwanzig Minuten später waren Amy und ich zu Hause und stürzten mit solcher Gewalt durch die Tür, dass es selbst die unerschütterliche Bryony schockierte. Sie hatte es sich mit einer Akte auf dem Sofa gemütlich gemacht, schoss aber in die Höhe, als wir hereinpolterten.

»Wo ist Bonnie?«, fragte Amy panisch. Bryony deutete in den Flur.

»Sie schläft in ihrem Zimmer. Wieso?«

Amy rannte nach oben.

»Und wo ist Tang?«

»Im Garten. Er hat sich ein bisschen seltsam verhalten, also habe ich ihn nach draußen zu den Pferden geschickt.« (Sich die Pferde draußen auf der Weide anzuschauen war seine Lieblingsbeschäftigung und einer der Gründe, aus denen er überhaupt in unserem Garten gelandet war … aber das ist wieder eine andere Geschichte.)

»Wie, seltsam?«

»Er war gereizt. Als stünde er kurz vor einem Zusammenbruch oder so.«

»Zusammenbruch? Wie meinst du das? Was für ein Zusammenbruch?«

»Ein Trotzanfall, sonst nichts.«

»Trotzanfall?«

»Die hat er doch schon hundertmal gehabt, das legt sich. Warum seid ihr schon zurück? Was ist überhaupt los?«

Bryony wurde immer blasser, als ich ihr von Katos Anruf erzählte. Dann stand sie auf und fing unerklärlicherweise an, sämtliche Vorhänge zu schließen.

»Was um Himmels willen machst du da?«

»Wenn Kato dich anruft, wissen *sie* es vermutlich auch. Sie können jede Minute hier sein. Wenn sie Tang finden, bevor Kato kommt, nehmen sie ihn mit.«

»Wer ist denn bitte ›sie‹?«

»Die Leute, die für Bollinger verantwortlich sind. Die ihn auf diese Insel ins Exil geschickt haben. Glaubst du etwa, die beobachten ihn nicht?«

Für mich hörte sich das zu sehr nach John Grisham und zu wenig nach meiner Schwester an.

»Hast du einen Thriller gelesen?«

Bryony funkelte mich nur an. Ich seufzte und sagte, sie solle die Vorhänge wieder öffnen, während ich Tee machte.

Doch wie sich herausstellte, hatte sie vollkommen recht.

Kato tauchte keine zehn Minuten später auf. Amy kam mit Bonnie nach unten und begrüßte Kato herzlich. Jedenfalls so herzlich, wie sie jemanden begrüßen konnte, der die Kunde von Tod und Zerstörung in unser Haus brachte. Er war sozusagen der Gandalf von Harley Wintnam.

Sie setzte Bonnie vor Bryony auf den Boden, entschuldigte sich und ging in den Garten, um Tang zu holen. Ich machte Kato mit Bryony bekannt und führte ihn in die Küche, wo wir uns beim Teekochen unterhalten konnten. Die Freude über das Wiedersehen wurde von seinen schlechten Nachrichten getrübt, aber ich hoffte, dass er einen Plan hatte.

»Mich haben einige Männer aufgesucht und sich nach Bollinger erkundigt. Sie wollten etwas über die Zeit wissen, in der ich mit ihm zusammengearbeitet habe. Und was ich über den Unfall weiß.«

»Bollingers ›Unfall‹? Der eigentlich allein seine Schuld war? Bei dem ein Trupp seiner Roboter verrücktspielte und er deswegen sie und alle, die an ihnen gearbeitet hatten, umbrachte? Meinst du diesen Unfall?«

Ich versuchte, mir die Männer vorzustellen, die Kato aufgesucht hatten. Männer in dunklen Anzügen, mit Sonnenbrillen und Drähten, die an ihrem Hals entlangführten. Ich trank einen Schluck Tee, während Kato den Kopf schüttelte.

»O nein, nein. Nicht den. Das war nur der letzte Tropfen,

der sozusagen das Fass zum Überlaufen brachte. Der Erste war in Texas, aber ich war damals nicht dabei und lernte Bollinger auch erst später kennen. Der erste Unfall sollte jedoch nur der Anfang sein, wie sich dann herausstellte. Man hätte ihm nie erlauben dürfen weiterzumachen.«

Ich spuckte meinen Tee wieder in den Becher. Mich beschlich ein schreckliches Gefühl.

»Texas? Wo in Texas?«

»Das weiß ich nicht genau. Ich weiß nur, dass sie die Anlage möglichst weit von jeder menschlichen Ansiedlung errichtet haben. Und dann haben sie eine ganze Stadt gebaut, nur um die Anlage zu versorgen. Nachdem sich der Unfall ereignet hatte, wurde die Stadt abgeriegelt. Ich glaube, sie wurde nie wieder freigegeben. Vermutlich stehen dort nur noch Ruinen. Ich kann mir nicht vorstellen, dass irgendjemand dort leben möchte.«

»Doch, jemand lebt dort«, sagte ich mit trockenem Mund. Kato schaute mich verwundert an. »Ich glaube, wir sind auf dem Weg nach Houston dort durchgekommen. Wir hatten uns verfahren. Da wohnt nur ein Dackel.« Ich lachte, obwohl mir eigentlich nicht danach war.

Katos Gesicht war ausdruckslos. Er schien unsere Verbindung zu einer Nuklearkatastrophe sehr gelassen zu nehmen. Oder ihn überraschte gar nichts mehr.

»Was glaubst du, was passiert ist?«

»Ich vermute, Bollinger hatte beschlossen, einen Teil des Urans mitzunehmen. Für Notfälle. Vielleicht arbeitete er schon daran, wollte seine Androiden damit betreiben, so genau weiß ich das nicht. Er sammelte gern Dinge, die er später verwenden wollte.«

Ich dachte an meinen kurzen Aufenthalt bei Bollinger. Damals hatte er geprahlt, er habe so viel Material wie nur möglich auf die Insel geschafft. Tang bestand aus Metallschrott und Technologie, die Bollinger an seinen verschiedenen Arbeitsplätzen gestohlen hatte. Anscheinend gehörte dazu auch ein radioaktiver Kern.

»Die Sache mit Bollinger ist ihnen peinlich. Ich habe keine Ahnung, warum sie erst jetzt nach dem gestohlenen Uran suchen … vielleicht waren sie einfach blöd und haben es erst jetzt gemerkt. Jedenfalls wissen sie, dass Bollinger es hat und auch, was er damit gemacht hat. Es ist nur eine Frage der Zeit, bis sie Tang hier finden.«

»Vor allem, wenn Jasmine Erfolg hat«, sagte Amy, die gerade hereingekommen war.

»Sie finden einen mit oder ohne Bollingers Hilfe. Und werden erst verschwinden, wenn sie das Uran haben.«

»Aber es ist Tangs Herz, nicht wahr? Er wird sterben, wenn sie es entfernen.« Ich spürte, wie mir der Schweiß den Rücken hinunterlief.

»Ich habe die Männer weggeschickt. Dann kam deine E-Mail. Was du an Tang bemerkt hast, sind aller Wahrscheinlichkeit nach Symptome des Countdowns, den diese Leute verhindern wollen.« Kato legte mir die Hand auf die Schulter. »Ich bin hier, weil ich glaube, dass ich euch helfen kann. Ich lasse nicht zu, dass sie Tang zerstören. Ich kann seinen Kern ersetzen.«

Ich vertraute Kato, und wenn er eine Alternative dazu hatte, dass irgendwelche supergeheimen Regierungsbehörden meinen besten Freund töteten, war ich dabei. Ich umarmte ihn erleichtert, er klopfte mir verlegen auf den Rücken. Als ich ihn losließ, deutete er auf meine Armbanduhr.

»Das ist eine Kinetic-Uhr, richtig?«

»Ja. Die lädt sich auf, wenn man sich …« Und plötzlich begriff ich, was Kato vorhatte. Ich wusste nicht, wie er es bewerkstelligen wollte, aber es erschien mir ebenso plausibel wie ein Herz aus Uran. »Aber eine Uhr reicht doch sicher nicht aus, um Tang am Leben zu erhalten.«

»Nein.« Er holte eine große Tasche aus dem Flur. »Aber das Prinzip ist dasselbe. Man braucht nur die richtige Batterie.«

Dabei klopfte er lächelnd auf die Tasche.

Tang war nicht sonderlich scharf darauf, wie eine Konservendose geöffnet zu werden, ganz zu schweigen davon, dass wir seinen lebenserhaltenden Mechanismus herausholen und durch einen anderen ersetzen wollten. Amy und Bryony waren auch nicht begeistert und begegneten Kato eher misstrauisch. Sie hätten lieber auf die Männer in den schwarzen Anzügen gewartet und den Kampf mit rechtlichen Mitteln ausgetragen.

»Wir sind Anwältinnen«, erklärte Bryony. »Die können ja mal versuchen, uns etwas wegzunehmen. Die sollen sich gefälligst verpissen.«

»Die interessiert es nicht, ob er uns gehört. Oder etwas Besonderes ist. Sie betrachten ihn einfach nur als radioaktive Bedrohung. Das müsst ihr doch begreifen.« Bryony verschränkte die Arme und verzog mürrisch das Gesicht.

»Irgendjemand will uns Tang immer wegnehmen. Wenn

nicht Bollinger, dann das Militär.« Amy rieb sich mit den Handballen über die Augen.

Tang hüpfte von einem Fuß auf den anderen, zwischen seinen Füßen erschien eine Ölpfütze.

»Ich hole einen Lappen«, sagte Bryony.

»Die Operation ist unsere einzige Chance«, flehte Kato. »Ich habe mit Bollinger zusammengearbeitet, ich kenne seine Methoden. Ich verspreche euch, es kann funktionieren. Ihr werdet Tang nicht verlieren.«

Amy nickte, doch Tang war immer noch nicht überzeugt und trat weiterhin von einem Fuß auf den anderen, während ich ihn sauberwischte.

»Lasst mich allein mit ihm reden«, sagte ich schließlich. »Ich versuche, es ihm zu erklären.«

»Aber denk dran, uns bleibt nicht viel Zeit«, mahnte Kato besorgt.

Ich nahm Tang an die Hand und führte ihn vom Flur durchs Wohnzimmer und hinaus auf die Terrasse.

»Ben, was passiert?«

Ich kniete mich vor ihn hin.

»Kato glaubt, du könntest gefährlich sein«, sagte ich so sanft wie möglich.

»Er … ich … gefährlich? Aber … warum?«

»Weil Bollinger dafür gesorgt hat, dass du deine Energie aus gestohlenem Nuklearmaterial beziehst. Er konnte nicht einfach eine Batterie benutzen, nein, natürlich nicht.« Ich fuhr mir durch die Haare, um die nervöse Energie zu vertreiben, die sich in meinen ganzen Körper ausgebreitet hatte. Ich wollte Tang nicht noch weiter beunruhigen. Er fing schon wieder an, von einem Fuß auf den anderen zu treten.

»Aber ich sage nein? Ich sage, dass ich nicht weh tue. Ich liebe Men-schen. Ich will Baby-Men-schen auf die Welt holen. Werde Men-schen nicht weh tun. Bin nicht gefährlich.«

»Ich weiß, du würdest niemals anderen weh tun, und Kato weiß das auch. Nur hat Bollinger etwas in dich eingebaut, das jeden Augenblick kaputtgehen kann. Und dann würden du und alle um dich herum verletzt. Schlimm verletzt.«

»Wäre dann … tot?«

Ich hielt inne. Sollte ich die Sache beschönigen oder ihm einfach die Wahrheit sagen?

»Ja, Tang. Wenn es kaputtginge, wärst du tot und viele andere Leute auch.«

»Aber warum geht kaputt? Bin nicht kaputt. Nicht mehr, bin repariert. Ben hat vergessen?«

Es war herzzerreißend. Ich umarmte ihn.

»Ich erinnere mich sehr gut daran. Aber diesmal ist es nicht dein Kühlzylinder, der das Problem verursacht. Es ist dein … Herz, muss ich es wohl nennen. Weißt du noch, wie wir darüber gesprochen haben, wie Dinge funktionieren? Woher sie ihre Energie bekommen? Ich muss essen und trinken und schlafen. Aber wir haben nie herausgefunden, was dich antreibt.« Er nickte. »Nun, das ist es, was dich antreibt. Es erzeugt Energie, damit du dich bewegen und denken und reden kannst. Aber Bollinger hat dafür ein gefährliches Material verwendet. Es könnte instabil sein …« Sein Gesicht verriet mir, dass er mir nicht folgen konnte. Wie erklärt man einem Roboter, der keiner Menschenseele etwas zuleide tun wollte, was eine »Kernschmelze« ist?

Gut, er hatte Bollinger einmal attackiert, aber der hatte es nicht anders gewollt und nicht besser verdient.

Ich brachte es nicht über mich, Tang zu sagen, dass ein Versagen seines kleinen Roboterherzens London und die umliegenden Grafschaften zerstören würde. Es war so unfair. Ich wollte nicht, dass Kato ihn operierte, aber es war wohl die einzige Möglichkeit.

Also breiteten wir auf dem Küchentisch eine Plane aus. Bryony schaltete das Licht ein und richtete eine Gelenklampe aus meinem Arbeitszimmer auf den Tisch, damit Kato sehen konnte, was er tat.

»Ich nehme Bonnie mit zu uns«, bot sie an. Wir küssten unsere Tochter und sagten ihr, sie solle brav sein, und dann fuhr Bryony nach Hause und ließ uns beide verunsichert in der Küche zurück.

Wir versuchten, nicht zu weinen, als Kato sanft die Klappe öffnete und Tangs Innereien offen legte. Er sagte, er wolle versuchen, mit der vorhandenen Öffnung zu arbeiten, aber wir sollten uns auf den Notfall vorbereiten. Amy hatte Tang die Hand auf die Stirn gelegt und erzählte ihm von den Pferden auf der Weide, um ihn abzulenken.

Katos Gesicht glänzte vor Schweiß, und ihm rutschte gelegentlich die Brille von der Nase. Schließlich holte er einen schwarzen Kasten aus der Tasche, der wie ein Gitarrenstimmgerät aussah.

»Das habe ich gebaut, um die Kraft der Batterie zu messen. Mir blieb nicht viel Zeit, aber es sollte funktionieren.« Er verband den Kasten mit einigen roten und schwarzen Drähten und legte ihn neben Tang auf den Tisch. Dann sprach er den Roboter an.

»Ich muss jetzt deinen Kern herausnehmen. Du schläfst ein paar Minuten, während ich dir ein neues Herz einsetze.« Tang sah ängstlich aus, stimmte aber mit einem kaum merklichen Nicken zu.

»Alles gut, Kumpel, du schaffst das. Wir sehen uns in ein paar Minuten.« Meine Kehle war so eng, dass ich die letzten Worte kaum herausbrachte.

Kato griff in Tang hinein und zog einen mattgrauen, halbkreisförmigen Block heraus, der wie ein großer Klumpen Blei aussah. Tangs Augen fielen zu. Amy und ich begannen zu weinen, und ich zog sie an mich.

Kato legte das Uran vorsichtig auf den Tisch.

»Nicht anfassen.«

Die Warnung war vollkommen unnötig.

Dann fügte er hinzu: »Ich habe einen besonderen Behälter dabei.«

Mich interessierten weder der Behälter noch das Uran oder was die Behörden mit uns anstellen würden, wenn sie davon erfuhren. Ich wollte nur meinen Tang zurück.

Dann klatschte Kato in die Hände und holte einen weiteren Kasten hervor, diesmal grau und rechteckig. Er setzte ihn in Tangs Körper ein, nahm den schwarzen Kasten vom Tisch und schaute prüfend darauf. Er runzelte die Stirn und entfernte den grauen Kasten wieder. Anscheinend war die Suche nach der richtigen Batterie nicht ganz einfach.

Nächster Versuch. »Diese hier ist stärker.«

»Aha«, sagte ich nur.

Er setzte den stärkeren grauen Kasten in Tangs Brustkorb ein und prüfte wieder mit dem schwarzen. Die Furchen auf seiner Stirn verschwanden. Amy und ich sahen einander an, dann Kato, dann Tang. Einen Moment lang geschah nichts, dann flatterten seine Augenlider. Amy und ich stießen den Atem aus, den wir unbewusst angehalten hatten. Seine Augen öffneten sich. Kato hatte es geschafft. Nasser Tang, der radioaktive Roboter, war jetzt umweltfreundlich. Nachhaltig. Und vor allem, er war am Leben.

Verständlicherweise war Tang nach dieser Erfahrung ein wenig durcheinander. Er legte sich hin, während Kato, Amy und ich uns an den aufgeräumten Küchentisch setzten und den Behälter mit dem Uranblock betrachteten. Wir erzählten Kato von Jasmines Mission und wie wir versucht hatten, sie loszuwerden, dass aber Bollinger das eigentliche Problem darstellte. Als wir fertig waren, schwieg Kato ein paar Minuten.

»Tut mir leid, aber ich weiß nicht, wie ich euch da weiterhelfen soll. Es besteht immer noch die Gefahr, dass man ihn euch wegnimmt.«

»Ich weiß.«

Amy trank einen Schluck Tee und verzog das Gesicht.

»Sorry, aber ich brauche jetzt was Stärkeres.« Sie holte eine Flasche Single Malt und drei Gläser aus dem Barschrank, doch Kato lehnte ab.

»Danke, aber ich kann nicht. Ich muss den Behälter schnellstens in die richtigen Hände übergeben.«

»Das kann ich verstehen. Wer genau sind denn die ›richtigen Hände‹? Aber nein, ich will es gar nicht wissen.«

Kato stand auf und griff nach dem Behälter mit dem Uran.

»Gute Entscheidung. Und falls mir einfällt, wie ich euch wegen Jasmine helfen kann, melde ich mich.«

Wir gingen zur Tür. Ich gab ihm die Hand, Amy umarmte ihn.

»Danke«, sagte ich. »Für alles, was du für uns getan hast.«

Kato nickte.

»Ich hoffe, wir sehen uns bald unter … sagen wir, entspannteren Umständen wieder.« Mit diesen Worten war er verschwunden.

»Kato ist irgendwie rätselhaft«, sagte Amy.

Da hatte sie nicht unrecht.

14

Grillabend

»Wie läuft's?«, fragte Bryony, als sie wie ein Wirbelwind ins Haus stürmte und Dave in den Garten schickte, um nach dem Grill zu sehen. Dabei wussten wir beide, dass Dave für einen Mann extrem unbegabt war, wenn es um Feuer und damit verbundene Freizeitvergnügen ging. Es war lange her, dass mein Schwager Fleisch gegrillt hatte, ohne dass Bryony die Mitte im Ofen oder in der Mikrowelle durchgaren musste, und ein Blick auf sein Gesicht verriet mir, dass dieser Grillabend keine Ausnahme war. Bryony kugelte mir fast den Arm aus, als sie mich in die Küche zerrte. Ich schaltete vorsichtshalber den Backofen ein.

»Was meinst du, wie es bei mir läuft?«

»Na, bei dir und Amy.«

»Bryony, bitte, ich habe Geburtstag. Gib doch mal Ruhe. Wenn das wieder ein Vortrag darüber werden soll, weshalb Amy und ich noch nicht wieder zusammen sind, vergiss es. Ich habe es so gut wie möglich erklärt, und zwar mehr als einmal. Wir …«

Sie tat meine Worte mit einer Handbewegung ab.

»Nein, das meine ich nicht. Obwohl ich mir natürlich Gedanken darüber mache. Ich rede von Tang und Jasmine.«

»Oh. Dann stelle ich noch einmal dieselbe Frage: Was meinst du?«

»Wie oft kannst du das noch durchstehen? Auf eurer Reise hast du Tang fast durch einen Hitzschlag verloren, und jetzt habt ihr ihn auf eurem Küchentisch operiert. So geht das nicht weiter.«

»Wie geht es nicht weiter?«

»Du kannst ihn nicht ohne Papiere oder Lizenz oder was auch immer behalten. Immer in der Ungewissheit, dass jederzeit Leute auftauchen und ihn mitnehmen oder dich oder euch beide verhaften oder noch Schlimmeres tun können!«

»Meinst du, ich wüsste das nicht, Bryony? Amy und ich scheinen über nichts anderes mehr zu reden. Falls du dich also fragst, weshalb wir nicht wieder richtig zusammen sind, könnte es auch daran liegen, dass wir einfach zu viel um die Ohren haben.«

Bryony sah mich betroffen an. Dann atmete sie tief durch.

»Tut mir leid. Natürlich hast du darüber nachgedacht.« Sie rieb liebevoll meinen Arm, und ich setzte mich an die Küchentheke und vergrub den Kopf in den Armen. Tränen brannten in meinen Augen. Bryony legte den Kopf auf meinen Rücken und umarmte mich.

»Was wollt ihr machen?«

»Keine Ahnung.« Meine Stimme war gedämpft durch das Eichenholz. »Ich weiß es wirklich nicht. Im Augenblick scheinen wir nur darauf zu warten, dass Bollinger kommt. Und dann müssen wir uns der Auseinandersetzung stellen. Amy recherchiert seit Monaten über künstliche Intelligenz, hat aber noch nichts gefunden, das uns irgendwie weiterhelfen könnte. Es gibt keinen Präzedenzfall, bei dem man einen unlizenzierten Roboter im Garten findet und sich bei dessen Besitzer unbeliebt macht, weil man ihn nicht zurückgeben will.«

»Ach, komm schon.« Bryony zog mich hoch. »Kein Gericht der Welt würde diesem Verrückten recht geben. Ihr müsst positiv denken.«

Ich rieb mir die Augen und nickte.

»Ich bemühe mich ja.«

Bryony hakte mich unter und führte mich in den Garten. Dort machte sich Dave hustend und von Rauchschwaden umgeben an Hähnchen-Paprika-Spießen und Würstchen, die halbverbrannt oder totenbleich waren, zu schaffen. Er blinzelte, als ihm der Rauch in die Augen stieg. Amy lehnte mit einer Flasche Bier am Terrassengeländer und beobachtete das Desaster.

»Ich glaube, wir brauchen den Ofen«, sagte Dave, als er uns bemerkte. »Die Ärsche wollen nicht gar werden.«

»Also wirklich!«, sagte Bryony, doch die Kinder und Tang waren außer Hörweite. Sie versuchten, am Ende des Gartens auf einen Baum zu klettern, wobei Tang eine nützliche Trittleiter für Georgie bot. Annabel schaute mit verschränkten Armen zu und tappte ungeduldig mit dem Fuß, als warte sie nur darauf, dass ihr Bruder herunterfiel und sie an die Reihe käme.

»Runter da, Georgie!«, rief Bryony und marschierte zu den Kindern. Dave hob ein schlaffes Würstchen mit der Zange hoch und sah mich flehend an.

Ich deutete auf die Küche. »Der Ofen ist an, Kumpel. Du kennst dich ja aus. Tut mir leid, dass sie dir das aufs Auge gedrückt haben.«

»Kein Problem. Wir hätten euch ja eingeladen, aber Bryony wollte keinen Besuch, während das Gartenzimmer renoviert wird.«

Dave zog die Ofenhandschuhe an und trug den Grillrost mitsamt seiner Ladung in die Küche. Ich ging zu Amy, die mir ein Bier reichte.

»Was für ein Tag«, sagten wir wie aus einem Mund und mussten lachen.

»Geht's dir gut? Du siehst aus, als hättest du geweint.«

Ich wollte schon sagen, es sei nur der Rauch vom Grill, doch was herauskam, war:

»Ja, ein bisschen. Bryony hat das Talent, die richtigen Fragen zur richtigen Zeit zu stellen. Und schon redet man drauflos.«

»Oder die falschen Fragen zur falschen Zeit.«

Ich lächelte. »Kann sein.«

Ich spürte, wie etwas an meinem Hosenbein zupfte, und sah, wie Tang zu mir aufschaute.

»Ben?«

»Ja, Tang?«

»Was ist ›Geburtstag‹?« Ich muss ihn wohl verwundert angesehen haben. »Haben Essen auf Feuer, weil Ben Geburtstag hat, richtig? Was heißt das?«

»Ein Geburtstag ist ein Tag, der nur einem selbst gehört. Man feiert den Tag, an dem man geboren wurde.«

»Oh.« Dann: »Warum?«

»Warum? Weil es nett ist, so etwas zu machen. Man

sieht, wie man sich in einem Jahr verändert hat, und freut sich auf das, was das nächste Jahr bringt.«

Er nickte, als hätte er das Konzept zumindest teilweise verstanden.

»Wann ist mein Geburtstag?«

Amy und ich schauten einander an.

»Ich weiß nicht, Tang. Wir können nicht genau sagen, an welchem Tag Bollinger dich gebaut hat.«

Er ließ enttäuscht die Schultern hängen.

»Vielleicht können wir es herausfinden«, sagte Amy. »Erinnerst du dich an den Tag, an dem Bollinger dich eingeschaltet hat? Oder was immer er sonst getan hat.«

»Glaube schon. Es war Sonne.«

»Tang, du kommst von einer Südseeinsel, da scheint immer die Sonne. Das hilft uns nicht wirklich weiter.«

»Oh.«

»Erinnerst du dich an etwas anderes?«

»August lächelt mich an. Dann sagt er, ich soll gehen und was vom Tisch holen.« Er schaute auf seine Füße, sein ganzer Körper schien in sich zusammenzusinken.

»Na schön. Sonst noch etwas?«, fragte Amy, doch ich legte den Finger an die Lippen. Bei mir schrillten die Alarmglocken. Wenn wir ihn zu sehr drängten, würde Tang sich vielleicht an Dinge erinnern, die er lieber vergessen wollte, weil sie ihm weh taten. Amys Blick verriet, dass sie mich verstanden hatte.

»Tang, du brauchst dich nicht zu quälen. Wir nehmen einfach den Tag, an dem du in den Garten gekommen bist. Dann hättest du im September Geburtstag.«

Er strahlte übers ganze Gesicht.

»Wir feiern eine Party, mit Luftballons und Kuchen und so. Na gut, vielleicht keinen Kuchen für dich, aber uns fällt schon etwas ein. Das wird toll. Wir feiern den Tag, an dem wir dich gefunden haben und du unser Leben verändert hast.« Ich schaute Amy an.

»Das ist eine wunderbare Idee«, sagte sie. »Was hältst du davon, Tang?«

Er schlug die Greifer aneinander. »Ich habe Geburtstag? Ich habe Party? Gefällt mir! Machen das!«

Und so wurde beschlossen, dass Tang im September Geburtstag hatte und dies mit einer Party feiern würde.

Zunächst aber ging es um meinen Geburtstag und das Grillfleisch, das irgendwie gar werden musste. Ich schickte Amy und Tang los, damit sie allen von seiner Party erzählen konnten, während ich Dave in der Küche half. Der Mann hatte weiß Gott die Arschkarte gezogen. Aus Mitleid gab ich ihm ein Bier.

»Wie kommst du zurecht?«

Er starrte in den Backofen, als wollte er das Fleisch mit seinen Augen garen.

»Ich glaube, es ist essbar. Aber wir brauchen noch ein paar gebackene Kartoffeln zum Sattwerden.«

Ich nahm Kartoffeln aus dem Gemüsefach und holte Alufolie aus der Schublade, die allein der Alu- und Klarsichtfolie vorbehalten war. Weshalb wir dafür eine ganze Schublade brauchten, hatte ich nie begriffen.

»Setz dich und trink erst mal ein Bier«, sagte ich. »Vom Zusehen werden die Würstchen nicht braun. Ich mache das schon.« Ich stach mit einer Gabel in die Kartoffeln, wickelte sie in Folie und legte sie in die Mikrowelle. Dann fiel mir ein, dass es keine gute Idee war, holte sie wieder heraus, legte sie auf Küchenpapier und packte sie wieder in die Mikrowelle.

Dave öffnete die Bierflasche. »So.« Wie viel Bedeutung solch ein kleines Wort haben kann. Wenn jemand ein Gespräch mit dem Wort »so« beginnt, kann man sicher sein, dass es ans Eingemachte geht. An etwas, über das man lieber nicht reden will. Ich mochte meinen Schwager, wir kamen ganz gut miteinander aus, aber ich war mir nicht sicher, ob ich ein Gespräch von Mann zu Mann mit ihm führen wollte. Wir hatten uns stets darauf verlassen, dass Bryony die Kommunikation zwischen uns erledigte, und waren gut damit gefahren. Doch das sollte sich anscheinend ändern.

»Wie läuft es mit Amy?«, fragte er gewollt beiläufig und scheiterte auf ganzer Linie. Ich seufzte und fühlte mich in meiner Befürchtung bestätigt. Gut, er hätte auch verkünden können, er wolle Bryony verlassen oder habe einen Gehirntumor, so dass der sanfte Vorstoß in eine nach außen hin verwirrende Beziehung nicht das schlimmste denkbare Thema war. In diesem Augenblick wurde mir klar, wie sehr ich mich auf Bryony und ihre stabile, sichere Familie verlassen hatte. Früher hatte ich sie langweilig und klischeehaft gefunden, doch jetzt erkannte ich, dass ich mir wohl immer ein Leben wie ihres gewünscht hatte.Und dass Amy das gewusst hatte, im Gegensatz zu mir. Mir war klar gewesen, dass sie sich das wünschte, nur nicht, dass es mir eigentlich genauso ging.

Was immer wir uns in der Vergangenheit gewünscht hatten, im Moment war unser Leben nicht so. Aber wenn ich an meine Familie dachte, an Amy, Bonnie, Tang und Katze, wusste ich, dass es ein Leben war, das mich glücklich machte, egal, wie kompliziert es war, wie ungewöhnlich und ständig bedroht unsere Harmonie war. Ich wollte dieses Leben um jeden Preis bewahren.

»Du lächelst«, sagte Dave, und ich wurde rot. »Seid ihr wieder zusammen?«

»Lass gut sein«, sagte ich, öffnete die Mikrowelle und stach probehalber in die Kartoffeln. Fast gar. Ich schaltete sie noch für ein paar Minuten ein. »Hat Bryony dich angestiftet? Sie ist davon überzeugt, dass mehr zwischen Amy und mir ist, obwohl es nicht stimmt. Wir verstehen uns gut, sind aber nicht zusammen.«

Dave zog die Augenbrauen hoch und trank von seinem Bier. »Wenn du es sagst.«

Zum Glück wurden wir von den hereinpolternden Kindern und Tang unterbrochen, der eine Kette aus Gänseblümchen trug.

»Dad, ich habe Hunger, können wir Eis essen?«, fragte Georgie. Dave schaute mich an, und ich zuckte mit den Schultern.

Zwei Kinder mit weit aufgerissenen Augen, die heftig nickten, mich anschauten und »bitte, bitte, bitte« sagten. Tang machte aus Solidarität mit, obwohl er keine Ahnung hatte, was Eis war und weshalb sie es so dringend haben wollten.

»Das Fleisch braucht wohl noch eine Weile, also können wir den Nachtisch ruhig vorher essen.«

»Na schön, wenn Onkel Ben es erlaubt. Aber es wird später auch richtig gegessen.«

Ich hatte mir gerade eine zweite Backkartoffel genommen, als ein lauter Knall an der Haustür ertönte. Dann klingelte es Sturm. Wir schauten uns an. Ich stand auf und legte meine Serviette beiseite, wobei mir kalter Schweiß über den Rücken lief. So klopfte niemand, der es gut mit einem meinte. Ich schaute in den Garten, doch Jasmine war da, wo sie immer war. Falls Bollinger vor der Tür stand, ließ es sie völlig kalt.

Als ich in den Flur kam, klingelte es schon wieder, gefolgt von einem langgezogenen Schrei: »Aaaaaamy … Amy Amy Ammmmyyy …«

Roger. Ich seufzte. Meine Schultern sackten herunter. Ich hörte, wie ein Stuhl über den Esszimmerboden schabte. Amy tauchte neben mir auf, und wir sahen uns an.

»Schon gut, ich übernehme das. Geh zu unseren Gästen.«

Ich hätte nicht lauschen sollen, während meine Noch-nicht-ganz-Exfrau mit ihrem Exlover sprach, doch ich konnte nicht anders. Ich wusste nicht, ob ich Roger immer noch als Rivalen betrachtete. Bis zu diesem Augenblick hatte ich gar nicht mehr an ihn gedacht.

»Ich habe einen schrecklichen Fehler gemacht«, nuschelte Roger.

Ich riskierte einen Blick in den Flur. Er sah schrecklich aus, unrasiert, das Hemd hing ihm aus der Hose. Mir kam ein beunruhigender Gedanke: Wollte er Amy demonstrieren, dass er nur in diesem Zustand war, weil er nicht ohne sie leben konnte? Würde sie darauf anspringen? Ich konnte es nicht einschätzen.

Amy verschränkte die Arme, und ich tauchte wieder hinter den Türrahmen, bevor sie mich sehen konnten.

»Nur zu. Lass hören.«

»Es tut mir leid.«

»Was genau?«

»Alles.«

»Was alles, Roger? Ich bin mir nicht sicher, ob ich verstehe, wofür du dich entschuldigst.«

»Alles, womit ich dir weh getan habe. Alles, weshalb du mich verlassen hast.«

»Ich habe dich nicht verlassen, du hast mich rausgeworfen. Du hast mich mit meinem neugeborenen Baby rausgeworfen. Wäre Ben nicht so ein Gentleman, hätten wir auf der Straße gestanden. Wie konntest du das tun? Schön, du wolltest keine Beziehung mehr, aber ein Baby obdachlos machen? Das war wirklich mies.«

Es entstand eine Pause, in der Roger wohl über die Vorwürfe nachdachte.

»Ich habe dir Zeit gegeben, etwas Neues zu finden. Ich habe dich und das Kleine nicht einfach rausgeworfen.«

»So hörte es sich aber an.«

Ich runzelte die Stirn. Hatte Amy mein Angebot, wieder bei mir einzuziehen, nur angenommen, weil ihr keine andere Wahl blieb?

»Ich wusste, du konntest jederzeit zurück zu Ben. Deswegen habe ich mir keine Sorgen gemacht. Ich wusste, er würde sich um dich kümmern.«

Es gefiel mir nicht, wie er meinen Namen aussprach, mit einer Mischung aus Bitterkeit und Bedauern. Er fürchtete wohl, er hätte Amy zurück in meine Arme getrieben.

Gleichzeitig ließ er mich aber auch berechenbar und schwach erscheinen, wie ein Hündchen, das Amy treten und wie Dreck behandeln konnte.

»Ich bin immer noch mit ihm verheiratet, Roger. Technisch gesehen ist es auch mein Haus. Ich bin nicht zurückgekommen, damit Ben sich um mich kümmert, sondern weil es mein Heim ist und ich den Vater meines Kindes liebe.«

Ja! Ich stieß triumphierend die Faust in die Luft.

»Also seid ihr wieder zusammen?«

Pause, dann sagte Amy: »Nein.«

»Du hast doch gerade gesagt, dass du ihn liebst.«

»Das tue ich auch. Aber ich glaube, wir sind uns beide nicht sicher, ob wir noch ineinander *verliebt* sind. Allerdings würde ich von einem emotionalen Holzkopf wie dir auch nicht erwarten, dass du einen so komplexen Unterschied verstehst.«

Zu früh gefreut. Trotzdem, sie hatte immerhin Raum für Zweifel gelassen.

Ich versuchte, das komische Gefühl im Magen zu ignorieren, und riskierte noch einen Blick um die Tür. Roger runzelte die Stirn und starrte in die Ferne. Er schwankte. Wie erwartet, schienen Amys Worte ihn zu überfordern.

»Du fehlst mir«, sagte er schließlich.

»Mir egal.«

»Komm schon, weißt du noch, wie schön es am Anfang war? Wie du gar nicht abwarten konntest, über mich herzufallen?«

Ich knirschte mit den Zähnen.

»Halt verdammt nochmal die Klappe«, zischte Amy.

»Das ist der falsche Zeitpunkt. Ich komme gut zurecht, siehst du das nicht?«

Er machte einen Schritt auf sie zu und legte ihr den Arm um die Taille. Sie wollte ihn wegstoßen, doch er versuchte, sie zu küssen.

»Lass mich los, Roger, du bist betrunken.«

»Und wenn ich es nicht wäre?«

»Würde ich trotzdem sagen, du sollst mich loslassen.«

Ich trat aus der Küche und wollte Roger gerade eine verpassen, als er aufschrie und zu Boden sackte. Ich blieb abrupt stehen, weil ich dachte, Amy hätte ihn attackiert. Aber nein, sie sah schockiert aus und schaute von Roger, der sich zuckend vor ihren Füßen wand, zur Haustür.

Jasmine schwebte hinter Roger auf der Schwelle. Ihr rotes Licht strich sanft hin und her, und sie hatte einen ihrer Kleiderbügel ausgefahren. Das war das beste Geburtstagsgeschenk der Welt.

»D-danke«, sagte Amy.

»Gern geschehen«, erwidert Jasmine gelassen, drehte sich um und schwebte zurück in den Garten.

»Warte mal, Jasmine.« Amy drehte sich um und bemerkte mich. Sie schien gar nicht überrascht, mich im Flur zu sehen, und mir wurde klar, dass sie die ganze Zeit Bescheid gewusst hatte. Ihre Worte waren nur für mich bestimmt gewesen. Darüber musste ich in Ruhe nachdenken, doch die vordringlichste Frage war, weshalb Jasmine herbeigeeilt war und Roger einen Stromschlag verpasst hatte.

Amy trat über ihn hinweg und lief Jasmine hinterher. Ich folgte ihr. Am Seitentor holten wir sie ein.

»Warum hast du das gemacht?«

Jasmine hielt inne. »Der Mann schien Sie gegen Ihren Willen festzuhalten.«

»Das stimmt, aber ich wäre damit klargekommen. Ich hätte mich befreien können. Es bestand keine ernsthafte Gefahr.«

»Es tut mir leid, falls ich unnötig eingeschritten bin. Dann habe ich die Situation wohl falsch bewertet.«

»Nein, Jasmine«, sagte Amy rasch, »es tut mir leid. Das hast du nicht. Du hattest völlig recht. Außerdem bist du Ben nur zuvorgekommen.«

»Ich wollte ihm keinen Stromschlag verpassen.«

»Nein, aber einschreiten. Und du hättest es besser wissen müssen.«

Ich schaute auf meine Füße. Es war eine sanfte und angemessene Zurechtweisung. Denn Amy brauchte weder mich noch sonst jemanden, der auf sie aufpasste.

»Mich interessiert etwas anderes«, sagte Amy. »Warum hast du es überhaupt getan? Du stehst doch nicht auf unserer Seite. Was interessiert es dich, wenn jemand von uns belästigt wird?«

Jasmine hob ihr Licht auf Augenhöhe mit Amy.

»Ich habe euch gern«, sagte sie und schwebte über das Tor zurück in den Garten.

Wir hörten ein Geräusch hinter uns. Roger wankte die Einfahrt entlang, was gar nicht einfach war, wenn man so betrunken war wie er. Dann hob er anklagend den Finger und brüllte:

»Ihr seid ein Haufen Irrer, alle miteinander!«

»Ja, sind wir. Na und?«, brüllte ich zurück.

Er schaute zu Amy.

»Welche Frau würde bei ein paar Blechbüchsen und einem Mann wohnen, mit dem sie nicht zusammen ist?«

Amys Gesicht wurde düster, und ich wich vorsichtshalber zurück.

»Ich!«, kreischte sie, marschierte Roger hinterher und versetzte ihm einen Fausthieb. Er taumelte und rieb sich den Kiefer. Dann deutete er erneut auf Amy.

»Du hast mich das letzte Mal gesehen! Komm bloß nicht angekrochen, wenn deine bescheuerte Familie dir zu viel wird, denn dann will ich dich nicht mehr haben.«

»Super!«, schrie sie zurück. »Und nur um das klarzustellen, ich habe dich nie gewollt. Du warst nur eine … Ablenkung. Du kamst mir gelegen«, fügte sie verächtlich hinzu.

Roger machte kehrt und marschierte von dannen. Amy brach in Tränen aus und lehnte den Kopf an meine Brust. Ich umarmte sie und ließ sie weinen.

»Es tut mir leid.«

»Du wusstest doch nicht, dass er hier auftauchen würde. Ganz zu schweigen davon, was für ein Arsch er ist. Es ist nicht deine Schuld.«

»Es ist aber meine Schuld, dass es ihn überhaupt gibt.«

»Scht, das ist jetzt vorbei, es hat keinen Sinn, darüber nachzugrübeln. Was zählt, ist die Gegenwart, sonst nichts.« Ich spürte, wie sie nickte. »Irgendwann musstet ihr euch über den Weg laufen. Bei Bryony, auf einer Party, beruflich, wo auch immer. Und es war klar, dass es unangenehm sein würde. Aber jetzt hast du es hinter dir.«

»Und wenn er uns die Polizei auf den Hals hetzt? Weil Jasmine ihn angegriffen hat? Weil ich ihn geschlagen habe? Das hätte ich nicht tun sollen.«

»Er hat nur bekommen, was er verdient. Und die Polizei wird er ganz sicher nicht rufen. Ich vermute, er geht nach Hause und fällt ins Bett. Wahrscheinlich erinnert er sich morgen gar nicht mehr daran, weshalb er einen blauen Fleck am Kinn hat.«

Amy schien nicht ganz überzeugt, doch wir hörten kein Wort mehr von Roger.

Am wichtigsten aber war, dass Jasmine Amy hatte retten wollen, weil sie uns gernhatte. Ich glaube, in diesem Augenblick veränderte sich unsere Welt grundlegend. Etwas ließ uns glauben, dass wir vielleicht, ganz vielleicht, der schrecklichen Bedrohung in Gestalt von Bollinger entgehen konnten.

15

Jenseits des Zauns

Ich hätte Tangs Geburtstag am liebsten in unserem Garten gefeiert, wo alles angefangen hatte, fand es aber irgendwie unpassend, weil Jasmine sich dort aufhielt. Zwar erschien sie uns weniger bedrohlich, nachdem sie sich für Amy starkgemacht hatte, doch war es noch immer eine heikle Situation.

Ich hätte sie natürlich bitten können, in den Vorgarten zu schweben, doch nach dem Debakel mit der Müllabfuhr war ich mir nicht sicher, ob sie auf mich gehört hätte. Was hätte ich auch zu ihr sagen sollen?

»Hi, Jasmine, würde es dir etwas ausmachen, vor der Haustür zu warten, während wir ohne dich eine Party feiern? Keine Sorge, ich werfe dich diesmal auch nicht auf den Müll, versprochen. Komm, sei ein braver Roboter?«

Blieb also die Frage, wo wir Tangs Geburtstag feiern sollten.

Die Antwort kam mir eines Morgens, als ich die Praxis betrat und einen Haufen rosafarbener, mit Regenbogen verzierter Flyer auf der Empfangstheke entdeckte.

»Was ist das denn?«, fragte ich Sasha, unsere Praktikantin, die gelangweilt auf dem Drehstuhl Karussell fuhr.

»Eine Dame von Northwoods hat sie vorbeigebracht«, sagte Margot, die langjährige Arzthelferin, die gerade die Termine im Computer durchging. »Die probieren eine neue Geschäftsidee aus.«

Sasha nickte kaugummikauend.

Ich stellte meinen Kaffeebecher ab und sah mir den Flyer an.

»Die veranstalten Ponypartys?«

Margot schaute mich über die Brille hinweg an. »Die sind bei kleinen Mädchen wohl beliebt. Man kann entweder mit den Geburtstagskindern in den Stall gehen und die Ponys dort striegeln, oder sie kommen mit ein paar Ponys zu einem nach Hause. Wer möchte nicht ein Pferd im Garten haben?«, fragte sie mit kaum verhohlenem Sarkasmus.

»So wie wir? Die Northwood-Pferde stehen nämlich auf der Weide unmittelbar hinter unserem Haus.« Sie waren es gewesen, die Tang überhaupt erst in unseren Garten gelockt hatten.

Margot lachte. »Dann können Sie sich das Geld ja sparen.«

Ich wedelte mit dem Flyer. »Das scheint eine tolle Idee zu sein.«

»Ist Bonnie nicht ein bisschen jung dafür?«

Ich muss wohl verwirrt ausgesehen haben.

»Für eine solche Party, meine ich. Die Kinder müssen schon ein bisschen älter sein, damit sie richtig Spaß daran haben.«

»Ach so, verstehe. Ich nehme trotzdem einen mit. Vielen Dank.«

Margot zuckte mit den Schultern, während ich in den

Personalraum ging. Sie hatte recht. Bonnie war viel zu jung für eine Ponyparty. Tang hingegen wäre begeistert.

»Niamh Northwood, freut mich, Sie kennenzulernen.« Sie streckte mir die Hand entgegen und lächelte mit blitzenden Zähnen. »Bryony, Darling, wie geht es dir? Macht Georgie Fortschritte beim Tennis?« Sie bot meiner Schwester beide Wangen zum Kuss dar. »Mal sagt, er sei wirklich talentiert.«

»Er wäre noch besser, wenn er ein bisschen üben würde«, sagte Bryony, und beide lachten. Niamh machte eine wegwerfende Handbewegung.

»In dem Alter sind sie alle gleich. Meine wollten sich auch nie auf etwas konzentrieren, als sie klein waren, aber letzten Endes sind sie ihren Weg gegangen. Hier entlang.« Sie führte uns zu einem Fertigbau, an dessen Tür »Büro« stand.

Sie und Bryony plauderten, und ich kam mir vor wie das fünfte Rad am Wagen, nutzte aber die Gelegenheit, mich umzuschauen. Niamh war ein klassisches Beispiel für Bryonys Freundeskreis: cremefarbene Reithose, schwarze Stiefel, Jacke mit Hahnentrittmuster, unter der ein herbstbrauner Rollkragenpullover hervorschaute, und dazu eine Perlenkette.

Es war nicht der Stall, in dem Bryony ritt, doch sie hatten gemeinsame Bekannte. Ich machte mich immer über meine Schwester lustig, weil sie so auf dieses reiche Getue stand, doch es hatte auch Vorteile. Bryony war nämlich so nett gewesen, die ehrfurchtgebietende Niamh Northwood zu fragen, ob sie vielleicht bereit wäre, eine Ponyparty für einen Roboter zu geben.

Wie ich hörte, hatte Niamh vor Begeisterung in die Hände geklatscht und »Was für ein Spaß!« gesagt. Bryony hatte mir die frohe Kunde überbracht und dazu die Einladung, in den Stall zu kommen und die Einzelheiten zu besprechen.

Während ich in Gummistiefeln durch schlammige Pfützen watete, überlegte ich, dass es wohl besser wäre, die Party bei uns zu geben. Tang wäre nicht sonderlich davon angetan, im Pferdemist zu versinken. Es war erstaunlich, dass so perfekt gekleidete Menschen ihre gesamte Freizeit – und in Niamhs Fall auch ihre Arbeitszeit – inmitten von Pferdescheiße verbrachten.

Falls wir die Ponyparty in unserem Garten feierten, könnten die Pferde vielleicht einfach über den Zaun springen. Das wäre ein großer Auftritt. Dann fiel mir ein, dass Jasmine im Garten wohnte, und ich begriff, dass wir uns wohl doch hierherbemühen mussten. Mir entfuhr ein Seufzer, mit dem ich die Aufmerksamkeit der Frauen erregte.

»Oh, tut mir leid«, sagte Niamh und neigte den Kopf, wobei ihr makelloser weißblonder Bob um ein Haar verrutscht wäre. »Wir tratschen hier, während Sie über die Party sprechen möchten.«

Im Büro herrschte ein Chaos aus Papier und den Spuren diverser Tiere. Niamh vertrieb eine große gefleckte Katze von einem Stuhl und bot mir den Platz an. Bryony verscheuchte eine Ente vom Stuhl nebenan. Ich fragte mich erneut, wie die Besitzerin unter diesen Bedingungen so elegant aussehen konnte. Das machte sie geradezu sympathisch.

Niamh holte ein blaues Notizbuch hervor und setzte sich. »Verdammte Viecher, die machen sich überall breit.« Sie lachte herzhaft und schlug das Notizbuch auf. »So, Ihr Roboter mag also meine Pferde.«

Niamh schaute mich nachdenklich an und klopfte sich ans Kinn, bevor sie sagte: »Fragen wir mal Tony, was er davon hält.«

Sie führte uns durch eine kleinere Boxengasse, die vom Hauptstall abzweigte, sprach im Gehen mit den Pferden und klopfte ihnen liebevoll auf die Nase. Ich war kein Experte wie Bryony, sah aber, dass sie tatsächlich wunderbare Tiere besaß. Tang hatte guten Geschmack bewiesen. Ich streckte die Hand nach einem Pferd aus und ließ es daran riechen. Es wackelte mit der Oberlippe, doch ich musste es leider enttäuschen.

»Ich habe nichts für dich.«

»Das ist Seamus, unser ältestes Pferd. Er ist schon fünfundzwanzig.«

»Das ist ziemlich gut für ein Shire-Horse«, sagte Bryony beeindruckt, und Niamh strahlte.

»Das finden wir auch. Unsere Pferde sind sehr langlebig, das muss am guten Gras liegen.«

Niamh rechnete es sich nicht als Verdienst an, was sie mir noch sympathischer machte. Die Pferde der Northwoods lebten lange, weil sie glücklich und gut gepflegt waren, das war offensichtlich und gefiel mir sehr. Hätte ich sie nur schon früher kennengelernt.

»Hier ist Tony«, sagte sie und deutete auf das Ende des kleinen Stalls. Ich rechnete mit einem sommersprossigen

Vierzehnjährigen samt Harke oder Bürste. Stattdessen streckte ein geschecktes Shetlandpony den Kopf über die Stalltür.

»Du hast Besuch«, sagte Niamh zu dem Pony, holte ein Leckerchen aus der Tasche und kratzte ihm den Kopf. Sie entriegelte die Stalltür und lockte Tony mit Schnalzlauten heraus. Es schien ihn nicht zu stören, dass sich Fremde im Stall befanden, solange Niamh und ihre magischen Taschen in der Nähe waren.

»Ich dachte mir, Tony würde vielleicht besser zu Tang passen als ein Pferd. Die sind nämlich zu groß, um sie zu striegeln.«

»Das ist sehr rücksichtsvoll, danke.« Ich beugte mich vor. »Hey, Kumpel«, sagte ich zu Tony. »Möchtest du einen Roboter kennenlernen?«

Tony stand seelenruhig da, den struppigen schwarzen Haarschopf in den Augen, und kaute auf einer Möhre, die Amy ihm gegeben hatte. Falls er einen inneren Monolog hielt, drehte er sich wohl darum, wie elend sein Leben war und dass er viel zu klug sei, um eine regenbogenfarbene Decke und funkelndes Zaumzeug zu tragen und auszusehen wie ein Einhorn ohne Horn. Es war ein lustiger Gedanke, doch ihm war deutlich anzusehen, wie gepflegt er war und wie sehr er geliebt wurde.

Meine Nichte Annabel diskutierte angeregt mit ihren Eltern darüber, ob sie alt genug für ein eigenes Pferd sei, und obwohl sie durchaus geschickt verhandelte, schienen Bryony und Dave es für verfrüht zu halten. Ihr Bruder Georgie hielt Amy einen endlosen Vortrag über die einzig richtige Art, einen Tennisschläger zu halten, was sie vermutlich nicht im Geringsten interessierte, doch sie bemühte sich, ihren Neffen bei Laune zu halten.

Am schönsten aber war es, Tang zu beobachten. Er hatte dem Pony einen Greifer über den Rücken gelegt und den Kopf an seine Flanke geschmiegt, während er es gleichzeitig mit einer Bürste striegelte. Er murmelte leise vor sich hin, wie lieb er Tony habe.

Tony selbst schnaubte, dass seine Nüstern bebten, trat von einem Fuß auf den anderen und hob einen Hinterhuf, als wollte er auf Zehenspitzen gehen. Oder wie immer man das bei einem Pferd auch nannte. Dann drehte er den Kopf und schnüffelte an dem Roboter, worauf Tang die Augen schloss, um den Moment zu genießen.

Später sollte Tang in einem kleinen Wagen fahren, der von Tony gezogen wurde, da er nicht auf ihm reiten konnte. Ich rechnete mit Widerspruch, doch für Tang schien es nichts Schöneres zu geben, als von einem Shetlandpony über eine Weide gezogen zu werden. Niamh spannte das Pony ein, dann half ich Tang beim Einsteigen. Er sah aus wie ein Science-Fiction-Monarch, der in seiner Kutsche saß, und strahlte übers ganze Gesicht. Die Geburtstagsüberraschung war voll und ganz gelungen.

Tang fuhr los, und ich folgte dem Gespann mit den Augen. Als sie am Garten vorbeifuhren, hörte ich Tang rufen: »Sieh mal! Wohne da! Ist mein Garten!«

Amy und ich lachten leise, als der Wagen weiterzuckelte. Dann bemerkte ich Jasmines vertraute schwarze Eierform, die neben dem Zaun schwebte. Auch sie beobachtete Tang und folgte ihm mit dem Licht über die Weide. Er winkte ihr unbekümmert zu, was mir einen Stich versetzte. Hoffentlich war sie nicht traurig, weil sie nicht mitfahren durfte.

16

Obhutspflicht

»Ben! Ben! Ben! Ben! Ben!«

Ich war gerade im Garten und schnitt die verblühten Rosen, wobei ich Jasmine geflissentlich ignorierte, als Amy mit einem gewaltigen Buch aus dem Haus stürzte. Es war eins der juristischen Werke über künstliche Intelligenz, mit dem sie sich seit Wochen beschäftigte.

»Was? Was? Was?«

Sie grinste so breit wie Tang, wenn er sehr glücklich war, und schlug das Buch an der Stelle auf, an der ihr Finger steckte. Sie hielt es mir ächzend hin und deutete auf einen Paragraphen mit der Überschrift 3.2.4. Ich begann zu lesen und merkte bald, dass ich nicht das Geringste verstand.

Amy kam mir zu Hilfe. »Der Anfang ist unwichtig, aber schau dir diese Zeile an.«

»... ›Die Lizenz wurde widerrufen, da Grausamkeit gegenüber der Maschine nachgewiesen werden konnte, ebenso wie die Tatsache, dass es sich um ein fühlendes Wesen handelte. Das Subjekt wurde dem Beklagten entzogen und in angemessene Obhut gegeben.‹ Was bedeutet ›angemessene Obhut‹?«

»Keine Ahnung, so weit bin ich noch nicht. Vermutlich irgendeine Pflegeeinrichtung. Aber darum geht es nicht. Wir haben endlich einen Präzedenzfall. Falls Bollinger auftauchen sollte und wir beweisen können, dass er Tang grausam behandelt hat, werden sie möglicherweise nicht darauf bestehen, dass wir ihn aushändigen.«

»Dürfen wir ihn dann behalten?«

»Wieso sollten wir ihn nicht behalten dürfen? Wenn wir einen Gerichtsbeschluss erwirken, der beweist, dass er uns gehört, könnten wir die Lizenz beantragen. Das Gericht wird sich nur allzu gern die Mühe sparen, eine andere Unterkunft für ihn zu finden.«

Ich brauchte zwei Sekunden, um ihre Logik zu durchschauen. Dann lachte ich und umarmte sie stürmisch mitsamt ihrem Buch.

»Du hast recht, Amy! Du hast es geschafft. Du hast gesagt, du würdest einen Weg finden, und hast es geschafft!« Ich hob sie hoch, drückte sie mitsamt dem Buch an mich und vergrub das Gesicht in ihren Haaren. Sie roch so gut. Meine Freude über ihren Erfolg schwand jedoch, als mir einfiel, dass wir nicht mehr zusammen und solche Berührungen unangemessen waren. Ich stellte sie auf die Füße und versuchte, einen eleganten Ausweg aus dem Gespräch zu finden, ohne Amy mit meiner plötzlichen Melancholie zu entmutigen. Doch sie verstand mich auch so.

»Nun ja.« Sie trat einen Schritt zurück. »Ich muss weiterlesen … und die Rosen schneiden sich auch nicht von selbst. Frohes Schaffen.« Sie stieß eine Mischung aus Hüsteln und Lachen aus und kehrte ins Haus zurück.

Ich bemerkte, dass Tang von innen vor der Terrassentür stand, mit ernster Miene, Gesicht und Greifer an die Scheibe gedrückt. Ich war mir nicht sicher, was er gerade dachte, doch eins wusste ich genau: Wir durften ihn nicht im Stich lassen.

Nachdem Amy den Präzedenzfall gefunden hatte, schaute ich etwas optimistischer in die Zukunft und konnte wieder in die Praxis und die Uni gehen, ohne bei meiner Rückkehr mit einer Katastrophe zu rechnen. Tang, der sich nach Kräften bemüht hatte, die angespannte Situation zu ignorieren, war wieder zu alter anstrengender Form aufgelaufen.

»Ben?«, fragte er eines Morgens, als ich gerade in die Praxis fahren wollte.

»Ja, Tang?«

»Du fährst zum Tierarzt?«

»Ja, ich bin auf dem Weg in die Praxis. Ich bin ein Tierarzt. Jedenfalls fast.«

»Was ist ›Tierarzt‹?«

»Ein Arzt, der Tiere behandelt. In meinem Fall Haustiere.«

»Will immer noch Geburtshelfer werden.«

»Schön, vielleicht klappt das ja eines Tages.«

Er nickte, aber ich spürte, dass er noch nicht fertig war.

»Ben?«

»Ja, Tang?«

»Was ist ›Haustiere‹?«

In diesem Augenblick wurde mir klar, dass ich zu spät zur Arbeit kommen würde. Ich musste behutsam vorgehen, damit er nicht den Eindruck gewann, dass wir ihn als Haustier betrachteten. Ich setzte mich auf die Treppe, um mir die Schuhe anzuziehen, kippte ein paar Steinchen heraus und warf sie unauffällig in den Topf der Yuccapalme.

»Haustiere sind Tiere, die Menschen zu Hause halten, so wie Katzen und Hunde.«

»Warum?«

»Weil sie einem Gesellschaft leisten und es Spaß macht, mit ihnen zu leben. Menschen kümmern sich gern um etwas, das liegt wohl in ihrer Natur. Sie haben ihre Haustiere oft sehr gern. Sie werden ein Teil der Familie.«

»Ben mag Tiere?«

»Ja, natürlich, darum werde ich auch Tierarzt. Ich mache sie gesund, damit sie ihre Besitzer weiterhin glücklich machen können.«

»Du reparierst gerne?«

Gefährliches Terrain.

»Ja.«

»Wie du Tang reparierst?«

Scheiße.

Ich holte tief Luft.

»Nun, ja, ja … und nein. Du bist kein Haustier. Ich wollte, dass du so repariert wirst, wie ich es mir auch für Amy oder Bonnie wünschen würde, wenn sie kaputt wären. Tiere und Menschen funktionieren unterschiedlich, und Roboter sind wieder ganz anders. Aber glaub bitte nicht, dass wir dich als Haustier betrachten.«

»Warum?«

»Weil du zur Familie gehörst.«

»Wie Haustier? Du hast gesagt, Haustiere können Familie sein.«

Richtig, das hatte ich gesagt. Verdammt.

»Ja, aber du bist anders.«

»Warum?«

»Weil es so ist. Eines Tages wirst du es verstehen.« Ich krümmte mich innerlich. Jetzt fehlte nur noch ein Spruch wie »Wenn du älter bist«, und schon hätten wir die klassische Methode, mit der Erwachsene üblicherweise Kinder abspeisten.

»Aber warum muss anders sein wie Haustiere?«

»Anders als.«

Reine Hinhaltetaktik.

»Anders als wie Haustiere. Ist schlimm, Haustier zu sein? Haustiere nicht wichtig?«

Ich hatte mich in eine unmögliche Lage manövriert.

»Amy?«

»Ja?« Sie tauchte mit Bonnie auf dem Arm in der Wohnzimmertür auf. Die Kleine zog lachend an Amys Haaren, was diese gar nicht komisch fand. Ich hatte wohl einen schlechten Zeitpunkt gewählt.

»Tang hat ein paar Fragen, die ich nicht beantworten kann. Leider muss ich jetzt wirklich los. Könntest du das übernehmen?«

Ja, ich rannte davon. Ja, ich war ein Feigling. Aber Amy versteht sich auf Worte, das ist ihr Job. Daher betrachte ich es als eine angemessene Arbeitsteilung. Oder, anders ausgedrückt, sie kommt mit diesem Scheiß einfach besser klar als ich.

Als ich abends nach Hause kam, schepperte Tang in den Flur und schlang die Greifer um meine Beine, noch bevor ich die Tür hinter mir geschlossen hatte. Er strahlte übers ganze Gesicht. Ich tätschelte ihm den Kopf.

»Womit habe ich das verdient?«

»Ben! Ben! Ben! Ben … DANKE! Danke, Ben!«

»Ich verstehe nicht. Was habe ich denn getan?«

Ich rief nach Amy, während ich ins Wohnzimmer ging und Tang wie einen hartnäckigen Zombie hinter mir herschleifte. Sie las mal wieder in einem juristischen Wälzer, die neue Lesebrille auf der Nase, die sie ebenso hasste wie ich meine. Ich küsste sie auf den Kopf und winkte Bonnie, die auf dem Boden saß, an einer Knabberstange lutschte und sich einen Zeichentrickfilm über Eis anschaute.

»Tang bekommt ein Haustier«, sagte Amy, ohne die Augen von ihrem Buch zu nehmen.

»Oh.«

»Ich habe ihm gesagt, du hättest schon länger darüber nachgedacht.«

»Aber das ist … das ist …« Sie sah mich an und zog eine Augenbraue hoch. Ihr Blick sagte so viel wie »Du wolltest doch, dass ich seine Fragen beantworte«.

»Jaja, das habe ich, Tang. Es stimmt, wir haben darüber geredet. Weißt du, was, wir kaufen eine Katze, das wäre toll.« Mein Herz wurde schwer bei der Erinnerung an meine alte Katze, die vor einer Weile gestorben war. Amy hatte damals keine neue gewollt. Es war eine schwierige Zeit gewesen.

»Ich habe Tang gesagt, er dürfe sich das Tier aussuchen.«

»Oh«, sagte ich betrübt. Vielleicht konnte ich ihn ja überreden. »Natürlich, das ist fair. Tangs Haustier, Tangs Entscheidung.«

»Yay!«, sagte er. Als ich sein Gesicht sah, wusste ich, dass Amy es richtig gemacht hatte.

Hauptsache, es würde kein Fisch. Ich hatte nie begriffen, weshalb Leute Fische als Haustiere hielten. Meer, See oder Fluss, kein Problem. Aber im Haus? Niemals. Und überdies verdammt kompliziert zu operieren.

Es wird niemanden überraschen, dass Tang sich für einen Fisch entschied. Nach unserer gemeinsamen Reise hätte ich eigentlich auch nicht überrascht sein dürfen. Sein Lieblingsabenteuer war noch immer unser Ausflug mit dem Glasbodenboot. Er war hin und weg gewesen von den Fischen.

Wir betraten die riesige Tierhandlung, und ich rechnete mit einem Hamster oder Kaninchen, etwas, das er in die Hand nehmen und streicheln konnte, doch nach einem flüchtigen Blick auf die Nagetierabteilung schepperte Tang geradewegs zur hinteren Wand, an der Dutzende Aquarien mit tropischen Fischen standen. Er drückte Gesicht und Greifer an die Glasscheiben und stieß begeisterte Laute aus, wenn die Fische an ihm vorüberschossen. Genau das hatte er auch im Glasbodenboot getan, und bei der Erinnerung zog sich meine Kehle zusammen. Ich hockte mich neben ihn. Amy war mit Bonnie zu den Kaninchen gegangen, nachdem unsere Tochter versucht hatte, dem Buggy zu entkommen und sich durch einen Beutel Nagerstreu zu futtern.

»Welchen möchtest du? Weißt du das schon?« Tang sah mich kopfschüttelnd an.

»Nein. Alle so schön. Will alle.«

»Nun, du kannst nicht alle haben, aber wie wäre es mit einem Aquarium, in dem du viele kleine Fische halten kannst, so wie diese hier?« Ich deutete auf einen Schwarm Neonfische, die aus unerfindlichen Gründen sehr beliebt waren. Wenn ich es recht bedachte, bevorzugte ich definitiv Krustentiere. Die hatten immerhin eine interessante biologische Vorgeschichte.

Aber Tang interessierte sich nicht für die Neonfische. Er war unterwegs zu einem Aquarium mit einem einzelnen Fisch.

»Sieh mal, Ben! Dieser Fisch ist allein. Vielleicht ist einsam? Was ist Fisch? Wie ist sein Name?«

Ich las das Schild auf dem fraglichen Aquarium und musste lächeln. Ich begriff sofort, warum er ihn haben wollte. Auf dem Schild stand »DOKTORFISCH«.

17

Fischdetektive

Tang hielt auf der ganzen Heimfahrt den Plastikbeutel mit dem Doktorfisch umklammert. So fest, dass ich schon fürchtete, er könne seinen Greifer hineinbohren. Das große Aquarium mit einer bunten Ansammlung aus Neonbrücken, Schädeln und Schatzkisten schepperte im Kofferraum, wann immer wir durch ein Schlagloch fuhren.

Bonnie reckte den Kopf im Autositz, weil sie sehen wollte, was unser Roboter so trieb. Dass er ein Lebewesen dabeihatte, das in einer Plastiktüte herumschwamm, schien sie zu faszinieren. Sie wollte danach greifen, doch ihre Ärmchen waren zu kurz und zu weit entfernt, um dem Fisch gefährlich zu werden. Außerdem hätte Tang es niemals zugelassen.

Zu Hause wurde der Fisch kurzerhand in unserem roten Putzeimer deponiert, wo er seine Kreise zog, während wir sein Aquarium vorbereiteten. Ich hatte keine Ahnung, ob der Fisch ein »Er« war, doch Tang hatte keinerlei Zweifel.

»Jungenfisch«, teilte er uns mit.

»Woher weißt du das? Soll ich ihn mir mal näher ansehen?«

»Nein. Jungenfisch. Ist Junge.« Mir war klar, dass er gar

keine fundierte Antwort hören wollte. Ich holte tief Luft, um eine Diskussion zu beginnen, doch Amy schüttelte den Kopf.

»Na schön, dann ist es eben ein Fischjunge.«

Tang wirkte zufrieden und nickte, wobei er einen prüfenden Blick ins Aquarium warf.

»Wie willst du ihn nennen?«, erkundigte sich Amy.

Tang überlegte. »Fisch.«

»Ja, den Fisch. Wie soll er heißen?«

Tang schaute sie an, als wäre sie zurückgeblieben.

»Fisch.«

»Das soll sein Name sein? Fisch?«

»Ja.«

Diesmal wollte Amy eine Diskussion beginnen, und ich schüttelte den Kopf. Manchmal hatte es einfach keinen Sinn, mit Tang zu diskutieren. Dann überließ man ihn am besten seiner eigenen verqueren Logik.

Tang folgte dem gelbindigoblauen Fisch mit den Augen durch den Eimer. Doktorfische neigten dazu, miteinander zu kämpfen, also hatten wir nicht gefragt, ob der Laden noch weitere im Angebot hatte, und Tang das auch erklärt.

»Schon gut. Will nur einen. Einer ist gut. Einer ist besonders. Vielleicht weniger besonders, wenn mehrere. Vielleicht mag einen mehr und andere eifersüchtig.« Ich hatte ihm zu erklären versucht, dass er auch mehrere Fische lieben könnte, ähnlich wie bei Eltern und Kindern, und dass wir ihn und Bonnie gleich liebten, hatte es aber aufgegeben. Er hätte immer einen Lieblingsfisch gehabt, und obwohl ich mir nicht sicher war, ob Fische Eifersucht empfinden konnten, erschien mir seine Argumentation durchaus nachvollziehbar. Er hätte zweifellos befürchtet, die anderen könnten eifersüchtig sein, und diese Sorge wäre schlimm genug gewesen.

Wir halfen ihm, den Kies ins Aquarium zu schütten – zu Amys Entsetzen hatte er rosa Kies ausgesucht –, und schauten zu, wie er die Fischspielzeuge arrangierte. Es dauerte eine Ewigkeit, weil er ständig seine Meinung über das Feng Shui des Aquariums änderte, bis ich fast die Geduld verlor. Als er endlich fertig war und das Wasser Raumtemperatur erreicht hatte, kippen wir Fisch von dem Eimer in sein neues Heim. Er versteckte sich sofort hinter einem Plastikfelsen.

»Was nun?«, fragte Tang. Genau das hatte ich befürchtet. Ich hatte ja gesagt, ein Fisch sei zu langweilig, ein Fisch werde Tang nicht genügend Unterhaltung bieten, aber hatte jemand auf mich gehört? Natürlich nicht. Doch in Wahrheit ging es Tang um etwas völlig anderes.

»Was meinst du damit?«

»Muss schon füttern?«

»Ja, du kannst ihm ein bisschen was geben.«

»Okay.« Mit diesen Worten kippte er die ganze Packung ins Wasser.

»Ich sagte ein BISSCHEN, nicht alles!«

Wir fischten das Futter mit einem Kescher heraus.

Danach stand Tang da und schaute zum Aquarium empor, das wir ziemlich hoch platziert hatten, damit Bonnie nicht gegen die Scheibe schlug.

»Möchtest du deinen Hocker haben?« Amy holte ihn aus der Küche.

Danach verbrachte er die nächsten drei Stunden auf

seinem Hocker, Gesicht und Greifer an das Glas gedrückt, und wartete darauf, dass Fisch irgendwie aktiv würde.

Fisch lebte dreizehn Tage. Zugegeben, es war nicht Tangs Schuld. Im Grunde hatte er gar nichts damit zu tun. Das Problem war Jasmine.

Dabei hatte es so gut angefangen. Tang war ein aufmerksamer Besitzer. Er fütterte Fisch, bis ich ihm sagte, er müsse aufhören, zu viel Futter könne tödlich sein. Er stand morgens, mittags und nachts da, das Gesicht an die Scheibe gedrückt, und beobachtete ihn.

Als wir zum ersten Mal das Aquarium reinigten, schaute Tang aufgeregt zu, während Amy und ich Fisch in den Eimer und danach wieder zurückbeförderten. Er wollte uns helfen und war sehr unglücklich, als wir sagten, das sei nicht möglich. Ich versuchte, mir den Hinweis zu verkneifen, dass ein vierbeiniges Landtier die Sache sehr viel einfacher gemacht hätte, aber als ich es schließlich doch sagte, erntete ich nur ein zorniges Funkeln vom Roboter. Also umwickelten wir beim nächsten Mal seine Greifer mit Plastiktüten, damit er wenigstens helfen konnte, das leere Aquarium zu reinigen. Er hatte viel Spaß daran, seinem Fisch zuzusehen, wie er im Eimer verwundert seine Runden zog.

Jeden Morgen schaute er als Erstes nach, ob es Fisch gutging, und abends war es das Letzte, was er vor dem Schlafengehen tat.

Eines Abends kam ich aus der Uni und traf Amy, die gerade mit Bonnie und Tang von einem Spaziergang zurückkehrte. Wir drängten alle gleichzeitig ins Haus und häuften wie üblich Mäntel, Schuhe und winzige Gummistiefel im Flur auf. Tang marschierte geradewegs ins Wohnzimmer, um nach Fisch zu sehen.

Noch bevor er die Schwelle überschritten hatte, ertönte ein lautes, metallisches Heulen. Amy und ich sahen einander entsetzt an.

»Ben … Ben … Ben … Ben … Ben!« Er hämmerte mit den Fäusten gegen sein Aquarium.

Ich rechnete damit, Fisch tot an der Oberfläche vorzufinden. Dann hätte ich Tang erklären können, dass er krank gewesen sei und wir ihn jetzt begraben würden. Aber er war nicht mehr da. Tangs Doktorfisch war verschwunden.

»Wo zum Teufel ist er geblieben?«, fragte ich mich selbst ebenso sehr wie den Roboter. »Fische springen nicht aus einem abgedeckten Aquarium und verschwinden.« Amy war mit Bonnie zu uns getreten und starrte ähnlich verwundert in das leere Aquarium.

»Wo kann er nur sein?«

»Wo ist Fisch? Ben und Amy finden Fisch! Müssen Fisch finden!« Tang klammerte sich verzweifelt an meine Beine.

»Schon gut, Tang, wir werden unser Bestes tun. Aber …« Ich kniete mich hin, damit wir auf Augenhöhe waren. »Selbst wenn wir ihn finden, musst du damit rechnen, dass er tot ist.«

»Warum?«

»Weil Fische nicht außerhalb des Wassers leben können. Sie sterben ziemlich schnell, wenn man sie aus dem Aquarium holt.«

»Oh.«

Ich wünschte, ich hätte ihm dieses Leid ersparen können. Es ist immer schlimm, wenn ein Kind sein erstes Haustier verliert, und Tang war da nicht anders. Er ließ sich zu Boden fallen und zupfte an seinem Klebeband. Bonnie krabbelte zu ihm und klopfte auf seine kleine Metallschulter, als wüsste sie, was geschehen war.

»Immerhin können wir herausfinden, was mit ihm passiert ist«, sagte ich zu Amy. Sie nickte und schaute zur Terrassentür. Dann riss sie die Augen auf, ergriff meinen Ärmel und zog mich sanft mit sich.

»Was ist?«, fragte ich leise, doch sie schüttelte nur den Kopf und deutete in den Garten, wo Jasmine an ihrer üblichen Stelle schwebte. Diesmal aber war sie nicht allein. Neben ihr saß ein Kätzchen mit Schildpattzeichnung.

Ich brauchte ein paar Sekunden, um die Verbindung herzustellen. Als ich jedoch das Stück eines schuppigen Schwanzes entdeckte, das vor dem Tier auf dem Boden lag, wurde mir alles klar.

Ich schlug mit dem Kopf an die Scheibe und ließ die Schultern hängen.

»Er bringt sie um«, flüsterte ich.

Amy nickte und zog mich mit sich in die Küche.

»Meinst du, wir können den Beweis wegschaffen, ohne dass er es merkt?«

Ich warf einen Blick auf den untröstlichen Tang.

»Wir können es versuchen. Am besten, du lenkst ihn ab, damit er nicht hinschaut.«

Wir wollten gerade loslegen, doch bevor wir unseren Plan in die Tat umsetzen konnten, hörte ich ein Scheppern. Tang war an die Terrassentür getreten. Amy erstarrte zu Eis, ich war bereit, mich vor den Roboter zu werfen, damit er nicht das ganze Ausmaß des Massakers erblickte, doch es war zu spät.

»NEIN!«, kreischte er, stieß mich beiseite und öffnete die Terrassentür. Er stürzte über die Schwelle und nach unten zu Jasmine, die mit dem Kätzchen an der Seite über dem Rasen schwebte. Wir alle folgten ihm, Bonnie eingeschlossen.

»MEIN FISCH, Jas-miiene, meiner! Warum isst kleine Katze Fisch? Ist MEIN FISCH.«

Das Kätzchen interessierte sich nicht für den Showdown der Roboter, sondern legte sich hin und begann, sich genüsslich zu putzen.

Jasmine strich mit ihrem roten Scanner über Tang. »Es tut mir leid, Roboter genannt Tang, aber ich verstehe deine Frage nicht. Das junge Katzentier befand sich in einem minimalen Betriebszustand und musste versorgt werden. Eine Prüfung der unmittelbaren Umgebung enthüllte eine konzentrierte Quelle frischen Proteins mit idealer Fresstemperatur. Ich habe die Nahrung beschafft. Wie du siehst, hat sich das Tier gut erholt.« Das Kätzchen, das entspannt auf dem Rücken lag, schaute Tang an, und ich hätte schwören können, dass es lächelte. Eine Sekunde lang befürchtete ich, Tang würde es treten, doch er stand einfach nur unentschlossen da.

Ich ging dazwischen.

»Jasmine, du willst damit sagen, du bist in unser Haus eingebrochen, hast Tangs Fisch gestohlen und an eine streunende Katze verfüttert?« Ich hatte noch weitere Fragen, aber jetzt ging es mir vor allem um unsere Sicherheit.

»Wie zum Teufel bist du reingekommen? Es war nichts kaputt, ich begreife das nicht.«

»Ich habe mich mit allen Formen häuslicher Verschlussmechanismen vertraut gemacht, um den Fisch mit minimalem Schaden an menschlichem Eigentum zu beschaffen. Ich war erfolgreich, nicht wahr?«

»Ja, warst du, aber darum geht es nicht. Es gefällt mir nicht, dass du in unser Haus eingebrochen bist!« Dann kam mir noch ein anderer Gedanke. »Augenblick mal. Warum bist du noch hier draußen, wenn du jederzeit hinein kannst?«

Jasmines rotes Licht zuckte, wie immer, wenn sie verwirrt war.

»Man hat mich nicht in diese Wohnresidenz eingeladen«, antwortete sie. »Ich kann mir nur dann erlauben, unbefugt menschliches Eigentum zu betreten, wenn es um Leben und Tod geht. Diese Situation habe ich so bewertet.«

»Aber du bist in unserem Garten, das ist doch auch unser Eigentum … ach, egal.« Ich verstummte, als ihr Licht wieder zu zucken begann. Immerhin war es tröstlich, dass sie nachts nicht überraschend neben unserem Bett auftauchte.

Bonnie hatte es auf die Terrasse geschafft, quietschte vor Vergnügen und deutete mit ihren dicken Fingerchen auf das Kätzchen. Dann klatschte sie in die Hände.

»Ka … Ka … Ka!«, rief sie wieder und wieder, bis der Hauch eines Lächelns auf Tangs Gesicht erschien. Er hasste Jasmine für das, was sie getan hatte, war aber auch ein Roboter und verstand ihre Logik. Das Kätzchen wäre ohne ihre Hilfe gestorben, und selbst Tang begriff, dass Jasmine in ihren Augen das Richtige getan hatte. Er beugte sich vor, hob das Kätzchen mit seinen Greifern hoch und trug es zu Bonnie. Er hielt es ihr vorsichtig hin, damit sie es streicheln konnte. Es war klein, etwa fünf Monate alt, musste einem Kleinkind aber recht groß erscheinen. Andererseits hatte Bonnie einen Roboter als großen Bruder und fürchtete sich vermutlich vor gar nichts.

»Jetzt meine Katze?«, fragte Tang. »Meine und Bonniiees Katze?«

»Was hältst du davon, Jasmine?«, fragte Amy. »Im Augenblick ist es vor allem deine Katze.«

Jasmines Licht bewegte sich leicht und ebenmäßig.

»Es ist nur recht und billig. Ich benötige kein Tier. Falls der Besitz des katzenartigen Lebewesens das Kleinkind und den Roboter genannt Tang glücklich macht, gibt es keinen logischen Grund, aus dem es nicht ihnen gehören sollte.«

Und dann tat Tang etwas, das niemand von uns erwartet hatte, schon gar nicht Jasmine. Er setzte das Kätzchen vor Bonnie ab, die das leidgeprüfte Tier auf den Arm nahm und versuchte hineinzubeißen. Dann schepperte Tang zu Jasmine und streckte den Greifer aus.

Sie hielt kurz inne und streckte ihm dann einen ihrer Kleiderbügel hin. Ob es nun daran lag, dass sie ihm ein neues Haustier beschert hatte und sie damit quitt waren oder dass er eine Freundlichkeit an ihr entdeckte, die ihm bisher verborgen geblieben war, weiß ich nicht. Jedenfalls hatte Tang ihr vergeben.

18

Drinnen

Wir überlegten, wie es weitergehen sollte. Es fühlte sich irgendwie falsch an, das Kätzchen mit ins Haus zu nehmen und Jasmine draußen zu lassen. Auch Tang schaute sie nachdenklich an. Jasmine schwebte unergründlich wie immer auf der Stelle, wobei ihr rotes Licht sanft hin und her strich. Allerdings hatte sie den Kleiderbügel, mit dem sie Tangs Greifer geschüttelt hatte, immer noch ausgestreckt. Ob es ein Zeichen von Emotion war, konnte ich nicht beurteilen.

Tang blieb auf halbem Weg zwischen Jasmine und Bonnie stehen und schaute zu mir auf.

»Kann Jasmine … kann Jasmine drinnen sein?«

Ich seufzte.

»Ich weiß nicht, Tang.« Ich nahm ihn beiseite. Amy kam auch dazu. »Ich bin mir nicht sicher, ob wir ihr vertrauen können. Eher nicht. Sie hat doch Nachrichten an Bollinger geschickt.«

Er nickte. »Aber macht trotzdem, oder? Ist egal, ob im Garten oder im Haus. Im Haus mag uns vielleicht. Hört vielleicht auf zu schicken.«

Amy zuckte mit den Schultern. »Da ist was dran, Ben.

Eigentlich ist es egal, zumal sie ohnehin ins Haus kann. Ich glaube nicht, dass sie uns schaden will. Wäre sie so programmiert, hätte sie uns spätestens angegriffen, nachdem sie von der Müllkippe zurück war. Wenn wir sie nicht loswerden können, sollten wir versuchen, sie umzudrehen. Und sie bei Wind und Wetter im Garten zu lassen ist sicher nicht der richtige Weg dazu.«

Plötzlich donnerte es, wie um Amys Argument zu unterstreichen. Ich war kein gläubiger Mensch, erkannte aber ein Zeichen, wenn ich eines sah.

»Na schön.« Ich trat zu dem schwebenden Roboter. »Möchtest du … mit uns reinkommen, Jasmine?« Ihr rotes Licht strich prüfend über uns, als würde sie uns nicht vertrauen. Nicht ohne Grund; immerhin hatten wir schon einmal versucht, sie zu verschrotten.

»Wieso?«

»Nun ja, es könnte gemütlicher für dich sein. Vielleicht …« Ich wusste nicht recht, was ich sagen sollte. Man könnte glauben, ich sei daran gewöhnt, einem Roboter Dinge zu erklären, aber das stimmte nicht. Ich fühlte mich schrecklich hilflos.

»Ihnen ist bewusst, dass meine primäre Funktion in einer Aufgabe besteht, die Ihnen und Ihrer Familie aller Wahrscheinlichkeit nach Kummer bereiten wird. Sollte diese primäre Funktion ihr Ziel erreichen, wird mein Besitzer hier erscheinen. Ich gehe davon aus, dass Sie dies nicht als glückliche Fügung betrachten würden. Daher verstehe ich Ihre Frage nicht.«

»Wir möchten einfach freundlich sein, weil du freundlich zu Tang und Bonnie gewesen bist. Du hast Tang weh getan, es aber wiedergutgemacht. Vielleicht glauben wir, dass du mehr bist als nur deine Programmierung.«

Tang trat neben mich. »Ja. Das ist was ich denke.«

»Ich auch«, sagte Amy.

»Lass dein Leben nicht von Bollinger bestimmen, Jasmine. Frag Tang, er ist es nicht wert.«

Jasmines Licht zuckte hin und her, was auf inneren Aufruhr deutete. Dann sagte sie schließlich:

»Ich verstehe Ihre Argumentation nicht ganz. Aber ich glaube, dass Sie mir keinen Schaden zufügen wollen. Außerdem gehe ich davon aus, dass ein verlängerter Aufenthalt in unfreundlichem Wetter, wie es in ungefähr drei Minuten für diese Gegend zu erwarten ist, meinem Gehäuse und meinen Schaltkreisen abträglich sein dürfte. Außerdem«, fügte sie hinzu, »gefällt mir Ihr Haus.« Sie bewegte sich ein Stückchen vorwärts. Tang griff nach ihrem Kleiderbügel und führte sie sanft hinein.

»Wie willst du das Kätzchen nennen, Tang?«, fragte Amy. Tang drehte sich um und betrachtete das Tier, das ich auf dem Arm trug.

»Es nennen?«

»Ich meine, welchen Namen du ihm geben willst.«

»Oh.« Er überlegte einen Moment. »Katze.«

»Katze?«, fragten Amy und ich wie aus einem Mund.

»Ja.«

Das kam mir bekannt vor.

»Das ist alles? Einfach nur ›Katze‹? Keinen richtigen Namen?« Ich sah schon, worauf es hinauslief, wollte aber um des Kätzchens willen wenigstens einen Versuch unternehmen.

»Was ist richtiger Name? Warum ist Katze nicht richtiger Name?«

»Na ja, es bezeichnet einfach nur, was sie ist. Es ist so, als würdest du Ben ›Mensch‹ nennen.«

»Oh.«

Vielleicht, aber nur vielleicht würde er es sich doch noch einmal überlegen.

»Nein. Nenne sie Katze. Gefällt mir.«

»Na schön.«

»Es gibt da wohl einen Präzedenzfall«, sagte Amy.

»Du meinst Fisch?«

Sie schüttelte den Kopf.

»Nein. *Frühstück bei Tiffany.* Die Katze darin heißt auch Katze.«

»Oh«, sagten Tang und ich diesmal beide. Dann fügte er hinzu: »Was ist Frühstück und Tiff?«

»Keine Sorge«, sagte Amy und streichelte Katze über den Kopf. »Es ist nur ein Film. Katze ist ein toller Name.«

Tang sah zufrieden aus.

»Na komm«, sagte ich, »suchen wir mal eine Dose Thunfisch für sie.«

»Und was machen wir jetzt?«, fragte Amy leise, als Tang auf dem Küchenboden saß und Katze dabei beobachtete, wie sie den Thunfisch verschlang.

»Mit Katze? Sie behalten, nehme ich an.«

Als das Futter vertilgt war, stolzierte Katze aus der Küche, dicht gefolgt von Tang. Amy warf mir einen vielsagenden Blick zu.

»Ich meinte Jasmine.«

»O ja, natürlich. Tut mir leid, damit habe ich keine Erfahrung. Es ist ganz anders als damals bei Tang.«

Ich hatte Tang damals in die Garage geholt, weil Amy ihn unansehnlich fand und vermeiden wollte, dass sich die Nachbarn die Mäuler über den Schrottroboter in unserem Garten zerrissen. Er hatte es nur ins Haus geschafft, weil ich ihn saubergemacht hatte und er nicht in der Garage bleiben wollte. Jasmine hingegen war höflich. Sie hatte erklärt, dass sie nur auf Einladung das Haus betreten werde. Und selbst dann hatte sie sich hinters Sofa verzogen, als würde sie unserer Einladung immer noch nicht trauen. Sie begriff nicht, dass wir nur nett sein und ihr vergeben wollten.

Tang war es anfangs schwergefallen, das Konzept von Vergebung zu durchschauen. Bei Jasmine war das wohl ähnlich. Doch wenn Tang es verstanden hatte, müsste ihr das eigentlich auch gelingen. Vermutlich steckte die gleiche Technik in ihr, wenn auch in einem schickeren Gehäuse, und so bestand durchaus Hoffnung, dass wir ihr etwas Neues beibringen konnten. Amy hatte recht: Dies war unsere beste Chance, Bollingers hasserfüllten Einfluss zu durchbrechen.

»Ich mache Tee«, sagte ich. Amy lehnte sich an die Arbeitsplatte, während ich Wasser kochte und für Bonnie ein Sandwich schmierte. Amy warf ab und zu einen Blick ins Wohnzimmer zu Kind und Robotern. Bei jeder anderen Familie hätte ich gedacht, sie wolle sich vergewissern, dass die Roboter unserem Baby nichts antaten, doch bei uns war es eher umgekehrt. Bonnie hatte bewiesen, dass sie es mit Tang aufnehmen konnte, und er würde ihr niemals weh tun. Oder zulassen, dass Jasmine das tat.

»Müssen wir sie irgendwo unterbringen?«, fragte Amy.

»Wie meinst du das?«

»Tang hat ein eigenes Zimmer. Braucht Jasmine auch eins?«

Ich runzelte die Stirn.

»Findest du es übertrieben?«

»Nein, darum geht es nicht. Aber wir wissen nicht, ob sie hierbleibt. Würden wir ihr damit keine falschen Hoffnungen machen?«

Amy reichte mir schulterzuckend ein Buttermesser.

»Keine Ahnung. Aber wir wussten auch nicht, dass Tang bleiben würde. Ich jedenfalls nicht.«

Amy hatte ihn damals nicht gewollt, und ihr schiefes Grinsen verriet, dass sie sich nur allzu gut daran erinnerte.

»Aber mal angenommen, wir können sie nicht umdrehen und sie führt Bollinger zu uns?«

»Darum kümmern wir uns, wenn es so weit ist. Aber wir können sie schlecht zu ihm zurückschicken. Das wäre grausam, oder?«

»Na ja, immerhin haben wir versucht, sie zu verschrotten«, sagte ich und machte eine vage Geste mit dem Buttermesser. »Wir haben uns schon einmal um hundertachtzig Grad gedreht. Kein Wunder, dass sie uns nicht mehr vertraut.«

»Genau das meine ich ja. Wenn wir sie nicht anständig behandeln, identifiziert sie uns womöglich als Bedrohung und greift an. In allen Robotergeschichten, die ich kenne, werden sie irgendwann böse und greifen Menschen an, weil die sich vorher wie Arschlöcher verhalten haben.«

Also bekam Jasmine ein eigenes Zimmer. Wir hatten zunächst überlegt, ob sie bei Tang einziehen sollte, doch er war sehr eigen, was seine Sachen anging, und wollte sie nicht mit anderen teilen. Alle Überredungsversuche scheiterten. Ich konnte ihn im Grunde verstehen. Als er bei Bollinger gewohnt hatte, hatte er gar nichts besessen und lange gebraucht, um sich an den Gedanken zu gewöhnen, dass etwas nur ihm gehörte. Von dem Futon, den ich ihm geschenkt hatte, weil er die richtige Höhe hatte, bis zur Weltkarte an der Wand, auf der er unsere Reise nachverfolgen konnte, vom Kleiderschrank, in dem er sich vor Hexen verstecken konnte (eine lange Geschichte), bis zu den Handschuhen, die meine Schwester ihm in einem Anfall von Handarbeitswahn gestrickt hatte, war sein ganzes Zimmer ein Schrein für die Liebe, die er uns entgegenbrachte. Er mochte sich damit abgefunden haben, dass Jasmine hier wohnte, hatte sie vielleicht sogar ein bisschen liebgewonnen, doch durfte sie keinesfalls in die Nähe seiner Sachen kommen.

Wir fragten sie, was sie in ihrem Zimmer haben wolle. Tang hatte sehr klare Vorstellungen von den Möbeln gehabt, die er sich wünschte, doch bei Jasmine war das anders.

»Ich verstehe das nicht«, sagte sie, als wir in einem leeren Zimmer standen, in dem sich nur ein paar Kartons mit alten Fotos, Bryonys ausrangierter Reitkappe, einem Sattel und einem Paar Ski befanden.

»Tang hat auch sein eigenes Schlafzimmer. Mit seinen Sachen.«

»Warum braucht er ein Zimmer zum Schlafen?«

»Das macht man eben so.«

»Aber er ist ein Roboter. Schlafen ist eine Aktivität für Menschen und andere Lebewesen.«

»Wenn ich dir einen guten Rat geben darf: Sag bloß nicht, Tang sei kein Lebewesen, das wird ihm gar nicht gefallen.«

Jasmine bewegte sich nickend auf und ab.

»Mir ist bewusst, dass seine Gefühle ein besserer Indikator für Lebendigkeit sind als organisches Gewebe, aber mir ist dennoch nicht klar, weshalb er schlafen muss.«

»Er tut es einfach. Das hat er vielleicht von uns gelernt. Andererseits nimmt er sich Zeit, um zu verarbeiten, was er am Tag gelernt hat. Er ist anders als du. Bollinger hat dich sozusagen fertig produziert. Du kennst alle Fakten, die du brauchst. Das Einzige, was dir fehlt, ist das Wissen, wie du außerhalb deiner Programmierung leben kannst. Tang hingegen musste bei null anfangen, er sollte nie mehr als ein bloßer Handlanger sein. Bollinger hat einen Fehler begangen, als er ihm künstliche Intelligenz verlieh, aber genau das hat ihn zu dem Roboter gemacht, den wir kennen und lieben. Hilft dir das?«

»Ja. Ich glaube, ich verstehe, was Sie sagen. Ich verstehe jetzt, weshalb Tang ein Bett hat. Aber warum sollte ich eins brauchen?«

»Du kannst dein Zimmer so einrichten, wie du möchtest. Falls du kein Bett haben willst, ist das in Ordnung. Andererseits könnte es dir guttun, dich ab und an zu entspannen. Du könntest dir eine Ecke suchen und dich ausruhen.«

Sie nickte wieder. Dann schwebte sie in eine Ecke und drehte sich zu mir.

»So?«

»Das mit der Ecke war nicht wörtlich gemeint, aber ... ja, Jasmine, genau so.«

»Und was dann?«

»Dann könntest du versuchen, deinen Geist ganz leer zu machen von allen Gedanken.«

»Ich habe keinen Geist«

»Na gut, dann eben das, was deine Gedanken produziert. Deine CPU oder so.«

»Verstehe. Ich werde es versuchen.«

»Vielleicht brauchst du ein bisschen Übung, also mach dir keinen Kopf, falls es nicht sofort funktioniert.«

»Ich brauche keinen Kopf.«

»Nein, es ist nur eine Redewendung.«

»Verstehe.«

»Ich gehe jetzt nach unten, damit du dich an dein Zimmer gewöhnen kannst. Denk mal drüber nach, wie du es einrichten möchtest. Wir sehen uns gleich. Ach ja und noch eins. Du brauchst nicht ›Sie‹ zu mir zu sagen, okay?«

Sie nickte. Ich ging hinaus, ließ die Tür aber ein bisschen angelehnt, falls sie unter Klaustrophobie litt. Ich wusste, was Tang nicht vertragen konnte (Alleinsein, Hitze, Hexen), aber über Jasmine wusste ich bis jetzt so gut wie gar nichts.

Als ich in die Küche kam, machte Amy gerade Kaffee.

»Wie läuft es so?«

»Sie versteht noch nicht, weshalb sie Sachen brauchen sollte.«

»Vielleicht braucht sie wirklich keine.«

»Und ich glaube, ich habe ihr gerade beigebracht, wie man meditiert.«

19

Das Pferd des Jahres

Wie sich herausstellte, waren Jasmines Wünsche für ihr Zimmer äußerst bescheiden. Als ich am nächsten Tag aus der Praxis kam, schwebte sie mir an der Tür entgegen.

»Ben, ich habe darüber nachgedacht, was du gestern wegen der Sachen für mein Zimmer gesagt hast.«

»Gut, gut, und zu welchem Schluss bist du gelangt?«

»Mir gefallen die Kartons und die Ski und der Helm.«

»Du meinst die Sachen, die schon da sind?«

»Ja. Und der Sattel für das Pferd gefällt mir auch. Ich sitze gerne darauf.«

Anscheinend war uns ein weiterer Roboter zugelaufen, der Pferde mochte. Ich fragte nicht, wie sie darauf sitzen konnte. Was zählte, war, dass es sie glücklich machte.

»Möchtest du nicht sonst noch etwas haben?« Ich streifte meine Schuhe ab und ging ins Arbeitszimmer. Jasmine schwebte mir hinterher.

»Doch, schon.«

»Woran hattest du denn gedacht, Jasmine?«

»Ich hätte gern ein Bücherregal.«

»Ein … Bücherregal?«

»Ja.«

»Ist das alles?«

»Ja.«

»Mit Büchern drin?«

»Im Augenblick möchte ich nur das Regal haben, bitte. Falls es nicht zu viel Mühe macht.«

»Ganz und gar nicht.« Ich hatte nicht die geringste Ahnung, weshalb sie sich ein Bücherregal wünschte, da sie ja alles im Kopf lesen konnte. Andererseits überraschten mich die wechselvollen Wünsche und Bedürfnisse von Robotern schon lange nicht mehr.

»Ich habe online eins gefunden. Ich zeige es dir.«

Dann tat Jasmine etwas, das ich noch nie bei ihr gesehen hatte. Ihr rotes Licht wurde weiß und richtete sich auf den Boden, wo plötzlich die erstklassige Projektion einer Internetseite erschien.

»Wie cool ist das denn? Warum hast du uns nicht erzählt, dass du das kannst?« Ich steckte den Kopf in den Flur und rief: »Amy, das musst du dir unbedingt ansehen!«

Sie kam herein, küsste mich auf die Wange und sagte: »Da bist du ja. Hattest du einen schönen Tag?«

»Wüstenrennmaus kastriert, Halskrause für Katze mit gebrochenem Kiefer und Antidepressiva für eine Schildkröte. Aber egal, schau dir mal Jasmine an!«

»Ein gebrochener Kiefer? Wie hat sie das denn geschafft?«

»Ist aus dem Fenster gefallen. Sieh doch nur!«

»Aua, das hat bestimmt weh getan.«

»Ja, vermutlich, aber es geht schon wieder. Ist kein großes Drama. Und jetzt sieh dir bitte endlich mal Jasmine an.«

Amy schaute an mir vorbei ins Arbeitszimmer und entdeckte die Projektion.

»Das ist eine Internetseite. Ach, du hast ein Bücherregal gefunden?«

Jasmine nickte.

»Moment mal«, sagte ich. »Wusstest du etwa, dass sie dieses R2-D2-Dings machen kann?«

»Klar. Ich dachte, du kennst es auch. Sie unterhält Bonnie damit, spielt alte Zeichentrickfilme für sie ab. Bonnie hält die Hände in den Strahl und versucht, nach dem Licht zu greifen. Das ist richtig süß.«

»Zweifellos! Fragt sich nur, weshalb ich nichts davon wusste.«

Amy zuckte mit den Schultern. Jasmine richtete den Strahl auf mich und ließ die Projektion über mein Gesicht und meinen Hals wandern, wie sie es sonst mit ihrem roten Licht tat.

»Es tut mir leid, Ben. Ich bin gar nicht auf den Gedanken gekommen, dass dies außergewöhnlich sein oder dass es dich interessieren könnte.«

»Und, wie gesagt, ich dachte, du kennst es schon«, fügte Amy hinzu.

»Egal«, sagte ich schließlich. »Jasmine, von heute an bist du offiziell supercool.«

»Ich bin … was?«

Am darauffolgenden Freitag hatte Amy sich abends mit Bryony und einigen ehemaligen Kolleginnen verabredet. Ich war Babysitter, bestellte mir was zu essen und ein Bier und setzte mich vor den Fernseher. Ich klickte mich durch unsere Aufnahmen und stellte fest, dass ich auf nichts davon Lust hatte. Also zappte ich durch die Kanäle und stieß dabei auf eine tolle Sendung.

Der Sportsender, den ich entdeckt hatte, übertrug eine Veranstaltung namens »Das Pferd des Jahres«, die anscheinend seit Jahren nicht im Programm gewesen war. Beinahe hätte ich Tang geweckt, beschloss dann aber, die Sendung für ihn aufzunehmen.

Das Thema Pferde hatte Tang und Jasmine einander nähergebracht. Er ging oft mit ihr in den Garten, um zu sehen, ob Tony auf der Weide stand. Jasmine hatte Tang den Sattel gezeigt, der in ihrem Zimmer hing, und erklärt, wozu er gut war. Gemeinsam »Das Pferd des Jahres« zu schauen wäre sicher ein Großereignis für die beiden.

Am nächsten Tag holte ich sie ins Wohnzimmer und sagte ihnen, sie sollten sich hinsetzen. Tang schaute sich neugierig um, und Jasmines rotes Licht zuckte. Vermutlich glaubten sie, sie hätten was ausgefressen und bekämen eine Strafpredigt. Dann schaltete ich mit völlig übertriebenem Trara den Fernseher ein und wartete auf ihre Reaktion, wenn sie die Pferde sahen.

Leider waren da keine Pferde, nur labernde Kommentatoren, da die Veranstaltung noch nicht begonnen hatte. Ich musste den beiden Robotern gut zureden, um sie bei der Stange zu halten.

»Seht ihr nicht die Pferde dahinten? Die Show heißt ›Das Pferd des Jahres‹ und wird euch gefallen. Bryony ist früher extra dort hingefahren, um sich das anzusehen.«

Zum Glück zeigten sie dann endlich Pferde in Aktion, und die beiden sprangen darauf an.

Den Rest des Wochenendes hörten wir von beiden nur noch »Oooh« und »Ahhh«, jedenfalls bis zur Dressurvorführung, bei der Tang vor Lachen hintenüberkippte.

»Ben«, sagt Jasmine, »Tang ist umgefallen. Er braucht möglicherweise Hilfe.«

Ich ging hin und hievte ihn wieder aufs Sofa.

»Worüber hast du so gelacht?«

Er deutete, noch immer lachend, auf den Fernseher.

»Sieh nur! Ist auf Zehenspitzen. Sieht so lustig aus! Hahaha, jetzt seitwärts! Hahaha … was tun sie? Wollen anschleichen? Hahaha.«

Jasmine sagte nichts, doch ihr Licht zuckte zwischen ihm und dem Fernseher hin und her, als versuchte sie, den Witz zu verstehen.

»Tang, das nennt sich Dressurreiten. Und Bryony würde es gar nicht gefallen, dass du darüber lachst, sie hat das früher selbst gemacht.«

»Hahahaahaa!«

Mehr gab es nicht zu sagen. Tang fand Dressurreiten lustig, Schluss, aus.

Am Sonntagabend fragte ich ihn, ob er Spaß an der Sendung gehabt habe. Er legte den Kopf auf die Seite und überlegte kurz.

»Ja, aber ist falsch.«

»Was ist falsch?«

»Ist nicht Pferd des Jahres. Tony ist Pferd des Jahres.«

Höchste Zeit, mit Jasmine die Northwoods zu besuchen.

20

Getoastet

Rückblickend weiß ich nicht mehr, warum ich es für eine gute Idee hielt, im Garten eine Guy-Fawkes-Party zu veranstalten.

»Das wird toll«, sagte ich zu Amy, »wir laden Bryony, Dave und die Kinder ein. Dann können sie Wunderkerzen anzünden und Tang zeigen, wie es geht. Bonnie hat sicher Spaß an den Lichtern. Wir können die abgeschnittenen Äste vom letzten Jahr für das Feuer benutzen. Außerdem machen wir Kakao und rösten Marshmallows. Das wird super.«

Amy sagte nur »okay« und wirkte etwas skeptisch, versuchte aber nicht, mir den Plan auszureden. Rückblickend wünsche ich mir, sie hätte mich gewarnt, aber egal. Sie wollte mir wohl nicht den Spaß verderben.

Bonnie half mir, Holz für das Feuer zu sammeln, will sagen, sie lief mir nach, während ich die abgeschnittenen Äste einsammelte, und riss Gras aus, das sie auf den Holzstoß warf, den ich auf dem Rasen aufschichtete. Gelegentlich landete auch ein Zweiglein darauf, doch insgesamt war ihr Beitrag eher wertneutral.

Tang und Jasmine schauten von der Terrasse aus zu.

Er ließ die Beine über die Stufen baumeln, und Jasmine schwebte neben ihm. Was ich da tat, schien ihn vor ein Rätsel zu stellen, und Jasmine ging es anscheinend nicht anders. Ihr rotes Licht folgte mir, während ich das Holz aufschichtete.

»Ben … Ben …« Ich wartete mit der Antwort, weil Tang meinen Namen gewöhnlich mindestens viermal wiederholte, doch diesmal hörte er nach einer Wiederholung auf.

»Ja, Tang?«

»Was machst du da?«

»Ich mache ein Freudenfeuer.«

»Ein was?«

»Ein Freudenfeuer«, wiederholte Jasmine.

»Was ist Freudenfeuer?«

Ich hätte ihm von Guy Fawkes und der Pulververschwörung erzählen können, bezweifelte aber, dass es für zwei Roboter aus dem Südpazifik irgendeine Bedeutung hatte.

»Damit feiern wir den Herbst.« Das war nicht ganz gelogen, doch als ich Tang anschaute, las ich die Angst in seinem Gesicht.

»Wie Halloween?« Tang und ich hatten Erfahrung mit diesem Fest. In Amerika hatte ihm ein ungezogenes Kind in einem Hexenkostüm einen heillosen Schrecken eingejagt, worauf er sich in einem Schrank versteckt und sich geweigert hatte, wieder herauszukommen. In diesem Jahr hatten wir das Fest vollkommen ignoriert und gehofft, dass nicht Massen von Kindern klingeln und uns um Süßigkeiten anbetteln würden. Um ganz sicherzugehen, hatten Amy und ich Tang und Bonnie lange vor der Schlafenszeit nach oben geschickt und die Batterie aus der Türklingel genommen, damit wir uns gar nicht erst mit den Süßes-oder-Saures-Sammlern befassen mussten. Es kamen ohnehin keine Kinder mehr, wie uns unser Nachbar Mr Parkes am nächsten Tag mitteilte.

»Mrs Parkes hatte eine ganze Tüte Süßigkeiten für die Kleinen gekauft«, berichtete er. »Aber in diesem Jahr haben wir kein einziges Kind auf der Straße gesehen. Die Missus ist ein bisschen enttäuscht, aber ich selbst finde das nicht weiter schlimm. Hier, vielleicht mag Ihre ja die Süßigkeiten.«

Ich brachte es nicht übers Herz, ihm zu sagen, dass Bonnie erst ein Jahr war und noch keine Bonbons essen konnte. Wir nahmen sie dankend an. Sie würden wohl auf dem Kühlschrank vergammeln, bis wir irgendwann einen neuen kauften.

Aber ich schweife ab. Halloween war schadlos an uns vorübergegangen, und so erschien es mir angemessen, eine andere herbstliche Feier zu veranstalten.

»Nein, nicht wie Halloween, keine Sorge. Es gibt keine Hexen, nur ein großes Feuer und hübsche Lichter.«

»Feuer?«

Ich merkte, er war noch immer skeptisch. Tang hielt nicht viel von Schnee, doch Hitze fand er noch schlimmer, nachdem er letztes Jahr einen Sonnenstich gehabt hatte. Er war aus Metall, Jasmine vermutlich auch, und das wurde nun mal ganz schön heiß, wenn es mit Feuer in Berührung kam. Ich bastelte weiter an meinem Holzstoß.

»Ihr müsst euch nur vom Feuer fernhalten, dann kann euch die Hitze nichts anhaben.«

Ich ging in den Garten, um das Feuer zu entzünden, während Amy Bonnie in einen niedlichen und definitiv feuerfesten gepolsterten Anzug steckte, der sie warm halten würde.

Es war ein typischer Herbsttag. Am Morgen dämpfte der Nebel alle Geräusche, und als er sich endlich hob, hinterließ er nasses Gras und einen grauen Wolkenhimmel. Jetzt am Abend wurde es richtig kühl.

Tang schepperte hinter mir nach draußen. Die Vorstellung, ein großes Feuer im Garten zu entzünden, verwirrte ihn noch immer, und es wurde nicht besser, als ich mich hinhockte und auf allen vieren darum herumkroch.

»Was machst du?«

»Ich suche nach Igeln, das ist wichtig. Die sehen den Holzstoß und denken, sie könnten es sich darin gemütlich machen. Und wenn man das Feuer anzündet, bekommt man getoasteten Igel.«

»Du willst Igel toasten?«

»Nein, gerade das will ich nicht. Ich vergewissere mich, dass keine Igel im Holzstoß sind, bevor ich ihn anzünde.«

»Oh.« Dann: »Ben?«

»Ja?«

»Was ist Igel?«

Ich suchte einen auf meinem Handy und hielt ihm das Bild hin.

»Was ist das?«

»Ein Igel, Tang.«

»Ja, aber was ist es?«

»Ein Tier. Ein bisschen wie ein braunes Meerschweinchen, aber mit spitzer Nase und Stacheln. Also im Grunde doch kein Meerschweinchen. Einfach ein kleines Tier mit Stacheln.«

»Was sind Stacheln?«

»Die Dinger auf seinem Rücken.« Ich zeigte darauf.

»Sieht aus, als wenn weh tut. Tut weh?«

»Nein, die helfen ihm, sich zu schützen. Die tun nur den Leuten weh, die den Igel aufheben wollen. Dann rollt er sich zu einer Kugel, so dass man nur noch die Stacheln sieht. So versucht niemand, ihn zu fressen.«

»Oh, verstehe, hat Stacheln, damit es nicht im Feuer getoastet wird?«

Seufz.

Wie sich herausstellte, machte die Hitze des Feuers weder Tang noch Jasmine etwas aus. Und zwar deshalb, weil sie den Abend im Wohnzimmer verbrachten und finster durch die Terrassentür nach draußen schauten. So finster, wie zwei Roboter überhaupt nur schauen können.

Als die erste Rakete explodierte, schrie Tang auf und schepperte zum Haus, wobei er auf der Terrasse ausrutschte und auf den Boden prallte. Ich wollte ihm aufhelfen, doch er rappelte sich auf und riss mit solcher Kraft an der Terrassentür, dass sie aufflog und das benachbarte Fenster im Rahmen erbeben ließ.

»Will nicht Raketen. Will rein, will rein!«

»Die tun dir nicht weh, versprochen. Wir passen auf dich auf.«

»Egal. Gehe jetzt rein.«

»Na gut. Du kannst ja von drinnen zusehen.«

Tang beäugte mich misstrauisch.

»Vielleicht.«

Jasmine schwebte an mir vorbei zur Tür.

»Gehst du etwa auch rein?«

Sie drehte sich um und richtete ihr Licht auf mich. »Ja, Ben. Tut mir leid.«

»Wieso? Hast du auch Angst?«

»Nein«, sagte sie ein bisschen zu schnell. »Ich will nur auf Tang aufpassen. Ich leiste ihm Gesellschaft.«

Ihr Licht wanderte zu Tang. Der Roboter stand im dunklen Wohnzimmer. Ich wollte gerade etwas sagen, als es leise neben uns ans Fenster klopfte.

»Kann Fernseher anmachen, bitte?« Tangs Stimme klang gedämpft durch die Scheibe.

»Nein, du kannst gesellig sein und dir das Feuerwerk mit uns durchs Fenster anschauen.«

Tang ließ sich auf den Boden plumpsen und zupfte an seinem Klebeband. Ich schaute zu Jasmine.

»Sorg bitte dafür, dass er es sich anschaut. Ich möchte nicht, dass er das Feuerwerk verpasst. Es ist wirklich hübsch, versprochen.«

Jasmine schaute zwischen uns hin und her.

»Ich versuche es. Aber … ich bin mir nicht sicher, ob er sich als fügsam erweisen wird.«

Ich verdrehte lächelnd die Augen und tätschelte ihre Oberseite.

»Gib einfach dein Bestes. Bitte. Für mich.«

Ihr Licht bewegte sich auf und ab, und sie schwebte ins Wohnzimmer. Ich schloss die Tür hinter ihr und kehrte zu meinem Posten auf dem Rasen zurück, wo ich Feuerräder in Sandeimer steckte.

21

Ein Roboter im Garten

Als wir am nächsten Tag aufwachten, hing ein dicker Dunst über dem Garten. Ich stapfte nach draußen und schaute mir die Bescherung an, die das Feuerwerk auf dem Rasen hinterlassen hatte. Es sah aus, als wären wir noch einmal davongekommen. Keine verbrannten Stellen außer der, wo das Feuer gewesen war, und auch das war nicht weiter schlimm, weil wir es gegen Mitternacht gelöscht hatten und bei weitem nicht der gesamte Holzstoß niedergebrannt war. Ich war gerade dabei, die abgebrannten Wunderkerzen aufzusammeln, als ich ein Scheppern hinter mir hörte.

»Ben?«

»Ja, Tang?«

»Geht Igeln gut?«

»Welchen Igeln?«

»Die du im Feuer gesucht hast. Geht ihnen gut?«

»Ich habe nicht nach Igeln gesucht, ich wollte nur sichergehen, dass keine drin sind.«

»Oh.«

Ich hob eine Wunderkerze auf und drehte mich zu ihm um. Seine Augenlider hingen ein wenig herunter, und ich merkte, unser Gespräch war noch nicht zu Ende.

»Wo leben denn?«

»Die Igel? Keine Ahnung. Da, wo sie sich einigeln, nehme ich an.« Es sollte nicht so bissig klingen, wie es sich anhörte, aber ich fragte mich, weshalb er plötzlich so von Igeln besessen war.

»Nicht im Feuer?«

»Nein, nicht in Feuern.«

»Haben keine Häuser?«

»Nein, jedenfalls nicht solche wie wir. Die brauchen kein Haus aus Ziegelsteinen. Das gilt für die meisten Tiere.«

»Woraus sind ihre Häuser?«

»Sie leben in Hecken oder Holzhaufen. Warum fragst du?«

»Mache mir Sorgen, weil keine Häuser haben. Wie bleiben im Winter warm?«

»Sie halten Winterschlaf, Tang. Das heißt, sie schlafen den ganzen Winter hindurch, bis es Frühling wird.«

Tang nickte. »Müssen sehr hungrig werden.«

»Ja.«

»Ben?«

»Ja?«

»Will Haus für Igel im Garten bauen.«

»Wir wissen gar nicht, ob überhaupt welche im Garten sind. Wie du weißt, habe ich gestern keinen gefunden.«

»Nur für Notfall. Kann ich ihnen Haus bauen?«

»Na schön.« Es war leichter, als mit ihm zu diskutieren, zumal mich seine Sorge anrührte. »Wir können das übriggebliebene Holz vom Feuer nehmen.«

»Ja.« Dann schüttelte er den Kopf. »Aber … brennen dann nicht?«

»Nein, wir zünden das Holz ja nicht an, wenn es für die Igel gedacht ist. Hier, wir legen es beiseite, damit wir es auch nicht vergessen.« Wir trugen das Holz in eine Ecke des Gartens, die keinem besonderen Zweck diente.

»Brauchen Igel Vorhänge? Wenn schlafen, meine ich. Damit kein Licht reinkommt?«

Ich lächelte. »Keine Sorge, die gehen in ihr Haus, und da drinnen ist es schön dunkel.«

»Brauchen einen Garten?«

»Wie meinst du das?«

»Wenn Haus haben, brauchen sie auch Garten, oder?«

»Tatsächlich?«

»Ja.« Tang nickte entschieden. »Wenn keinen Garten haben, können nicht Pflanzen und Gemüse ziehen, und wenn kein Gemüse haben, haben nichts zu essen, wenn hungrig aufwachen.«

»Tang, möchtest du vielleicht ein Gemüsebeet für die Igel anlegen, um das du dich kümmerst, während sie schlafen? Bis zum Frühjahr ist leider nicht viel daran zu tun, aber wir können das gerne zusammenmachen.«

Tang klatschte mit den Greifern. »Ja, bitte, Ben!« Dann schlang er sie um mein Bein. »Ich danke, weil Igel nicht danken können. Mache ihnen Gemüse.«

Und so trennten wir ein Stückchen Garten ab, gleich neben dem Holzstoß, das Tang stellvertretend für die Igel bestellen würde. Es ging eben nichts über Roboterlogik.

»Gibt es eigentlich Menschen, die auf dem Land leben und keine verdammten Zucchini anbauen?«, fragte Amy, als wir versuchten, die Erde umzugraben.

»Die Samen waren in der Packung«, verteidigte ich mich. »Wozu sind die überhaupt gut?«, fragte sie.

»Keine Ahnung, Salat oder so. Gemüse-Moussaka.«

Sie verzog das Gesicht. Wir hatten im örtlichen Gartencenter ein »Starterpaket« gekauft, in dem sich Gemüsesamen und Blumenzwiebeln befanden, lauter Dinge, die schnell wuchsen, schön aussahen oder die man essen konnte. Sie waren für Kinder gedacht, denen man das Gärtnern beibringen wollte.

»Was ist Zucchini?«, fragte Tang, der mit ausgestreckten Beinen auf dem Rasen saß und uns leicht verwundert beobachtete.

»Das ist eine gute Frage. Was sind Zucchini?«

Amy rümpfte die Nase und warf Unkraut auf den Haufen, der sich neben uns auftürmte. »Irgendwas Kürbisartiges. Gurken zum Warmmachen, was weiß ich.«

»Was ist der Unterschied zwischen Zucchini und Kürbissen?«, wollte ich wissen, und Tang klatschte in die Greifer.

»Ooh, Ben fängt Witz an.«

»Nein, Moment, so war das nicht gemeint. Ich will es wirklich wissen.«

Amy hatte sich aufgerichtet und schaute auf ihr Handy.

»Anscheinend liegt der Unterschied in der Größe. Ein großer Zucchino ist ein Kürbis.«

»Und an welchem Punkt hört er auf, ein Zucchino zu sein, und wird zum Kürbis?«

»Einen Scheiß weiß ich«, sagte sie und wurde rot, als sie Tang bemerkte. »Sorry, sag das bitte nicht. War mein Fehler.«

Ich schaute wehmütig durch die Terrassentür, in der Hand eine Kaffeetasse, die Augen verschleiert wie der Garten im frühen Herbstlicht. Der Rest der Familie schlief noch oder war auf Stand-by oder was immer sie sonst machten, aber ich war früh aufgewacht und konnte nicht mehr einschlafen. Jasmine machte mir Sorgen, besser gesagt, ihre Mission. Wir hatten sie dazu gebracht, zu uns überzulaufen, ihre Loyalität gegenüber Bollinger aufzugeben, doch sie sandte immer noch ihre Signale. Davon mussten wir jedenfalls ausgehen. Ich war mir nicht sicher, ob sie überhaupt aus eigenem Antrieb damit aufhören konnte. Wir freuten uns sehr, sie bei uns zu haben, aber vielleicht wäre alles umsonst.

Ich versuchte, die trüben Gedanken mit einem Blick in den Garten zu vertreiben. Ich betrachtete die Weide, unter der wir Tang damals entdeckt hatten, und musste bei der Erinnerung lächeln. Seitdem hatten wir einen langen Weg zurückgelegt, und es wäre schrecklich, ihn zu verlieren. Daran durfte ich nicht denken.

Eine Taube landete flatternd im Gras, trippelte an Tangs Igelgarten und der Weide vorbei, gurrte und schien auf etwas zu horchen. Ich mochte die Geräusche der Holztauben. Sie passten so gut zum Herbst, sanft und beruhigend, die ideale Ablenkung für den allzu geschäftigen Verstand.

Etwas Weißes blitzte auf und stürzte sich auf die Taube, beide rollten durchs Gras. Katze kam schneller wieder auf die Füße, griff die Taube noch einmal an und schloss die Zähne um ihren Hals. Ich stellte die Kaffeetasse ab, riss die Tür auf und stürzte im kalten Licht nach draußen, doch es war schon zu spät. Der Vogel hing schlaff in den Kiefern der kleinen Katze. Sie schaute mich an, als wollte sie fragen: »Hast du irgendein Problem damit?«

»Katze, das war nicht nett von dir. Böse Katze. Lass sie los.«

Katze kehrte mir den Rücken zu und trottete unbeholfen davon, weil sie versuchte, ein Beutetier mit sich zu schleppen, das beinahe so groß war wie sie selbst.

»Das finde ich sehr enttäuschend!«, schrie ich ihr hinterher. »Und das mit den Leckerchen kannst du vergessen.«

Hätte sie den Mittelfinger zeigen können, hätte sie es getan. Ich verdrehte die Augen und kehrte ins warme Haus zu meinem Kaffee zurück.

Amy war inzwischen aufgestanden und hatte alles mit angesehen.

»Diese Katze ist manchmal ein echtes Arschloch«, sagte sie und goss sich ebenfalls Kaffee ein.

22

Handtücher

Katzes Schwangerschaft überraschte uns alle. Ich hatte ihr Alter auf acht Monate geschätzt und schon die Kastration geplant, doch bevor es dazu kam, fielen uns einige Dinge auf.

»Warum wird Katze dick?«, fragte Tang beim Abendessen. Katze saß neben dem Tisch und schaute sehnsüchtig auf unseren Auflauf. Sie hatte schon zwei Portionen Futter gehabt und ein Stück Hähnchen von der Arbeitsplatte geklaut.

Amy deutete mit der Gabel auf sie. »Weil sie frisst wie ein Scheunendrescher?«

Ich runzelte die Stirn. Irgendetwas passte nicht zusammen.

»Sie schläft sehr viel«, sagte ich mehr zu mir selbst als zu den anderen am Tisch.

»Das trägt wohl auch noch dazu bei. Sie frisst zu viel und bewegt sich zu wenig.«

Ich schüttelte den Kopf. »Erst neulich hat sie eine Taube gefangen, sie hat durchaus Bewegung.«

»Was ist es dann?«

Ich schob den Stuhl zurück und hob Katze unter den

Achselhöhlen hoch, so dass man die sechs leuchtend rosa Zitzen an ihrem Bauch erkennen konnte.

»Familie, unsere Katze ist schwanger«, verkündete ich seufzend.

»Wie zum Teufel ist das möglich?« Amy ließ klappernd die Gabel fallen. »Sie ist doch noch ein Kätzchen.«

»So was kommt vor. Im schlimmsten Fall können sie mit vier oder fünf Monaten schwanger werden. Sie muss schon schwanger gewesen sein, als sie zu uns kam. Und halbverhungert. Wie traurig.« Ich streichelte Jasmine über den Kopf. »Mit Fisch hast du mehr als nur ein Leben gerettet.«

»Das größte Glück der größten Zahl.« Ihr Licht strich über Katze, mehr sagte sie nicht. Ich fragte mich, ob sie es die ganze Zeit über gewusst hatte. Dann kam mir ein anderer Gedanke.

»Tang, konntest du die Kätzchen in Katze nicht hören?« Er besaß die Fähigkeit, den Herzschlag eines Babys im Mutterleib zu hören, ein Trick, mit dem er sich bei Amys Freundinnen sehr beliebt gemacht hatte. Er zuckte nur mit den Schultern.

»Kleine Herzen. Kleine Geräusche. Und … habe nicht hingehört.« Er stand auf, legte den Kopf an Katzes Flanke und lächelte. »Kann jetzt hören. Bisschen.«

»Wie viele Kätzchen sind es?«

Er horchte weiter und sagte: »Ich denke, vielleicht drei … Nein, vier. Oder drei. Nein. Fünf. Drei. Nicht sicher.«

»Ach, das macht nichts, wir werden es früh genug erfahren.«

Amy nahm Katze sanft aus meinen Armen und hielt sie zärtlich umfangen. »Meine arme kleine Teeniemutter! Was hat der böse Kater mit dir gemacht?«

Sie kitzelte sie unter dem Kinn, und Katze rieb den Kopf an ihrer Hand. Dann bemerkte Amy, dass wir sie alle anschauten.

»Warum schaut ihr so? Sie muss die Wehen durchmachen. Sie tut mir jetzt schon leid.«

»Braucht Katze Geburtshelfer?«, erkundigte sich Tang besorgt. Der Tag der Niederkunft war gekommen, und alle im Haus waren angespannt. Alle bis auf Katze, die im Wäscheschrank im Badezimmer lag, sich putzte, vor sich hin schnurrte und genüsslich alle Leckereien fraß, die Tang ihr brachte. Jasmine war unten geblieben und las ein Buch. Ich glaube, sie hatte immer noch ein schlechtes Gewissen, weil sie Katze und damit weitere Komplikationen in unser Leben gebracht hatte, aber das war unnötig. Tang und Bonnie würden die Kätzchen lieben, obwohl es Tang vermutlich weh tun würde, wenn er sich irgendwann von ihnen verabschieden musste.

»Ja … nein … nicht so richtig. Sie braucht danach aber einen Arzt«, sagte ich und zog ein Handtuch unter Katze hervor. Ich hörte, wie Tang davonschepperte, und zog den Kopf aus dem Schrank. »Wohin willst du?«

»Hole Arzt.«

»Tang, ich bin Arzt. Ein Tierarzt, schon vergessen? Mehr medizinische Hilfe braucht sie im Moment nicht. Nur ganz viel Ruhe.«

»Oh.«

»Ich muss allerdings ein paar Sachen holen. Bleibst du solange bei ihr? Es dauert nicht lange.«

Tang nickte, und ich ging nach unten.

Amy machte gerade Tee. Ich füllte einen Eimer mit abgekochtem Wasser und warf das Handtuch hinein.

»Wie geht es ihr? Ich habe ein paar Handtücher im Trockner angewärmt.«

Ich schaute auf den riesigen Berg von Handtüchern, die aus der Maschine quollen. Amy hatte ein wenig übertrieben – vermutlich würde Katze nur eines brauchen. Ich brachte es aber nicht übers Herz, ihr das zu sagen.

»Danke. Es dauert noch eine Weile. Wir sind noch ganz am Anfang.« Ich nickte zu dem Eimer. »Ich glaube, eins von den Handtüchern, die uns die Robertsons zur Hochzeit geschickt haben, ist nicht mehr zu gebrauchen.«

Amy sah mich erschrocken an. »Wieso? Blutet sie schon so stark? Sollen wir sie besser in die Praxis bringen?«

»Oh, nein, keine Sorge, es ist nur voller Haare. Ich glaube, Katze hat sich schon länger im Schrank verkrochen, als wir dachten.«

Amy zuckte mit den Schultern.

»Ich konnte die Handtücher ohnehin nie leiden. Ich habe nicht begriffen, weshalb sie uns ›Waldboden‹ geschenkt haben statt ›Enteneierblau‹, das auf der Wunschliste stand.«

»Bryony meinte, die Farbe würde zu allem passen. Enteneierblau sei zu spezifisch fürs Badezimmer oder so ähnlich.«

Amy zog die Augenbrauen hoch. »Das hast du mir nie erzählt.«

In diesem Moment hörten wir von oben ein Poltern und Scheppern. Ich schnappte mir die angewärmten Handtücher und rannte los. Schon auf der Treppe hörte ich Wasser laufen, dann Geschrei. Dafür hielt ich es jedenfalls, aber es war schwer, die einzelnen Geräusche zu unterscheiden.

Als ich ins Badezimmer kam, beugte sich Tang gerade über die Badewanne, die zur Hälfte mit dampfend heißem Wasser gefüllt war. Er hielt Katze in den Greifern. Sie hatte die Ohren angelegt, die Augen weit aufgerissen und versuchte verzweifelt, ihre Krallen in die Nieten des Roboters zu bohren, rutschte aber an seinem metallenen Körper ab. Tang gab beruhigende Geräusche von sich, aber Katze hörte nicht auf ihn, sondern kreischte ohrenbetäubend, weshalb er selbst immer lauter wurde.

»Tang, was zum Teufel machst du da?«

Er schoss zu mir herum.

»Lege Katze in Wasser, hilft bei Schmerzen. Wie Amy mit Bon-niiee. Sitzt in Badewanne. Weniger Schmerzen. Ich mache Bad für Katze, will aber nicht rein. Warum will nicht rein, Ben? Warum will nicht Hilfe mit Schmerzen?« Er klang niedergeschmettert.

Ich ließ die warmen Handtücher fallen und löste eine traumatisierte Katze aus seinen Armen. Ich setzte sie zurück in den Trockenschrank, wo sie mich knurrend anfunkelte, bevor sie sich wieder auf der Seite ausstreckte.

»Tang, das funktioniert bei Menschen, aber nicht bei Tieren! Du hättest sie umbringen können!«

Er stampfte erschrocken von einem Fuß auf den anderen und rief: »Nein, nein, nein!«

Ich hockte mich hin und legte ihm die Hände auf die Schultern.

»Kumpel, viele Tiere werden ungern nass, vor allem Katzen. Es ist anders, als wenn Menschen Babys bekommen. Tiere brauchen meistens keine Hilfe. Nur wenn etwas schiefgeht.«

Ich hörte ein Knarren auf der Treppe, dann steckte Amy den Kopf durch die Badezimmertür und sah mich fragend an. Ich verdrehte die Augen. Dann kann mir eine Idee.

»Tang, was hältst du davon, wenn du mit Amy ein ganz besonderes Essen für Katze machst? Das kann sie fressen, wenn die Jungen geboren sind. Sie hat danach sicher großen Hunger.«

»Soll ich ihr Banane bringen?«

Ich musste unwillkürlich lächeln.

»Komm, Tang.« Amy streckte die Hand aus. »Wir sehen mal nach, was wir finden.«

Katzes Wehen verliefen unauffällig und dauerten drei Stunden, was ganz normal war. Beim letzten Kätzchen musste ich ein bisschen helfen, weil es feststeckte. Katze fraß zufrieden die Nachgeburt und legte sich hin, um ihr Gesicht zu putzen, während die drei Jungen sich quiekend der Milch näherten. Amy wurde grün im Gesicht, als ich ihr das mit der Nachgeburt erzählte, fasste sich aber rasch und holte Bonnie und die Roboter, um sich die Kätzchen anzusehen.

Das Bild, das sich Katze bot, war sicher einzigartig: zwei erwachsene Menschen, ein kleiner Mensch und obendrein zwei Roboter, die sie anstarrten, als wäre sie das achte Weltwunder. Hätte sie spöttisch eine Augenbraue hochziehen können, hätte sie es sicher getan.

Zwei der drei Kätzchen waren mehrfarbig wie ihre Mutter und das dritte flauschig und grau mit einzelnen beigefarbenen Flecken. Es sah aus wie ein Wollknäuel, das sich mit Sahnelikör bekleckert hatte. Vermutlich war der Vater grau. Amy und Tang verliebten sich sofort in dieses Kätzchen, und mir war klar, dass sie sich um nichts in der Welt von ihm trennen würden.

Als die Kätzchen ein bisschen älter waren, durfte Tang mir helfen, sie in die Praxis zu bringen, wo sie untersucht und geimpft werden sollten. Wir hatten zwei Kisten dabei: eine Transportbox für Katzen und einen Picknickkorb, den Amy irgendwo auf dem Dachboden ausgegraben hatte. Tang bestand darauf, den Korb mit den Kätzchen zu tragen, und ich muss ehrlich sagen, dass sie kaum durchgeschüttelt wurden, als er mit ihnen durch die Praxis schepperte.

Wir warteten brav, bis wir an der Reihe waren, was nicht lange dauerte, da wir kurz vor Ende der Sprechzeit gekommen waren. Tang ging mit mir ins Behandlungszimmer und hievte die Kätzchen mit einer unnötig dramatischen Geste auf den Tisch mit der schwarzen Gummiauflage. Katze kletterte sofort zu den Kätzchen in den Picknickkorb, und obwohl es ziemlich eng war, schaffte sie es, ihre Kinder nicht zu zertrampeln. Tang streichelte ihren Kopf, während ich die Impfseren aus dem Kühlschrank holte, und schaute unglücklich auf jede Nadel, die mit den Kätzchen in Berührung kam.

»Es ist zu ihrem Besten«, sagte ich. »Sie können sehr krank werden, wenn sie die nicht bekommen. Es wäre unverantwortlich, sie nicht zu impfen.«

Er nickte, immer noch ein wenig skeptisch.

23

Liebesromane

»Ben?«, fragte Tang beim Abendessen. Obwohl er außer einem gelegentlichen Schluck Diesel weder Essen noch Trinken zu sich nahm, leistete er uns gern dabei Gesellschaft. Es gab ihm wohl das Gefühl dazuzugehören.

»Ja, Kumpel, was gibt's?« Ich nahm einen Schluck von einem recht passablen Malbec. Es war ein langer Tag in der Praxis gewesen, und ich gönnte mir ein Glas Wein zum Essen.

»Was ist Penis?«

Ich spuckte den Wein quer über den Tisch. »Ein … was hast du gerade gefragt?«

»Was ist Penis? Jasmine sagt, du hast einen, Amy aber nicht. Stimmt das?«

Amy und ich schauten zu Jasmine, die ihr Licht unverwandt auf die Tischplatte gerichtet hatte. Auch sie leistete uns gern Gesellschaft beim Essen. Bonnie hatte aufgehört, Kohlrübenpüree auf ihren Hochstuhl zu schmieren, und blickte auf. Selbst sie hatte gemerkt, dass etwas im Gange war.

»Jasmine«, setzte ich an und trank noch einen Schluck

Wein, um Zeit zu schinden und mir eine Antwort zurechtzulegen, »hast du das wirklich zu Tang gesagt?«

»Ja, habe ich«, erwiderte sie prompt.

»Wieso?«

»Weil er es wissen wollte.«

»Was wollte er wissen?«

»Er hat gefragt, was ich gerade lese, also habe ich es ihm erzählt.«

»Was liest du denn? Nein, lass mal, ich will es lieber nicht wissen.«

»Einen Liebesroman.«

»Ja, das hatten wir uns schon gedacht«, sagte Amy.

»Was ist Antwort auf Penis? Stimmt es?«, wiederholte Tang. Er war verärgert, weil man ihm nicht geantwortet hatte, und merkte gar nicht, was er mit seiner Frage ausgelöst hatte.

»Ähm, ja, das stimmt, Tang.«

»Was ist das also?«

Ich konnte Amy nicht in die Augen sehen und räusperte mich.

»Den brauchen Männer zum Pinkeln.«

»Oh.«

Ich spürte, wie Jasmine ihr Licht auf mein Gesicht richtete. Sie hielt mich für einen Lügner. Dabei log ich gar nicht, ich war nur der Ansicht, dass Tang nicht die ganze Wahrheit wissen musste. Besser gesagt, ich wollte nicht, dass er sie von mir erfuhr. Aber so einfach sollte ich nicht davonkommen.

»Ist nur für Pinkeln?«, drängte er. »Nicht für Babys?«

»Jasmine, was genau hast du Tang über Penisse erzählt?«

Ihr rotes Licht schien mir beschwörend in die Augen. Sie wollte ebenso wenig darüber reden wie ich, und mich beschlich der Verdacht, dass sie das Gespräch mit Tang inzwischen bereute.

»Ich …«, sagte sie schließlich, »ich habe ihm alles erzählt, was ich darüber weiß.«

»Und das wäre?«, wollte ich gerade fragen, begriff dann aber, dass sie ein Roboter mit unbeschränktem Internetzugang war und vermutlich mehr über Penisse wusste, als ich jemals hatte erfahren wollen, von Tang ganz zu schweigen. Was ihr fehlte, war ein Gefühl für Anstand. Manchmal fiel es mir schwer, Jasmine einzuschätzen; sie verfügte über das Wissen eines erwachsenen Menschen, befand sich aber auf dem emotionalen Stand eines Kindes oder eines pubertierenden Teenagers. In mancher Hinsicht war Tang sogar selbstkritischer als sie, obwohl ihm das Faktenwissen fehlte.

»Tang, du kennst dich doch mit Babys aus, du hast schon mal geholfen, eins auf die Welt zu holen«, sagte Amy. »Ich dachte, du wolltest Geburtshelfer werden.«

»Ja«, sagt er, »tu ich. Weiß aber nicht, wie Babys hinkommen. Wird Baby in Mami reingespritzt wie bei Bonniiee, wenn sie … wie heißt noch?«

»Wenn sie geimpft wird?«

»Ja. Passiert auch mit Babys?«

Ich legte Messer und Gabel hin, schob den Stuhl zurück und stand auf.

»Tang, Jasmine, kommt mal mit, wir schauen uns ein Buch an.«

»Dann räume ich den Tisch ab«, sagte Amy rasch, und

ich war mir nicht sicher, ob ich dankbar oder wütend sein sollte. Jedenfalls hatte ich die Sache jetzt am Hals.

Die Zeit war reif. Wir würden uns ein Fachbuch über die Physiologie der Nagetiere ansehen.

Ich hatte keine Ahnung, wie ich es sonst erklären sollte. Ich war in Panik. Als Bonnie uns Jahre später danach fragte, lief es besser. Wir waren vorbereitet. Aber mit der Sexualaufklärung von Robotern hatte ich keinerlei Erfahrung.

Eine Woche nach Penisgate versammelten wir uns im Flur, weil einem Mitglied unserer Familie ein traumatisches Erlebnis bevorstand. Es war sechs Wochen her, dass Katze ihre Jungen geworfen hatte, die Kätzchen waren entwöhnt, und es wurde Zeit für die Sterilisierung. Ich würde sie nicht selbst durchführen, aber dabei sein. Ich hatte einen erfahrenen Kollegen darum gebeten, war aber dennoch nervös. Amy und Bonnie sollten mich hinfahren, doch Tang bestand darauf, er wolle ebenfalls mitkommen.

Mehr aus Spaß fragte ich: »Möchte Jasmine nicht auch mitkommen? Wir können ja gleich einen Familienausflug unternehmen.«

»Nein«, erwiderte Tang ernsthaft, »habe gefragt. Sie sagt, will hierbleiben und lesen. Sie sagt, kann Buch nicht weglegen. Ist aber gelogen. Muss nur weglegen und weggehen. Oder schweben.«

Amy lächelte. »Damit will sie nur sagen, dass es ein gutes Buch ist. Es ist eine Redewendung.«

»Weißt du, was sie gerade liest, Tang?«

»Ich weiß nicht, ist anders als Penisbuch«, sagte er, worauf Amy und ich zusammenzuckten. »Ist Buch über Mann in Rollstuhl und Frau, die Freund hat, der um Fass-an kümmert.«

»Fass-an?« Schon bereute ich meine Frage, doch Tang schien es nicht zu bemerken.

»Ja. Vögel mit langem Schwanz und grünem Kopf. Sehen wir schon mal auf Straße, ganz platt.« Wie es schien, hatte Jasmine ihre Erklärungen seinem Wissensstand angepasst.

»Du meinst *Fasane*?«

»Ja. Sage ich doch. Liest Buch über Mann, der um Fass-an und andere Vögel kümmert, aber manchmal auch erschießt. Verstehe nicht ganz.«

»Sie liest Lady …«, setzte ich an, doch Amy riss die Augen auf und schüttelte den Kopf. Also hielt ich den Mund.

Ich griff nach der Katzenbox. »Los, fahren wir in die Praxis.«

Katze war wenig begeistert von meinem Arbeitsplatz. Sie hockte in der Box, die Pfoten unter den Körper gezogen, starrte die Wand an und überlegte sich zweifellos schon, wie sie sich befreien und mir die Augäpfel herauskratzen konnte. Es half auch nicht gerade, dass Tang sie durch die Öffnungen hindurch piekste und fragte, was denn mit ihr los sei und weshalb sie sich nicht putze, »wie sonst immer macht«.

Amy jagte unterdessen Bonnie durchs Wartezimmer, um sie daran zu hindern, die Tiere anderer Leute zu belästigen. Mittwochs gab es in der Praxis einen Rabatt für Rentner, und das Wartezimmer war voller gutmütiger alter Damen in Wintermänteln, die ihre altersschwachen

Katzen und dreibeinigen Terrier zum Arzt brachten. Einer trug eine Halskrause und versuchte ständig, sie abzulecken, was ziemlich witzig aussah.

Ich erkannte einen glasig dreinblickenden Mops namens Tyseley, dessen Besitzer, Mr Patten, mir grüßend zunickte. Offenbar überforderte ihn die Vorstellung, dass ich nicht in der Praxis lebte, sondern auch ein Leben außerhalb mit Familie und eigenem Haustier führte.

Ein Sittich namens Bosley, der von seiner Besitzerin Mrs Williams begleitet wurde, kam aus Behandlungszimmer eins, worauf Tyseley samt Mr Patten hereingerufen wurde. Die übrigen Senioren gurrten liebevoll, wann immer Bonnie ihren Tieren den Finger ins Ohr oder Auge stach, und sagten, sie sei so niedlich. Wie sie mit Tang umgehen sollten, wussten sie wohl nicht, und ignorierten ihn geflissentlich.

Dann rief uns Dr. Clyde herein, strahlte mich übers ganze Gesicht an und gab mir die Hand, als hätten wir uns nicht erst gestern gesehen. Er begrüßte Amy und deutete auf mich.

»Dieser Mann ist ein guter Student. Sie können sich glücklich schätzen, ihn zu haben.«

Amy wurde rot. Wir murmelten etwas von wegen, sie habe mich nicht, bevor sie den peinlichen Moment überbrückte, indem sie mir Bonnie zu einem Abschiedskuss reichte. Dann nickte sie Dr. Clyde zu und verließ samt Kind und scheppperndem Roboter, der noch einmal der wutschnaubenden Katze zuwinkte, das Behandlungszimmer.

Dr. Clyde hatte immer mittwochs Dienst. Er vermittelte

den Leuten das Gefühl, ihr Tier sei das wichtigste auf der Welt, und die Scheintoten liebten ihn deswegen. Er war Mitte sechzig, sah aber viel jünger aus. Seine dunkle Haut war noch vollkommen glatt, und nur die krausen weißen Haare verrieten sein Alter. Das und die Tatsache, dass er schon seit einer Ewigkeit in dieser Praxis arbeitete. Vermutlich hatte er schon meinen Vorgänger ausgebildet. Alle kannten und liebten ihn. Auch Katze würde ihn lieben. Das war mir klar, sowie er sie aus der Box hob.

»Keine Sorge, kleines Mädchen.« Sie legte die Ohren flach an den Kopf, doch ihre Miene entspannte sich, wie ich es noch nie erlebt hatte. Dr. Clyde verstand sich auf Frauen.

»Das war also Amy«, sagte er, während er die Operation vorbereitete. Ich wusste sofort, worauf er hinauswollte.

»Ja«, sagte ich so unverbindlich wie möglich, während ich mir die Maske umband. Katze lag mit einem Schlauch im Hals auf dem Operationstisch, die Zunge hing heraus. Heute würde ich Dr. Clyde assistieren, und es war meine Aufgabe, dafür zu sorgen, dass Katze nicht starb, während er ihr die Eierstöcke entfernte.

Er nickte und machte sich ans Werk.

»Eins verstehe ich nicht. Wie können Sie nur so blind sein?«

»Wie meinen Sie das?«, fragte ich bestürzt, da ich glaubte, er spräche über meine ärztlichen Fähigkeiten. Ich schaute zu Katze und ihren Vitalzeichen. Alles bestens.

»Nein, nein, ich meine, wie können Sie nicht sehen, dass sie Sie liebt?«

Ich stellte mich dumm. »Wer?«

»Das wissen Sie genau.«

Ich seufzte. »Ich weiß, dass sie mich liebt. Ich glaube nur, dass sie nicht mehr in mich verliebt ist. Eine heikle Geschichte. Ich möchte das Gleichgewicht nicht stören.«

»Klemme, bitte. Und Tupfer.« Dr. Clyde nähte Katze zu. Ich schaute mir genau an, was er tat, und versuchte, mich innerlich von dem Gespräch als auch von der Tatsache zu distanzieren, dass mein eigenes Tier auf dem Operationstisch lag.

»Hat sie Ihnen gesagt, dass sie nicht mehr in Sie verliebt ist?«

»Nein. Aber auch nicht das Gegenteil.«

»Was für eine dumme Antwort. Sie hat doch sicher versucht, sich mit Ihnen zu versöhnen, oder?«

Ich erinnerte mich, wie Amy kurz nach Bonnies Geburt versucht hatte, mich zu küssen. Ich hatte sie weggeschoben. Sie war übernächtigt und konnte nicht klar denken, und es wäre falsch gewesen, das auszunutzen. Dr. Clyde wiegte nur den Kopf, als er das hörte.

Ich wünschte mir, die Leute würden mich nicht drängen, wieder eine Beziehung mit Amy zu beginnen. Es weckte Hoffnung, wo vielleicht gar keine war.

24

Sendeschluss

Kinder können Probleme bereiten, manchmal aber auch die Lösung sein. Ich hatte den Moment gefürchtet, in dem ich Tang erklären müsste, dass die Kätzchen ein neues Zuhause brauchten, doch dann lieferte unsere eigene Familie eine ganze einfache Antwort.

Sowie meine Nichte und mein Neffe hörten, dass unsere Katze Junge bekommen hatte, wollten sie uns unbedingt besuchen. Ich hielt sie hin, bis die Kätzchen ein bisschen größer und besser gerüstet waren, um mit Kindern klarzukommen. Als ich schließlich grünes Licht gab, waren Annabel und Georgie nicht mehr zu bremsen.

Katze war vom Trockenschrank zum Kaminvorleger umgezogen und gerade dabei, die Kätzchen zu putzen, als die Kinder hereinpolterten. Ich muss es ihr zugutehalten, dass sie nur mit dem Schwanz zuckte und die Augen zu Schlitzen verengte, sich ansonsten aber nicht von der Stelle rührte. Die Kätzchen selbst blieben vollkommen gelassen.

Annabel quietschte begeistert, hob ein Kätzchen auf und rieb die Wange an seinem Fell.

»Oh, wie niedlich. Mami, es ist so niedlich. Ich will es haben. Können wir es bitte mitnehmen?«

Die gefleckten Kätzchen waren eher dunkel, hatten aber vier perfekte weiße Söckchen, was Annabel nicht entgangen war.

»Schau doch nur die kleinen Füße. Ich werde es Pfötchen nennen.« Sie deutete auf das andere Kätzchen. »Georgie, das wird deins. Die passen genau zueinander.«

Georgie, der fügsamer war als seine Schwester, bückte sich und hob das andere Kätzchen auf.

»Die sind aber wirklich süß. Das hier nenne ich Händchen. Weil es Handschuhe anhat.«

Die Kinder schauten ihre Eltern aus großen, sehnsüchtigen Augen an, noch größer und sehnsüchtiger als Tangs Augen, wenn er etwas haben wollte. Bryony zögerte, was Annabel schamlos ausnutzte.

»Mami, ich durfte schon kein Pony haben, also können wir doch wenigstens Kätzchen bekommen. Damit wir lernen, Verantwortung zu übernehmen lernen.«

Ich sah, wie Amy grinste, nicht ohne Schadenfreude, weil meine Schwester so clever über den Tisch gezogen wurde. Bryony schaute ihren Mann an, der resigniert die Hände hob und einen Schritt nach hinten trat. In dieser Familie wurde ohnehin alles über Daves Kopf hinweg entschieden. Bryony schaute die Kinder an und seufzte.

»Na schön, ihr habt gewonnen.«

»Ben. Ben. Ben. Ben. Ben.« Ich saß im Arbeitszimmer und versuchte zu lesen, doch Tang zupfte unbeirrt an meinem Ärmel. Pfötchen und Händchen waren vor ein paar Tagen zu Bryony umgezogen.

»Was ist denn?«

»Mehr Bücher, bitte.«

»Was ist denn mit denen, die wir gekauft haben?«

»Habe durchgeschaut.«

»Dann schau sie noch einmal durch. Bonnie liest ihre auch wieder und wieder.«

»Bonnie liest nicht.«

»Na schön, ich meine, wir lesen Bonnie dieselben Bücher immer wieder vor.«

»Selbe Bücher sind langweilig.«

»Ich muss hier arbeiten.«

»Vermisse Kätzchen«, jammerte er. »Brauche Ab… lenk… ung. Biiiiittttteee.«

Er schaute mich blinzelnd an, den Greifer in meinen Ärmel gekrallt.

Ich lächelte und sah auf die Uhr.

»Na schön, eine Stunde kann ich mir erlauben. Ich hatte noch keine Mittagspause. Auf geht's.« Es störte mich nicht, dass ich manipuliert wurde. Tangs Experimente in Sachen emotionaler Erpressung waren durchaus beeindruckend.

»Yay!« Er schlug seine Greifer aneinander und eilte aus dem Arbeitszimmer. Ich wollte schon vorschlagen, ihm einen Büchereiausweis zu besorgen, aber da würden sie vermutlich nur wieder nach Papieren fragen. Im Augenblick war es einfacher, Bücher zu kaufen.

Ich zog meine Pseudowanderstiefel an, ohne die Schnürsenkel zu öffnen – eins der vielen Dinge, die Amy früher geärgert hatten und sie jetzt anscheinend nicht mehr störten –, und nahm die Schlüssel vom Garderobentisch, als Katze an uns vorbeistolzierte. Ich beobachtete, wie sie Jasmine streifte, die in der Wohnzimmertür schwebte.

»Kann ich auch mitkommen?«, fragte sie, als Tang die Haustür öffnete.

»In die Buchhandlung?«

Ihr Licht bewegte sich auf und nieder.

»Ja klar, wenn du möchtest.«

Sie spürte, dass ich zögerte.

»Falls es nicht zu viel Mühe macht.«

»Nein, nein, darum geht es nicht. Ich dachte nur … ich dachte nur, dass es für dich vielleicht nicht so interessant ist.«

»Das verstehe ich nicht.«

»Nun ja, du hast doch alle Informationen, die du brauchst, in deinem Kopf.«

»Ja.«

»Kannst du nicht einfach E-Books lesen?«

»Nein.«

»Wieso nicht?«

»Es ist nicht dasselbe.«

»Was ist nicht dasselbe?«

»Ein E-Book. Es ist nicht dasselbe wie ein greifbares Buch. Obwohl«, ihr Licht schwenkte nach unten, als wäre sie verlegen, »mir Taschenbücher lieber sind.«

»Wieso?«

»Gebundene Bücher sind zu schwer.« Sie reckte ihre dünnen Kleiderbügel in die Höhe. Mit diesen Dingern konnte man unmöglich längere Zeit ein gebundenes Buch festhalten. Sie würden einfach abbrechen.

»Warum hast du nicht schon früher gesagt, dass du Bücher haben möchtest? Ich hätte dir welche besorgt, als wir das Regal gekauft haben.«

Wieder senkte sich das Licht.

»Ich … ich wollte … nicht zu viel verlangen. Du warst schon so freundlich zu mir.«

»Wir hätten auch zuerst die Bücher und später das Regal kaufen können.«

»Daran habe ich nicht gedacht.«

»Na komm, Jasmine«, sagte ich, »mal sehen, ob wir ein paar Taschenbücher für dich finden. Und vielleicht einen Buchständer, wenn wir schon dabei sind.«

In der Buchhandlung eilte Tang sofort zu den Fischen. Jasmine und ich folgten ihm und prallten beinahe mit ihm zusammen, als er ein Stück vor dem Aquarium abrupt stehen blieb. Er sah mich düster an.

»Dürfen Katze nicht mitbringen.«

Ich musste lachen. »Ganz sicher nicht. Aber ich glaube, die sind ziemlich gut gesichert. Eine Katze würde wohl kaum an dieses Aquarium kommen.«

»Nein«, sagt er immer noch ernst, »aber könnte Hilfe haben.«

Tang hatte Jasmine wohl doch noch nicht so ganz verziehen. Ich hoffte nur, Jasmine würde es nicht als ihre Pflicht betrachten, das Kätzchen, das wir behalten hatten, mit Fischen aus der Buchhandlung zu versorgen.

Als ich ein paar Tage später von der Uni nach Hause kam, war es ungewöhnlich still. Ich verspürte ein unangenehmes Gefühl im Magen und rechnete schon damit, dass meine ganze Familie verschwunden wäre und ich am Kühlschrank einen schrecklichen Erpresserbrief von Bollinger vorfinden würde, der mit Amys Blut geschrieben war. Dann aber hörte ich Murmeln aus dem Wohnzimmer, und oben in Amys Bad rauschte die Dusche. Meine Muskeln entspannten sich. Ich setzte mich auf die Treppe, um mir die Schuhe auszuziehen.

Die Wohnzimmertür stand einen Spaltbreit offen. Tang und Jasmine saßen auf dem Sofa, den Rücken zum Fernseher, zwischen sich Bonnie, die ein aufgeschlagenes Bilderbuch auf den Beinen hatte. Die beiden Roboter lasen ihr abwechselnd vor und zeigten ihr Dinge auf den Bildern. Das heißt, Jasmine las vor, und Tang riet, was die Wörter bedeuteten und ersann spontan Geschichten. Neben Tang lag ein ganzer Bücherstapel, so ziemlich jedes Buch, das die beiden besaßen. Katze hatte sich der Länge nach vor Jasmine ausgestreckt und den Kopf auf Bonnies Bein gebettet, unter das aufgeschlagene Buch. Pompom, das Kätzchen, hatte sich neben ihr eingerollt und schlief.

Ich wunderte mich, dass Katze sich so eng bei Bonnie aufhielt. Anscheinend gefiel es ihr, wenn unsere Tochter sie malträtierte, ableckte und Bücher auf ihr deponierte. Als Streunerin hatte sie vermutlich schlimmere Erfahrungen gemacht.

So zufrieden hatte ich noch nie alle beieinander gesehen, und mir kamen bei dem Anblick die Tränen. Konnte es eine schönere Erfahrung für einen Vater geben? Zwei Roboter, die sich um sein Kind kümmerten und ihm etwas beibrachten. Plus Katze mit Kätzchen.

Ich hörte, wie die Treppe knarrte, dann stieg mir der frische Geruch von Duschgel in die Nase.

»Was ist da los?«, flüsterte Amy, die hinter mir aufgetaucht war. Sie legte mir die Hand auf den Arm, und ich drehte mich um. Sie rubbelte sich gerade die Haare trocken. Sie trug eine Jogginghose und ein lila T-Shirt und sah unglaublich toll darin aus. Ich unterdrückte den Drang, sie an mich zu drücken.

»Tang und Jasmine lesen Bonnie vor.«

»Immer noch? Die sind schon seit einer Ewigkeit dabei. Ich habe ihnen eine Weile gegenübergesessen, kam mir aber irgendwann überflüssig vor und bin duschen gegangen. Ganz in Ruhe. Das war herrlich.«

»Dann wollen wir sie auch nicht stören.« Ich trat von der Tür weg, und sie nickte, und dann setzten wir uns mit einem Glas Wein an die Küchentheke und redeten, bis es Zeit fürs Abendessen war.

»Was macht sie da?«, fragte Amy, als wir von der Terrassentür in den Garten blickten. Nach dem Essen hatte ich Bonnie ins Bett gebracht. Amy räumte auf, und Tang hatte sich vor der Playstation niedergelassen. Jasmine hatte sich aus unerfindlichen Gründen nach draußen in die Dunkelheit zurückgezogen.

»Keine Ahnung. Tang, weißt du, was sie da macht? Geht es ihr gut?«

Er schaute flüchtig von seinem Platz vor dem Fernseher auf und zuckte mit den Schultern, wobei ich mir nicht sicher war, ob er es wirklich nicht wusste oder es uns nur nicht sagen wollte.

Jasmine schwebte wieder und wieder um die Weide. Zwischendurch hielt sie inne und glitt hinüber zu Tangs Garten und wieder zurück. Dann zur Terrasse und wieder zurück, wobei jedes Mal die mit einem Bewegungsmelder versehene Lampe anging, was zu interessanten Lichteffekten führte. Es sah aus, als trüge sie einen inneren Kampf aus, eine Interpretation, die sich letztlich als richtig erweisen sollte.

Nach etwa einer halben Stunde roboterhafter Verwirrung schwebte Jasmine zur Tür herein und drehte sich im Kreis, um zu sehen, ob die Familie versammelt war. Es sah aus, als bereitete sie sich auf eine wichtige Ankündigung vor.

»Ben, Amy«, sagte sie und schaute uns nacheinander an. »Ich möchte euch mitteilen, dass ich vor viereinhalb Minuten die Übertragungen an den vormals als geschätzten August Bollinger bekannten Wissenschaftler eingestellt habe.«

»Vormals?«, fragte ich, doch Amy stieß mir den Ellbogen in die Rippen.

»Mehr fällt dir nicht dazu ein?« Sie ging zu Jasmine und umarmte sie, so gut es ging. Jasmine zögerte und versuchte, wenn auch mit wenig Erfolg, Amy einen ihrer Kleiderbügel um die Schultern zu legen. Als das nicht gelang, drückte sie ihn an Amys Stirn.

»Jasmine, das ist wunderbar«, fuhr Amy fort. »Ich danke dir sehr. Du ahnst nicht, wie viel es uns allen bedeutet.« Jasmines rotes Licht strich über Amy und zuckte dann zu mir.

»Das entspricht nicht ganz der Wahrheit, Amy. Ich habe ziemlich genaue Berechnungen zu diesem Thema angestellt. Ich gehe davon aus, dass diese Handlung dir … euch allen sehr viel bedeutet.«

Worauf Amy in Tränen ausbrach. Ich hatte einen gewaltigen Kloß in der Kehle, ging zu Jasmine und versuchte ebenfalls, sie zu umarmen. Nachdem das ungeschickte Durcheinander aus Menschen und Kleiderbügeln seinen Höhepunkt erreicht hatte, wich Jasmine zurück. Anscheinend konnte sie Umarmungen nur in einer bestimmten Dosis ertragen.

Nachdem wir uns voneinander gelöst hatten, legte Tang seinen Controller weg, hievte sich vom Boden hoch und schepperte zu Jasmine. Er streckte ihr den Greifer entgegen, den sie sofort umfasste.

»Siehst du. Ich sage, freuen sich. Ich sage, musst dir keine Sorgen machen, was sie sagen.«

»Das stimmt, Tang, das hast du gesagt. Ich hätte auf dich hören sollen.«

»Warum um alles in der Welt hattest du Angst, uns das zu sagen, Jasmine?«

»Weil ich Bollinger dabei erwähnen musste. Ich wollte euch nicht an ihn erinnern. Ich konstatiere immer ein erhöhtes Stressniveau, wenn sein Name fällt. Stress ist für niemanden gut, vor allem nicht für Kinder. Ich wollte keine suboptimale Umgebung für Bonnie schaffen. Ich habe mich gefragt, ob es besser wäre, die Übertragung einfach so einzustellen und es euch nicht zu sagen. Tang hat mir davon abgeraten.«

»Er hatte recht.« Ich kniete mich hin, damit ich mit ihrem Licht auf einer Höhe war. »Alles ist gut, Jasmine, Stress kommt einfach vor. Er gehört zum Menschsein dazu. Du kannst uns nicht gänzlich davor schützen, das kann niemand. Angst gehört zum Leben. Du hast das Richtige getan. In jeder Hinsicht.«

Jasmine nickte, indem sie ihr Licht auf- und abbewegte.

»In diesem Fall sind meine Sensoren vielleicht nicht so gut abgestimmt, wie ich dachte. Ich sollte zu Bollinger gehen und sie einstellen lassen.« Amy und ich machten große Augen, und Jasmines Licht wanderte zwischen uns hin und her. Zu unserer Überraschung begann sie zu lachen. »Tut mir leid. So war es nicht gemeint. Das war mein erster Versuch, etwas zu machen, das ihr als Witz bezeichnet. Es hat offenbar nicht funktioniert. Ich sollte ›Witze machen‹ auf die Liste der Dinge setzen, die ich noch lernen muss. Ich finde den menschlichen Humor sehr kompliziert.«

»Keine Sorge«, sagte Amy erleichtert. »Das ist nicht schlimm.« Sie schaute mich an. »Ich finde, wir sollten feiern.«

»Okay, ich hole Champagner.«

Sie schüttelte den Kopf. »Nein, wir sollten irgendwohin fahren. Alle fünf.«

»Wohin denn?«

»Lass uns morgen was Schönes machen, einen Ausflug in den Zoo oder nach Legoland.«

»Am besten in den Zoo. Es wäre mir lieber, wenn sich die Attraktionen hinter Gittern und Glasscheiben befinden. Du weißt ja, wie Tang ist.«

In einem Museum in Texas hatte er ein Robotermodell zerstört. Seither war ich zurückhaltend, wenn es darum ging, sich mit ihm in die Nähe zerbrechlicher Gegenstände zu begeben.

Amy nickte. »Klar, du hast recht. Also fahren wir in den Zoo.«

25

Händchenhalten

Im Rückblick hätten wir lieber den Champagner trinken sollen. Denn es wurde insgesamt ein ziemlich beschissener Ausflug.

»Hier ist kein Platz«, heulte Tang vom Rücksitz zum siebten Mal in zwanzig Minuten. Mal ehrlich, der Zoo war mit dem Auto keine Stunde entfernt, aber er jammerte, als wären es mindestens vier. Tang hatte mich dazu gebracht, den Kombi meiner Eltern gegen einen neuen, großen BMW einzutauschen, in den er hineinpasste, doch anscheinend reichte der Rücksitz nicht für zwei Roboter und ein Kleinkind im Maxi Cosi. Die arme Jasmine hatte die Arschkarte gezogen und musste in der Mitte sitzen, wodurch sich ihre Kleiderbügel in Bonnies Reichweite befanden und ihr als interessantes Mobile dienten. Tang schwankte zwischen Schadenfreude, weil ausnahmsweise nicht er Gegenstand von Bonnies Neugier war, und der Angst, seine kleine menschliche Schwester könnte Jasmine tatsächlich Schaden zufügen.

»Es reicht!«, schrie Amy nach einer halben Stunde, als sie das Kreischen, Schreien, Babyglucksen und die metallisch-scheppernde Empörung nicht länger ertragen konnte. Sie zwang mich, bei nächster Gelegenheit anzuhalten.

»Steig aus, Tang«, sagte sie und öffnete die hintere Tür.

Im Rückspiegel sah ich weit aufgerissene Roboteraugen. Er befürchtete, Amy wolle ihn am Straßenrand stehen lassen, und machte daher keine Anstalten, das Auto zu verlassen.

»Es funktioniert nicht, wenn ihr drei dahinten sitzt. Du steigst aus und setzt dich nach vorne, und ich gehe nach hinten. Jasmine, lass mich vorbei, ich rutsche in die Mitte.« Als sich immer noch nichts tat, fügte sie hinzu: »Na los!«

Die Roboter krabbelten vom Rücksitz, das heißt, Tang krabbelte, während Jasmine so gelassen und würdevoll wie möglich nach draußen schwebte und wartete, bis Amy sich in die Mitte gesetzt hatte. Tang machte die Tür zu und schepperte zur Beifahrerseite. Ich muss ihm zugutehalten, dass er sein Entzücken zu verbergen suchte, doch ich kannte ihn gut genug: Er liebte es, neben mir zu sitzen, und verstand nicht ganz die Hierarchie, nach der Amy dieser Platz zustand.

Nachdem das Sitzarrangement erfolgreich geändert war, fuhren wir los und legten die verbleibenden zwanzig Minuten bis zum Zoo in relativem Frieden zurück. Relativ, weil Bonnie sich mit Amy anlegte, nachdem Amy ihr das Spielzeug weggenommen hatte, und danach jegliche Kommunikation mit uns verweigerte. So weit, so stressig, und das war erst der Anfang.

Die Erdmännchen waren der Riesenhit. Wir standen noch davor, als Amy und ich uns längst langweilten und weitergehen wollten, aber weder Tang noch Bonnie konnten sich von ihnen losreißen. Sie kicherten, wann immer ein Tier aus der Höhle geschossen kam oder hineinlief, und ein wachhabendes Erdmännchen tat ihnen sogar den Gefallen, von einem Baumstamm zu fallen. Jasmine war gelassen wie immer und ließ ihr rotes Licht gleichmäßig über die Tiere streichen … womöglich las sie ein E-Book und tat nur so, als würde sie sich die Tiere anschauen, um uns nicht zu kränken.

Allerdings bemerkte ich ein paarmal, wie Tang ihr seinen Greifer entgegenstreckte und Jasmine ihn mit ihrem Kleiderbügel ergriff. Ich stieß Amy an.

»Ben?«, fragte Tang nach einer Weile.

»Ja?«

»Das Schild da über ›Erdmännchen adoptieren‹?«

»Was ist damit?«

Tang verdrehte nachdenklich die Augen. »Ist wie in Tierhandlung, wenn sie Zuhause brauchen? Können wir Erdmännchen adoptieren und mitnehmen?«

»Leider nicht«, sagte Amy. »Das habe ich auch gedacht, als ich zum ersten Mal im Zoo von einer Adoption las. Ich wollte als Kind einen Pinguin mit nach Hause nehmen und war furchtbar enttäuscht, weil es nicht ging.«

»Das hier ist ihr Zuhause«, fügte ich hinzu. »Es ist eine andere Art von Adoption. Es bedeutet nur, dass du Geld spendest, von dem sie Futter und Pflege für das Tier bezahlen.«

»Kann ich mir eins aussuchen?«

»Tut mir leid, Tang, ich glaube, so funktioniert es nicht.« Dann kam mir ein Gedanke. »Wie wäre es, wenn wir trotzdem ein Erdmännchen für dich adoptieren? Du hast kein großes Geburtstagsgeschenk bekommen, nur das Pferdespiel für die Konsole und ein Poster.« Ich schaute zu Amy, die mit den Schultern zuckte und nickte.

»Möchtest du das, Tang?«

Er grinste. »Ja, möchte ich. Ja, bitte. Will aber trotzdem Erdmännchen aussuchen. Nehme das da.« Welch Wunder – er deutete auf ein Tier mit krummem Schwanz, dem überdies eine Pfote fehlte.

Bei den Primaten ging dann alles schief. Tang wollte den Buggy schieben und lehnte jegliche Hilfe dabei ab, worauf wir mit mehreren nichtsahnenden Zoobesuchern zusammenstießen, was ihn überhaupt nicht kümmerte. Immerhin konnten Amy und ich nebeneinanderher gehen und uns ein bisschen unterhalten, während sich die Roboter weiter vorn mit Bonnie amüsierten. Natürlich immer in Sichtweite. Einmal stießen unsere Finger beim Gehen aneinander, und ich fragte mich für einen Sekundenbruchteil, was passieren würde, wenn ich ihre Hand ergriff. Doch dann rief Tang, weil er uns einen Pfau zeigen wollte, und die Chance war dahin.

Das Unglück begann damit, dass Bonnie anfing zu kreischen, weil sie aus dem Buggy wollte.

»Schon gut«, sagte Tang. »Halte Hand. Ist sicher.«

»Na schön«, sagte ich, und Amy nickte auch. »So kann sie die Tiere besser sehen.«

Ich sollte meine Worte bald bereuen.

Anfangs ging es gut. Tang hielt Wort und umklammerte Bonnies Hand so fest, dass ich schon fürchtete, er würde sie zerdrücken. Doch als wir zu den Affen kamen, geschah die Katastrophe. Tang zog sich mit seiner freien Hand aufs Geländer und ließ Bonnie kurz los, damit er ihr mit der anderen die Tiere zeigen konnte.

Zuerst merkten wir es nicht. Wir fotografierten wohl, statt auf Bonnie zu achten, und erst als ich mich umdrehte, um ein Bild von den beiden zu machen, stellte ich fest, dass sie nicht mehr da war.

Mir wurde kalt. »Amy, hast du Bonnie bei dir?«

Ich wusste die Antwort, noch bevor Amy den Kopf schüttelte, und dann passierte alles gleichzeitig. Jasmine schoss los wie eine Rakete, und Tang stampfte kreischend umher, während Amy und ich nach unserer Tochter riefen.

26

Geschrei

Wir fanden sie im Reptilienhaus, besser gesagt, Jasmine fand sie. Sie war deutlich schneller als wir alle und schoss knapp über dem Boden durch den Zoo, wobei sie eine Spur verwirrter Besucher hinterließ.

Mein Handy vibrierte. Es war eine SMS, anscheinend von Jasmine, in der einfach nur stand: »Ich habe sie gefunden. Sie ist in Sicherheit. Wir sind bei den Eidechsen. Wir warten hier.« Später fragte ich mich, wie sie die SMS verfasst hatte und woher sie meine Nummer kannte. In diesem Augenblick aber war ich nur froh, dass es unserer Tochter gutging.

»Wie ist sie allein dahingekommen?«, fragte Amy auf dem Weg zum Reptilienhaus. Tang schepperte hinter uns her.

»Keine Ahnung. Sie ist wohl schneller, als wir dachten.«

»Ich bin ihre Mutter, ich hätte das wissen müssen.«

»Mach dir keine Vorwürfe. Ich habe es auch nicht kommen sehen.«

»Wenn ich mir keine mache, wem denn dann?«

Ich zögerte. »Tang hat ihre Hand losgelassen.«

»Du kannst nicht ihm die Schuld geben. Er konnte es nicht wissen.«

»Ach nein? Vielleicht hätte ich vorsichtiger sein sollen.«

»Dann rede mit ihm«, sagte Amy. »Aber gib ihm nicht einfach die Schuld.«

Wir traten durch den Plastikvorhang, der als Tür des Reptilienhauses diente. Das Erste, was ich sah, war Jasmines Licht, das einen schützenden Kreis um Bonnie zu beschreiben schien. Das wäre gar nicht nötig gewesen, denn die Leute machten einen weiten Bogen um sie. Obwohl Roboter als Bodyguards oder Kindermädchen nichts völlig Ungewöhnliches mehr waren, machte der Anblick eines Roboters wie Jasmine mit einem Kleinkind die meisten Leute nervös. Es hätte auch mal jemand fragen können, ob alles in Ordnung sei und wo die Eltern steckten, doch das hatte anscheinend niemand getan.

Bonnie selbst schien sich prächtig zu amüsieren. Sie hatte ihr rundliches Gesicht und die Händchen an ein Gecko-Terrarium gepresst und leckte hingebungsvoll die Scheibe ab.

»Hör auf, Bonnie«, sagte ich und nahm sie auf den Arm, »du darfst nicht das Fenster ablecken.« Amy streckte die Arme aus, und ich reichte ihr die Kleine. Während sie bei der Suche noch zurückhaltend gewesen war, brach sie jetzt in Tränen aus, weinte an Bonnies Hals und murmelte etwas vor sich hin.

Aus dem Augenwinkel sah ich, dass Tang inzwischen eingetroffen war – und zum Glück den Buggy mitgebracht hatte. Er sagte nichts, und ich konnte nicht erkennen, ob er zerknirscht oder verwundert war. Wir wussten alle nicht so recht, was wir sagen sollten. Die Krise war abgewendet, und wir schlenderten weiter durch den Zoo, wenngleich unsere Freude gedämpft war.

Tang blieb still, bis wir zum Auto zurückkehrten. Dann sagte er wie aus heiterem Himmel:

»Bin froh, dass wir Bon-niiee gefunden haben. Wäre scheißetraurig gewesen, wenn wir verloren hätten.«

Amy und ich drehten uns abrupt um. Einen Moment lang fürchtete ich, dass Kato nicht die gesamte Radioaktivität entfernt hatte und Tang knapp vor der Kernschmelze stand.

»Was hast du gesagt?«, fragte Amy, und ich schaute mich nervös um, ob irgendein Passant bemerkt hatte, dass unser Roboter gerade einen Vulgärausdruck benutzt hatte.

»Ich sage, bin froh, wir haben sie gefunden. Wieso?«

»Nein, danach. Was hast du danach gesagt?«

»Lass doch, Amy«, sagte ich leise. »Er sollte es möglichst nicht wiederholen.«

»Aber er muss wissen, dass er es nicht sagen darf.« Sie wollte sich gerade hinknien, um mit Tang auf Augenhöhe zu sein, als ich die Hand hob und dazwischentrat. Ich kam mir sehr männlich und entschlossen vor, als ich mich vor ihn hinkniete.

»Du hast danach ein Wort gesagt, das mit ›S‹ anfängt. Sag es nicht mehr, verstanden?«

»Ja.«

»Dieses Wort solltest du nämlich nicht benutzen. Es ist ein schlimmes Wort und kann Leute wütend machen. Okay?«

»Aber Amy hat auch schon mal gesagt …«

»Tang, wir müssen miteinander reden«, sagte ich, als wir zu Hause waren, und winkte ihn zum Sofa. Amy schob Jasmine und Bonnie in den Garten, damit sie nicht hörten, was jetzt kam.

»Ist es wegen Wort, das ich gesagt habe und nicht hätte sagen sollen, aber das Amy sagen darf?«

»Nein. Obwohl du das sehr richtig verstanden hast. Wir messen mit zweierlei Maß, aber so ist es nun mal. Du musst es nicht verstehen, nur akzeptieren. Außerdem geht es mir um etwas anderes.«

»Oh. Was denn?«

»Ich muss mit dir über das sprechen, was heute mit Bonnie passiert ist.«

»Bon-niiee geht gut.«

»Ja, ich weiß, aber du hättest ihre Hand nicht loslassen dürfen. Du hast gesagt, du würdest sie an der Hand halten, und ich habe gesagt, du darfst sie nicht loslassen, weil sie sonst wegläuft. Und dann hast du ihre Hand losgelassen, und sie ist weggelaufen.«

Ich hatte erwartet, Tang würde mich völlig zerknirscht ansehen. Stattdessen wurde er wütend und fing an zu brüllen.

»Ist nicht meine Schuld! Warum muss Bon-niiee weglaufen, warum bleibt nicht bei mir, wenn sie soll? Wollte ihr nur Schimpansen zeigen. Ist nicht fair! Warum hat Bon-niiee immer recht, warum immer Tang schuld?«

Ich starrte ihn an, war vorübergehend sprachlos. Dann überkam auch mich die Wut.

»Weil sie noch keine achtzehn Monate alt ist, Tang, darum! Sie ist fast noch ein Baby und kennt sich nicht in der

Welt aus. Du solltest es besser wissen, du weißt, wie gefährlich das Leben sein kann, dass es schlechte Menschen gibt, die Babys stehlen! Wir haben uns so bemüht, dir zu beweisen, dass niemand dich von uns wegholt. Und dann verschwendest du keinen Gedanken daran, was passiert, wenn Bonnie auf einmal weg ist? Das ist ziemlich egoistisch. Vielleicht solltest du zur Abwechslung mal an andere denken.«

Noch während ich die letzten Worte aussprach, verrauchte mein Zorn und wich einem schlechten Gewissen, weil ich Tang angeschrien hatte. Aber er hätte es wirklich besser wissen müssen, davon würde ich nicht abrücken.

Er funkelte mich an, senkte die Augenlider diagonal und ballte die Greifer zu Fäusten.

»Ist nicht fair! Magst Bon-niiee lieber. Gehe jetzt.«

Er stand vom Sofa auf und verließ das Wohnzimmer. Ich rannte ihm nach. Er riss die Haustür auf und marschierte scheppernd nach draußen, wobei ich ihm hinterherschrie: »Na schön, dann geh doch! Und damit du es weißt – es war kein Schimpanse, sondern ein Gibbon!«

Ich knallte die Tür zu, drehte mich um und schaute in die entsetzten Augen von Amy, Bonnie und Jasmine. Ich wusste nicht, wie lange sie dort gestanden hatten, das Geschrei hatte sie wohl alarmiert. Jedenfalls hatten sie genug mitbekommen.

»Was hättest du denn gesagt?«, fauchte ich Bonnie an, weil sie mir als Einzige nicht antworten konnte. Sie fing an zu weinen und ließ sich auf den Po fallen. Amy wollte sie aufheben, aber ich war schneller.

»Es tut mir leid, Liebling«, sagte ich so ruhig wie möglich. »Daddy ist nicht wütend auf dich. Ich habe mir nur Sorgen gemacht. Ich möchte nicht, dass dir etwas passiert.« Ich küsste sie auf die Stirn, und sie hörte auf zu weinen und steckte die dicken Fingerchen in meine Ohren. Ich stand auf und nahm meinen Mantel vom Treppengeländer.

»Wohin willst du?«, fragte Amy.

»Tang suchen.«

»Lass es. Damit bestärkst du ihn nur in seinem Verhalten. Er muss verstehen, weshalb du wütend warst. Lass ihn in Ruhe nachdenken.«

»Aber er kommt vielleicht nicht mehr zurück. Denk nur, was passiert ist, als Bollinger ihn wütend gemacht hatte. Er ist um die halbe Welt gereist.«

Amy neigte den Kopf und zog eine Augenbraue hoch.

»Bollinger hat ihn nicht nur wütend gemacht, das weißt du ganz genau. Er kommt zurück. Vermutlich schafft er es bis ans Ende der Straße und macht dann kehrt. Ich habe keine Ahnung, wie oft ich selbst weggelaufen und nach einer halben Stunde zurückgekommen bin. Es war mir jedes Mal ernst, aber nie von Dauer.«

»Ja, aber du hasst deine Familie. Ich hätte nicht gedacht, dass Tang uns so sehr hasst, dass er einfach weggeht.«

»Das tut er auch nicht, er ist nur wütend. Vermutlich hat er ein schlechtes Gewissen und kann nicht damit umgehen.«

Ich nickte. Sie hatte recht. Also hängte ich den Mantel seufzend übers Geländer und nahm Bonnie auf den Arm.

»Es tut mir leid.« Ich ertastete eine nasse Windel. »Na los, wickeln wir dich.«

Ich schaute zu Amy, als ich zur Treppe ging, und fragte

mich, ob sie sich an meiner Stelle anders verhalten hätte. Sie berührte im Vorbeigehen meinen Arm.

»Es tut mir leid. Ich hätte nicht schreien sollen, das weiß ich jetzt.«

Amy schüttelte den Kopf.

»Jeder wird mal sauer, Ben. Tang wird darüber hinwegkommen und Bonnie auch.«

»Aber was mache ich mit Tang?«

Sie zuckte mit den Schultern. »Du kannst nur warten, bis er zurückkommt. Er wird eine Weile herumstampfen und schmollen, vielleicht gegen ein paar Mauern treten. Aber er kommt zurück.«

»Warum siehst du das so gelassen?«

Erneutes Schulterzucken. »Es hat keinen Sinn, wenn wir uns beide aufregen, oder?«

Mein Gott. Das Baby hatte sie wirklich verändert.

Tang kam eine Stunde später unversehrt zurück, war allerdings nicht besser gelaunt als zuvor. Er stampfte ins Wohnzimmer und baute sich vor Amy und mir auf.

»Bin gekommen, um zu sagen, bin sicher. Braucht nicht wütend sein. Gehe jetzt in mein Zimmer. Tschüs.« Er drehte sich um und schepperte hinaus, kam aber sofort wieder zurück. »Oh, und mir tut leid wegen Bon-niiee.« Dann marschierte er in Richtung Treppe. Ich spürte, dass es ihm ernst war, auch wenn er noch schmollte.

»Warte mal. Wo bist du gewesen?«

»Draußen.« Und das war das Letzte, was er uns dazu sagen wollte. Eine Minute später schlug seine Zimmertür zu, dann hörten wir einen gedämpften Knall, als er sich auf seinen Futon fallen ließ. Wir konnten uns das Lachen kaum verbeißen.

Nachdem Tang sich schmollend in sein Zimmer zurückgezogen hatte und Bonnie im Bett war, machten Amy und ich es uns vor dem Fernseher gemütlich und öffneten eine schöne Flasche Pinot noir.

»Ich wusste ja, dass es nicht einfach ist, Kinder zu erziehen«, sagte sie. »Aber jetzt haben wir auch noch einen Roboter, der sich wie ein Teenager verhält. Das kam wie aus heiterem Himmel.«

»Das kannst du laut sagen. Ich habe ihn immer als Kind betrachtet, und plötzlich wird er erwachsen.«

Amy verzog das Gesicht. »So plötzlich kam es wohl gar nicht. Überleg mal, wie viel er schon gelernt hat. Wir haben nur nicht gemerkt, wie er heranwächst.«

»Mag sein. Ich hoffe nur, dass Bonnie nicht so schnell groß wird.«

Amy lachte. »Ich glaube, bei menschlichen Kindern funktioniert das anders.«

»Das sagst du jetzt, aber in fünfzehn Jahren werden wir das gleiche Gespräch führen, und dann macht sie ihre Abschlussprüfung, und wir fragen uns, wo die Zeit geblieben ist.«

»Ja, und Tang ist dann schon auf der Universität«, sagte ich, nicht ganz scherzhaft. Amy lachte.

»Wer weiß? Bis dahin gibt es vielleicht Studienplätze für Roboter. Dann kann er wirklich Hebamme werden.«

Wir schwiegen: Ich erinnerte mich, wie Tang Amy während der Schwangerschaft und bei Bonnies überstürzter Geburt beigestanden hatte. Damals hatte er die Absicht geäußert, Geburtshelfer zu werden, und wir hatten es nicht übers Herz gebracht, es ihm auszureden. Ich konnte nur hoffen, dass er sich einen anderen Beruf aussuchte, aber vielleicht hatte Amy recht: In Zukunft könnte so etwas möglich werden. Und falls ein Roboter es schaffte, dann Tang.

27

Ausnüchterungszelle

»Ben? Hast du Jasmine irgendwo gesehen?« Amy hatte Bonnie ins Bett gebracht, aber es dauerte ein paar Minuten, bevor sie ins Wohnzimmer kam. Sie schaute mich besorgt an.

»Nein, ich dachte, sie liest in ihrem Zimmer.«

»Dachte ich auch, aber da ist sie nicht. Ich wollte nachsehen, ob es ihr gutgeht und ob sie etwas braucht, aber sie ist verschwunden. Sie ist nirgendwo im Haus, ich habe überall nachgesehen.«

»Im Garten?«

»Es wird dunkel.«

»Sie war oft im Dunkeln im Garten.«

»Stimmt auch wieder.« Amy schaute aus dem Fenster. »Nein, da ist sie auch nicht.«

»Hast du Tang gefragt?«

»Er schläft, da wollte ich ihn nicht stören.«

Ich stand auf, reckte mich und sagte: »Ich sehe mal nach.«

Ich ging zu Tangs Zimmer, die Tür war angelehnt. Ich klopfte leise und steckte den Kopf hinein. Unter der Decke war ein Hügel zu erkennen.

»Tang?«, flüsterte ich. Keine Antwort. »Tang, weißt du, wo Jasmine ist? Wir können sie nicht finden.« Immer noch keine Antwort. Ich trat stirnrunzelnd ins Zimmer, kniete mich neben das Bett und drückte auf den Hügel. Es war kein Roboter, sondern ein Haufen alter Schlafsäcke und Kissen, mit denen er seine Umrisse nachgebildet hatte. Von Tang selbst gab es keine Spur. Ich rannte nach unten.

»Tang ist auch nicht da!«

»Was?«

»Er ist nicht im Bett. Das sind nur Kissen unter der Decke, er ist verschwunden. Er ist schon wieder weggelaufen.« Ich wusste nicht, ob ich besorgt oder wütend sein sollte.

»Aber selbst wenn, klingt das überhaupt nicht nach Jasmine. Sie würde doch nicht weglaufen, oder?«

»Kommt drauf an, wie überzeugend Tang war. Vielleicht liegt ihr mehr an ihm, als wir dachten.«

»Wir geben ihnen eine Stunde. Er ist letztes Mal zurückgekommen, er kommt auch diesmal zurück. Ich bin mir sicher, dass es ihnen gutgeht.«

Nach fünf Stunden waren die Roboter immer noch nicht zurückgekehrt, und ich lief ruhelos im Wohnzimmer auf und ab.

»Wo sind sie nur?«

Amy seufzte. »Keine Ahnung. Ich gebe zu, ich hatte sie längst zurückerwartet.«

Ich kaute auf einem Fingernagel.

»Ich rufe Bryony an. Vielleicht kann sie sich um Bonnie kümmern, dann gehen wir sie suchen.«

Eine halbe Stunde später machten wir uns mit Taschenlampen auf den Weg, nachdem wir jeden Zentimeter des Hauses abgesucht hatten – sogar Bonnies Zimmer. Sie waren definitiv nicht da. Wir mussten einfach irgendetwas tun, während wir auf Bryony warteten. Sie hatte am Telefon erklärt, sie hätten nie solche Probleme mit ihren Robotern, wollte aber sofort herkommen. Als sie das Haus betrat, schüttelte sie den Kopf und verdrehte die Augen. Sie schien sich überhaupt keine Sorgen um unsere Roboter zu machen.

»Die tauchen schon wieder auf. Vermutlich amüsieren sie sich irgendwo.«

»Aber es ist eine stressige Zeit für sie, sie sind empfindlich. Sie können in diesem Zustand nicht klar denken.«

»Tang ist alles andere als empfindlich. Er ist durchaus in der Lage, jeden um seine Greifer zu wickeln, wenn er nur möchte.«

»Sie könnten in den Kanal fallen«, sagte ich.

»Welchen Kanal?«, fragte Bryony.

»Dann eben in den Fluss.«

Sie seufzte. »Ich glaube, ihr macht euch unnötige Sorgen. Es sind Kinder. Die machen so was. Wie oft haben unsere schon gedroht, von zu Hause wegzulaufen? Sie schaffen es bis zum Ende der Straße, dann wird ihnen kalt, und sie kommen zurück.«

»Das hat Amy letztes Mal auch gesagt. Aber diesmal ist es anders.«

»Letztes Mal?« Bryony zog die Augenbraue hoch.

»Bitte, du musst uns verstehen«, sagte Amy. »Bollinger könnte dahinterstecken.«

»Oh. Das hatte ich nicht bedacht. Dann mal los! Worauf wartet ihr?«

Wir suchten eine Stunde lang in einem Radius, der für Tangs kurze Beine realistisch erschien. Jasmine hätte es weiter geschafft, aber nicht mit ihm zusammen, und seine Rollschuhe standen in der Garage.

»Vielleicht haben sie den Bus genommen«, sagte Amy.

Ich nickte. »Möglich wäre es. Aber dann können sie überall ausgestiegen sein.«

»Vielleicht sind sie in Heathrow? Vielleicht wollte Tang Jasmine zeigen, wie er damals zu unserem Haus gelangt ist.«

»Das will ich nicht hoffen. Außerdem glaube ich nicht, dass er an sein altes Leben erinnert werden will. Nein, da sind sie garantiert nicht.«

»Was sollen wir machen?«

»Die Polizei rufen?« Der Gedanke machte mich nervös. Bestimmt müssten wir beweisen, dass uns die Roboter gehörten. Doch mir gingen die Ideen aus.

Amy wollte etwas sagen, doch bevor sie es aussprechen konnte, klingelte ihr Handy. Man nahm uns die Entscheidung ab.

Wir entdeckten sie auf einer Bank in der Eingangshalle des örtlichen Polizeireviers. Tang schaute zu Boden und zupfte an seinem Klebeband, während Jasmine noch langsamer als sonst auf und ab hüpfte, doch ihr rotes Lichtauge zuckte umher, als könnte man ihr Tang jeden Moment entreißen.

Beide drehten sich zu uns um, als der diensthabende Beamte uns durch die Sicherheitsschleuse geleitete, und während ich Jasmine nie hatte durchschauen können, las ich in Tangs Gesicht eine Mischung aus Erleichterung und Angst. Die hatte ich auch empfunden, doch nun wurde ich wütend.

»Was zum Teufel hast du dir dabei gedacht, Tang? Jasmine kennt sich nicht so gut aus wie du, sie ist weder Menschen noch öffentliche Verkehrsmittel gewöhnt. Wenn ihr nun von einem Bus angefahren worden wärt? Ihr hättet beide sterben können!«

Tang machte große Augen. Er rutschte von der Bank und schepperte schwankend zu mir herüber. Er schlang die Greifer um meine Beine und vergrub sein Gesicht an meiner Hüfte.

»Tut leid, Ben. Tut leid, Ben, ich denke ... ich dachte, ist gut, wenn Jasmine rauskommt. Wir haben Spaß, aber ich denke nicht. Ben nicht wütend sein. Bitte Ben nicht.«

Natürlich schmolz mein Zorn dahin und verwandelte sich in eine Pfütze der Dankbarkeit. Tang war in Sicherheit. Beide waren in Sicherheit. Ich löste seine Arme von meinen Beinen, kniete mich vor ihn und legte ihm die Hände auf die Schultern.

»Es ist gut, Tang«, setzte ich an, und bemühte mich, ruhig zu klingen. »Es tut mir leid, dass ich dich angeschrien habe. Aber du musst auch daran nachdenken, wie sich andere Leute fühlen, wenn du etwas tust. Stell dir mal vor, Bonnie wäre einfach so verschwunden. Wie würdest du dich dann fühlen?« Es war eine rhetorische Frage, aber er antwortete trotzdem.

»Würde mich schlecht fühlen. Hätte Angst um Bonniiee.« Seine Augenlider hoben sich. »Will nicht, dass wieder passiert. Sage Ben, wohin wir gehen. Oder Amy. Oder Bon-niee.«

Ich lächelte. »Lieber nicht Bonnie, sie kann es uns noch nicht erklären, aber der Gedanke ist auf jeden Fall richtig.« Tang lächelte und wackelte ein bisschen hin und her. »Moment mal … warum wackelst du? Geht es dir gut? Was ist los?«

Der Polizeibeamte hinter mir räusperte sich. »Ich glaube, die Frage kann ich beantworten.«

»O Gott, wo haben Sie sie gefunden?«, fragte Amy, die schon weitergedacht hatte.

»An einer Tankstelle …«, begann er zögernd.

»Bitte weiter.« Ich schaute von dem Polizeibeamten zu Tang, der schuldbewusst von einem Fuß auf den anderen trat.

»Sie standen neben einer Zapfsäule. Dieser da«, er deutete auf Jasmine, »hielt den Zapfhahn, und dieser da, der eckige, lag auf dem Boden. Das Diesel sickerte in das, was ich für seinen Mund halte.«

Ich wusste nicht recht, ob ich lachen oder toben sollte. Na ja, ich wusste, was richtig gewesen wäre, aber die Vorstellung, dass Tang und Jasmine einen Zug durch die Gemeinde gemacht und Diesel aus einer Zapfsäule getrunken hatten, war einfach zu komisch. Amy bemerkte meine Belustigung, zog mich auf die Füße und schob mich hinter sich.

»Ben, das hier erledige ich«, verkündete sie.

Auf dem Heimweg sagten wir nicht viel. Die beiden Roboter befanden sich im Höllenstadium zwischen betrunken und verkatert. Amy fuhr, und ich drehte mich dann und wann zu ihnen um. Jasmine schwebte ausnahmsweise nicht, sondern lehnte angeschnallt in ihrem Sitz. Tang lag wie ein Seestern da, alle viere von sich gestreckt, ebenfalls angeschnallt, ein Auge halbgeschlossen, und gab ein leises Ticken von sich. Ich kannte das Geräusch. So hörte er sich an, wenn er einen über den Durst getrunken hatte und eingeschlafen war. Ich brauchte mir um die beiden keine Sorgen zu machen.

Wir beschlossen, Tang auf dem Rücksitz seinen Rausch ausschlafen zu lassen, aber ließen Jasmine hinaus, die erst zögerte, bevor sie sich aus dem Auto bewegte.

»Ben, Amy?« Wir drehten uns um und sahen Jasmine leicht auf und ab schweben. Ihr rotes Licht bewegte sich schnell, aber in einem sehr engen Winkel. Sie schien nervös zu sein.

»Ja, Jasmine, was ist los?« Als sie nicht antwortete, fügte ich hinzu: »Komm mal her, du brauchst nicht so schüchtern zu sein.«

Sie schwebte vor uns.

»Geht es dir gut?«, wollte Amy wissen.

»Ich … ich … nein. Nicht so richtig.«

»Was ist denn?«

»Ich möchte sagen, dass es mir leid tut, was mit Tang und mir passiert ist. Wir hätten nicht einfach weggehen sollen. Ich weiß nicht, warum wir das getan haben. Ich hatte … ich hatte Spaß mit ihm. Ich glaube, das ist das richtige Wort, sicher bin ich mir aber nicht. Jedenfalls tut es mir leid.«

»Schon gut, Jasmine, danke für die Entschuldigung.«

Sie bewegte sich nicht. Offenbar war da noch etwas anderes.

»Es gefällt mir. Ich bin gerne hier. Ihr seid eine nette Familie.«

»Danke«, sagten Amy und ich wie aus einem Mund.

»Nein, ihr versteht mich nicht. Ich bin gerne hier. Ich will nicht weg.«

Ich setzte mich aufrecht hin. »Weg? Warum willst du weg?«

»Darum geht es ja gerade. Ich will es nicht. Aber … aber ich glaube, dass ihr mich vielleicht wegschickt.«

»Wieso?«

»Weil ich eurer Familie Probleme bereitet habe. Ihr wart nett und habt versucht, mich als etwas anderes als Bollingers Spion zu betrachten. Aber ich habe Tang in Gefahr gebracht und euch wieder weh getan. Da scheint mir ein Szenario, in dem ihr mich wegschicken wollt, unvermeidlich.«

»Hör mal, Jasmine«, sagte Amy, schloss die Haustür auf, drehte sich zu Jasmine um und kauerte sich vor sie hin. »Wie wäre es mit einem Szenario, in dem es uns nicht im Traum einfällt, dich wegzuschicken, weil wir dich auch gerne bei uns haben? Wie wäre es, wenn wir dich für einen netten Roboter hielten, so wie du uns für eine nette Familie hältst? Tang mag dich, und du bist eine tolle Ergänzung unserer Familie. Außerdem hast du unsere verlorene Tochter im Zoo wiedergefunden. Wir können dir gar nicht sagen, wie dankbar wir dir allein dafür sind.«

Jasmines Licht blieb an Amy hängen und verharrte eine Minute auf ihr, als wollte sie ergründen, ob sie ihr trauen konnte. Möglicherweise besaß sie einen eingebauten Lügendetektor, aber ich wusste, dass Amy es ehrlich meinte.

»Wirklich?«, fragte Jasmine schließlich.

»Wirklich.«

»Danke. Dann macht euch einen schönen Abend. Ihr scheint sehr glücklich miteinander zu sein. Ich möchte euch nicht länger als nötig stören.« Mit diesen Worten schwebte sie durch die Haustür und nach oben in ihr Zimmer.

Ich meinte, Amy erröten zu sehen, bevor sie sich abwandte und räusperte. »Ich möchte wirklich, dass sie bei uns bleibt.«

»Ich weiß. Ich auch.«

»Aber du weißt, was das bedeutet?«

»Was meinst du?«

»Es bedeutet, dass wir zwei geklaute Roboter statt nur einen haben. Und wir haben sie demselben Mann geklaut.«

»Aber sie sendet nicht mehr an ihn. Vielleicht findet er uns gar nicht.«

»Und wenn doch? Wir haben schon versucht, eine Lizenz für Tang zu bekommen, und mit Jasmine dürften wir das gleiche Problem haben. Wir können sie nicht einfach behalten.«

»Was ist mit deinem Präzedenzfall? Würde der nicht auch für sie gelten?«

»Keine Ahnung. Vermutlich nicht. Wir können nicht beweisen, dass Bollinger sie schlecht behandelt hat, das müsste sie schon selbst aussagen. Und selbst dann wäre es riskant. Tang befand sich in einem schrecklichen Zustand, als er bei uns auftauchte, und sein Verhalten zeugt bis heute davon, dass Bollinger ihn schlecht behandelt hat. Doch Jasmine hat er einfach gebaut und hierhergeschickt. Vermutlich könnten wir behaupten, dass er sie aus reiner Grausamkeit gebaut hat, aber das ist nicht das Gleiche. Wir haben ihr gesagt, dass sie bei uns bleiben kann, aber das war möglicherweise eine unbeabsichtigte Lüge. Vielleicht müssen wir sie an Bollinger übergeben.«

Ich nickte. Sie hatte recht. Aber es war unfair, dass wir gerade jetzt darüber nachdenken sollten.

»Lass uns das in Angriff nehmen, wenn – falls – es so weit kommt. Bald ist Weihnachten, wir sollten versuchen, das angemessen zu feiern.«

28

Weihnachtsbeleuchtung

Dann stand Weihnachten vor der Tür, und ich fuhr mit Tang los, um einen Weihnachtsbaum zu kaufen. Auch diesmal entschied er sich für das hässliche Entlein, genau wie bei dem Erdmännchen. Dem Baum fehlten an einer Seite alle Zweige, und die Spitze war völlig schief.

»Muss es wirklich dieser sein?«

»Ja. Nimmt kein anderer. Hat sonst schlimme Weihnachten.«

Ich brachte es nicht übers Herz, ihm den Baum auszureden, und so kauften wir ihn und befestigten ihn oben auf dem Auto.

»Was zum Teufel ist das?«, wollte Amy wissen, als ich das jämmerliche Gewächs ins Haus schleppte.

»Das ist unser Weihnachtsbaum. Tang hat ihn ausgesucht.«

Amy verdrehte die Augen. »Hätte ich mir denken können.«

Sie zog die Pulloverärmel über die Hände, um sich vor den Nadeln zu schützen, und half mir, den Baum richtig aufzustellen. Tang stürzte sich sofort auf die Kiste mit dem Christbaumschmuck und schreckte dabei eine gewaltige Spinne auf, worauf wir beide loskreischten. Jasmine schwebte rasch herbei und röstete das arme Ding binnen einer Millisekunde zu einer schwarzen Kugel. Ein cooler Trick, wenn auch ein wenig übertrieben. Ich wollte gerade etwas sagen, doch Jasmine kam mir zuvor.

»Tut mir leid. Das war vielleicht ein bisschen zu viel des Guten. Mein Instinkt befiehlt mir, alles zu eliminieren, was euch bedroht, und du und Tang schient euch bedroht zu fühlen.«

»Schon gut, Jasmine. Lass sie nächstes Mal einfach laufen.«

»Oder hau mit dem Pantoffel drauf«, sagte Amy und zog eine verwickelte Lichterkette aus der Kiste.

»Das ist nicht sehr hilfreich.«

»Entschuldigung. Hier, nimm mal.« Sie reichte mir ein Ende der Kette und fing an, sie aufzudröseln. Pompom schlug mit der Pfote nach einer winzigen Glühbirne, umklammerte das Kabel und schwang daran hin und her, während wir die Kette entwirrten.

»Die Lichter mochte ich immer am liebsten«, sagte Amy.

»Die Lichter am Weihnachtsbaum?«

»Nicht nur die am Baum, alle. Im Haus, in der Stadt, überall. Mein Opa ist in jedem Dezember mit mir zur Oxford Street gefahren, um die Weihnachtsbeleuchtung anzusehen. Wir haben eine Stadtrundfahrt in einem offenen Doppeldeckerbus gemacht, weil man sie von da aus am besten sehen kann.«

»Das klingt sehr schön. Hast du mir noch nie erzählt.«

Sie zuckte mit den Schultern.

»Weil ich dann unweigerlich über meine Eltern hätte

reden müssen.« Amy sprach ungern über ihre Familie, aber sie hatte erwähnt, dass sie viel Zeit bei ihren Großeltern verbracht hatte. Sie waren gestorben, als Amy Anfang zwanzig war. Die Sache mit der Weihnachtsbeleuchtung war die erste schöne Geschichte, die sie je über ihre Familie erzählt hatte.

»Vielleicht sollten wir mit den Kindern hinfahren«, sagte ich spontan und bereute es sofort, weil ich ihr nicht weh tun wollte.

Doch Amy strahlte. »Das ist eine schöne Idee. Wir müssen Bonnie natürlich warm einpacken. Ich kann mich gut erinnern, dass es in dem offenen Bus immer schweinekalt und ich nie warm genug angezogen war.«

Sie wirkte nervös, also ließ ich sie einfach reden. »Ich glaube, den Robotern wird es auch gefallen. Kannst du dir den hier in einem offenen Doppeldecker vorstellen, wie er sich die Lichter ansieht?« Sie nickte zu Tang hinüber.

Ich konnte es mir sehr wohl vorstellen und fragte mich sofort, ob es wirklich eine gute Idee wäre. Es gibt keine Laufgeschirre für Roboter, und ich befürchtete, dass er sich zu weit hinauslehnen und auf die Straße fallen würde.

»Aber wir sollten dafür sorgen, dass er am Gang sitzt.«

Tang sorgte dafür, dass ich am Gang saß. Er wollte sich unbedingt hinausbeugen und auf die Straße hinuntersehen und ließ sich durch keine Warnung davon abbringen. Meine Sorgen waren unnötig, da er sich mit einem Greifer an die Haltestange klammerte und mit dem anderen meine Jacke und Arme umfasste, als hinge sein Leben davon ab.

Auch Bonnie klammerte sich fest. Nach dem Zwischenfall im Zoo ließen wir sie ungern aus den Augen und zogen ihr, wann immer wir mit ihr nach draußen gingen, ein Laufgeschirr an. Amys Krabbelgruppe war dagegen gewesen, weil es die Freiheit des Kindes angeblich einschränkte. Nachdem sie die Zoogeschichte gehört hatten, änderten die Mütter ihre Meinung.

Jasmine hüpfte lesend neben Amy und Bonnie auf und ab, da sie sich nicht für die Weihnachtsbeleuchtung interessierte, schien aber Tangs Freude zu genießen. Ihr rotes Licht schimmerte, wann immer sie ihn ansah, was ziemlich oft vorkam, aber nur, wenn sie sich unbeobachtet fühlte.

Wir hatten Riesenspaß. Die anderen Fahrgäste waren anfangs misstrauisch, doch nachdem sie gesehen hatten, wie begeistert Tang und wie niedlich unsere warm verpackte Tochter war, wurden sie freundlicher. Ich glaube, wir erwiesen uns als zusätzliche Attraktion.

Danach fuhren wir mit dem Zug nach Hause. Erst als ich durch die Haustür trat und die schlafende Bonnie ins Bett trug, wurde mir klar, wie angespannt ich die ganze Zeit gewesen war. Bei uns kam es selten vor, dass ein Ausflug nicht in einer Katastrophe endete. Ich küsste Bonnie, schaltete das Licht aus und sagte mir, dass ich vielleicht einfach nur dankbar sein sollte.

Der erfolgreiche Ausflug in die Stadt hatte Amy in weihnachtliche Urlaubsstimmung versetzt. Jetzt googelte sie Skiurlaube für unsere ungewöhnliche Familie. Im Grunde hatte ich nichts gegen einen Skiurlaub, hegte aber gewisse Bedenken.

»Was ist mit den Katzen?«

»Bryony hat gesagt, sie und Mr Parkes können sich um sie kümmern.«

Natürlich hatte Amy meine Schwester schon gefragt. Aber es ging nicht nur um die Katzen. Ich hatte auch Bedenken wegen des Fluges.

»Glaub mir, es war schwer genug, Tang in ein Flugzeug zu bekommen, aber zwei Roboter und ein Kleinkind? Das heißt, falls wir Jasmine mitnehmen wollen. Und auch ohne sie wäre es kompliziert genug.«

»Natürlich nehmen wir Jasmine mit.«

»Möchte sie das? Hast du schon gefragt?«

»Sie sagt, sie möchte gerne mitkommen, solange sie nicht Skilaufen muss. Und Bücher mitbringen kann.«

Ich schüttelte den Kopf. »Gott im Himmel, man sollte meinen, dass dies nun wirklich der richtige Zeitpunkt für E-Books wäre, oder?«

»Ich habe es schon versucht. Sie hat mich angefunkelt und gesagt, sie verstünde nicht, was ich meine.«

»Sie gibt sich gern ignorant, wenn es ihr in den Kram passt.«

»Sie kann ein paar Taschenbücher mitnehmen. Wir haben so viel Zeug für Bonnie, dass sie gar nicht ins Gewicht fallen.«

»Genau darum geht es – Bonnies ganzes Zeug. Der Flug wird die Hölle, vor allem, wenn wir unsere eigenen Ski mitnehmen wollen.«

»Willst du damit sagen, wir sollen es bleiben lassen?«

»Ganz und gar nicht. Wir sollten uns nur gut überlegen, wohin wir wollen und wie wir hinkommen.«

Amy schaute mich argwöhnisch an. Sie ahnte, dass ich bereits einen Plan hatte.

»Was schlägst du vor?«

»Ich finde, wir sollten nicht so weit wegfahren. Und das Auto nehmen.«

Sie überlegte. »Es passt trotzdem nicht alles rein.«

»Dann mieten wir eben einen Van, einen Siebensitzer mit großem Kofferraum und Dachgepäckträger.«

Sie dachte nach und nickte dann.

»Na schön. Damit wäre das Problem gelöst. Woran hattest du gedacht?«

»Schottland.«

»Schottland?«

»Ja. Man kann mit dem Auto hinfahren und toll Skilaufen, das habe ich jedenfalls gehört.«

Amy verzog das Gesicht. Anscheinend fiel es ihr schwer, ihre Vorstellung von einem Skiurlaub mit Schottland in Einklang zu bringen. Sie dachte wohl eher an Alpengipfel und Grappa. Aber wir hatten zwei Roboter und ein Kind, da war Schottland einfach naheliegender.

»Okay«, sagte sie schließlich. »Aber ich will eine Blockhütte, ein Fell vor dem Kamin, eine Menge Whisky und vielleicht auch ein Hausmädchen.«

Und da war sie wieder, meine alte Amy. Die offenherzige Amy, in die ich mich verliebt hatte, die nicht davor zurückscheute, klar und deutlich zu sagen, was sie wollte.

29

Unterwegs

Tang war überglücklich, als er erfuhr, dass wir ein Auto mieten und damit in Urlaub fahren würden, doch als ich mit einer Art Minibus auftauchte, war er sichtlich enttäuscht. Anscheinend hatte er geglaubt, alle Mietwagen seien so cool wie der Dodge, den wir in Amerika gefahren hatten. Damals war er hin und weg gewesen, was seine Enttäuschung erklärte.

»Wo ist Dodge?«

»Wir können keinen Dodge mieten, um damit in Urlaub zu fahren, der wäre viel zu unpraktisch.«

»Wieso?«

»Weil wir und das Gepäck nicht reinpassen, darum.«

»Oh.«

Während wir mit Koffern, Kühltaschen, Skiern, Jacken und Spielzeug hin und her liefen, grummelte Tang die ganze Zeit etwas von wegen langweiligem Mietwagen. Schließlich platzte mir der Kragen, und ich schickte ihn fernsehen.

Auch unterwegs war er ziemlich nervig.

»Wann sind da?«, fragte er schätzungsweise zum fünfundsiebzigsten Mal.

»Noch nicht«, antworteten Amy und ich wie aus einem Mund.

»Wo sind jetzt?«

»Wo sind *wir* jetzt.«

»Wo sind wir jetzt?«

»Preston«, erwiderte Amy und deutete auf ein vorbeisausendes Verkehrsschild.

»Preston? Dann haben wir ja noch nicht mal die Hälfte geschafft«, sagte ich.

Sie zuckte mit den Schultern. »Du wolltest ja mit dem Auto fahren.«

Ich sagte erst mal nichts. Irgendwann drang ein schrecklicher Geruch vom Rücksitz nach vorn. Amy und ich schauten uns an.

»Ben. Ben. Ben. Ben. Ben.«

»Was ist, Tang?«

»Bon-niiee wieder schlecht geworden.«

Die Sonne war längst hinter den Bergen untergegangen, als wir am Loch Lomond vorbeifuhren. Niemandem war nach Konversation zumute.

»Es ist nicht mehr weit«, sagte ich, um die anderen aufzumuntern. Ich ignorierte das Navi, laut dem wir noch weitere eineinhalb Stunden brauchen würden. »Ooh, vier Grad«, fügte ich hinzu, »ein bisschen frisch in den Trossachs.«

»Halt die Klappe, Ben.«

Die übrige Fahrt verlief schweigsam bis auf einen empörten Aufschrei von Bonnie, die gelangweilt vor sich hin gedöst hatte und ohne Schnuller aufwachte, worauf sich die Roboter sofort auf die Suche machten. Amy war der Ansicht, dass unsere Tochter zu alt für diese Schlafhilfe sei, doch auf dieser Fahrt würde sie ihr den Schnuller wohl kaum abgewöhnen.

Im Skigebiet war eine Menge Schnee gefallen, und ich wollte schon etwas darüber sagen, machte den Mund aber wieder zu. Die Insassen des Wagens schienen jegliche Äußerung meinerseits als aufreizend zu empfinden. Als wir vor dem Empfangsgebäude hielten, wies ich alle an, im Wagen zu warten, während ich die Schlüssel holte. Ich stieg aus und marschierte hinein, bevor mir jemand widersprechen konnte.

Ich hatte ein Ferienhaus mit Zimmerservice gefunden, nur für uns und in der Nähe der Skipiste, da ich jegliche Schwierigkeiten mit den Robotern und anderen Menschen vermeiden wollte.

Das Wohnzimmer befand sich in der Mitte des Hauses und war als Atrium angelegt, von dem Türen zur Küche und den Zimmern abgingen. Amy rannte wie ein kleines Mädchen umher, um sich das schönste Zimmer auszusuchen. Ich war recht zufrieden mit mir, da Amy nicht geglaubt hatte, dass es in Schottland Ferienhäuser mit Zimmerservice gab. Ich hatte ihr gesagt, sie solle kein Snob sein, es gebe noch andere Skiorte außer Chamonix. Zu meiner großen Freude hatte ich recht behalten.

»O mein Gott, Ben, sieh dir das an!«, hörte ich Amy von irgendwoher rufen. Ich setzte Bonnie auf das falsche Bärenfell vor dem Kamin. Sie vergrub die Finger darin, ließ sich auf den Bauch fallen und kaute auf der Nase des Bären. Tang und Jasmine schepperten und schwebten durchs Ferienhaus und inspizierten die übrigen Schlafzimmer.

Amy lag, alle viere von sich gestreckt, auf dem gewaltigsten Bett, das ich je gesehen hatte.

»Das ist mein Zimmer«, verkündete sie.

»Okay!«, sagte ich ein wenig verlegen und verdrängte die Erinnerung an Zeiten, in denen wir ein Zimmer geteilt hatte. Ich deutete mit dem Daumen über die Schulter und sagte, ich wolle mal nach Bonnie sehen. »Bevor sie den ganzen Teppich aufisst, haha.«

Amy stützte sich auf die Ellbogen und lächelte. »Ich komme gleich nach.«

Da ertönten ein lauter Krach und ein Jaulen aus dem Nebenzimmer, gefolgt von Jasmines Stimme, die »Ähm, Ben, Amy? Ihr solltet jetzt bitte mal kommen« rief.

Tang lag auf der Seite, Bonnie saß weinend neben ihm. Er strampelte mit den Beinen und wollte sich aufrichten, während Jasmine danebenschwebte und auf Hilfe wartete. Neben den dreien lag eine zerbrochene Vase.

»Was ist passiert?« Ich stützte die Hände in die Hüften.

Amy ging zu Tang und half ihm auf, worauf er auf Bonnie deutete.

»Sie war es.«

»Sie war was?«

Tang schwieg. Er hatte wohl spontan die Schuld auf Bonnie geschoben, ohne lange nachzudenken.

Sie hatte aufgehört zu weinen und sah mich aus weit aufgerissenen Augen an, wohl wissend, dass Väter eine Schwäche für die großen Augen ihrer Töchter haben. Aber Bonnie sah mir dann doch ein wenig zu unschuldig drein.

Also wandte ich mich an Jasmine. »Was ist passiert?«

Ihr Licht schwenkte von Tang zu Bonnie zu mir und wieder zurück zu Tang.

»Ich … ich weiß nicht, wer schuld ist.«

»Ich habe nicht nach Schuld gefragt, ich will nur wissen, was passiert ist.«

Jasmines Lichtstrahl senkte sich auf den Boden und zuckte leicht. Sie war hin- und hergerissen zwischen ihrer Loyalität gegenüber Tang und der Vorstellung, mich anzulügen.

»Es tut mir leid, Tang. Ich muss Ben die Wahrheit sagen.«

Er stampfte mit dem Fuß auf. »Nein, nein, nein, nein, nein! Unfair! Jasmine, bist meine Freundin.«

»Schscht«, sagte Amy, »du darfst sie nicht erpressen. Das ist unfair.«

Er stampfte erneut mit dem Fuß auf, ließ sich zu Boden fallen und begann, an seinem Klebeband zu zupfen.

»Nur zu, Jasmine.«

»Ich war in meinem Zimmer – dem da«, sie deutete mit dem Kleiderbügel auf eine Tür. »Dann wollte ich zu Bonnie und Tang und habe gesehen, wie Tang nach der Vase gegriffen hat. Und Bonnie hat sich an Tang hochgezogen. Da hat er das Gleichgewicht verloren. Sie sind hingefallen.«

»Tang, weshalb wolltest du dir die Vase nehmen?«, fragte Amy.

»Wollte nicht. Bon-niiee wollte.«

Leider konnte ich Bonnie nicht dieselbe Frage stellen, aber das war auch nicht nötig. Es war wohl schlicht und einfach ein Unglück passiert. Tang hätte es vielleicht besser wissen müssen, wollte Bonnie aber eine Freude machen, die es nicht besser wissen konnte. Es hatte keinen Sinn, einem von ihnen die Schuld zu geben. Ich fuhr mir durch die Haare. »So viel zu unserer Kaution.«

»Ach, keine Sorge«, sagte Amy, »es war ja keine Mingvase.«

»Stimmt auch wieder. Also, macht euch keine Sorgen, verzieht euch einfach. Amy und ich räumen die Scherben weg, sonst tut sich noch jemand weh. Tang, du kannst Jasmine und Bonnie mal dein Zimmer zeigen.«

»Wieso?«

»Ich habe doch gesagt, wir müssen hier in Ruhe aufräumen.«

»Oh. Können auch in Küche gehen?«

»Hm, ja, wie ihr wollt. Geht einfach nur irgendwohin.«

Tang streckte Bonnie zufrieden den Greifer hin, die sich diesmal problemlos daran hochzog. Er schepperte mit ihr in die Küche, wobei er Jasmine böse über die Schulter ansah, was ich nicht ganz fair fand.

»Na komm«, sagte er dann großmütig, als hätte er ihr den Verrat schon verziehen.

»Tut mir leid, dass ich dich angeblafft habe«, sagte Amy, als wir abends mit einem Scotch auf dem Sofa vor dem Kamin saßen. Unsere Schutzbefohlenen waren im Bett. Amy trug eine blaue Jogginghose, ein passendes Hoodie und dicke Socken. Sie sah lässig und hinreißend zugleich aus. Ich legte die Füße auf den Couchtisch, und sie rutschte ein Stück herunter und legte ihre Beine quer über meine. Das alles lenkte mich so ab, dass ich sie bitten musste, ihre Worte zu wiederholen.

»Ich habe dich vorhin angeblafft und wollte mich dafür entschuldigen.«

»Wann?«

»Im Auto.«

»Ach so. Vermutlich hatte ich es verdient. Wir hätten fliegen oder mit dem Zug fahren sollen. Es tut mir auch leid.«

»Ich glaube, Reisen ist einfach kompliziert, wenn man mit zwei Robotern und einem Kleinkind unterwegs ist. Vermutlich hätten wir so oder so die Geduld verloren. Jedenfalls wollte ich mich entschuldigen.«

Ich tat es mit einer Handbewegung ab und trank einen Schluck Whisky. Amy lächelte.

»Und es ändert nichts an der Tatsache, dass wir eine Menge geschafft haben. Überleg mal, wie es vor einem Jahr mit uns aussah.«

»Da hast du recht. Wir haben es gut hinbekommen, was?«

»Und wie.« Sie beugte sich zu mir und hob ihr Glas. »Cheers. Darauf, dass wir es hinbekommen haben.«

»Darauf, dass wir es hinbekommen haben«, wiederholte ich. Ich wollte mit ihr anstoßen, stattdessen berührten sich unsere Finger. Ein Schauer lief durch meinen ganzen Arm. Amy hustete und wandte sich wieder zum Kaminfeuer. Aber ich fand, dass sie mich ein bisschen länger angesehen hatte als üblich.

»Ben?«

»Hmm?«

»Weißt du, was für mich am schlimmsten war, nachdem wir uns getrennt hatten?«

»Dass ich in einem Wutanfall unseren Jahrestagschampagner getrunken habe?«

Sie lächelte. »Nein, obwohl ich deswegen ganz schön sauer war.«

»Was denn dann?«

»Dass du so schnell deinen Ehering abgelegt hast.«

»Aber du hattest mich verlassen.«

»Ich weiß, ich weiß. Aber ich habe meinen noch ewig lange getragen, und selbst danach fühlte es sich ganz komisch an.«

»Woher weißt du, wann ich meinen abgelegt habe?«

»Bryony hat ihn in der Besteckschublade gefunden, nachdem du verschwunden warst. Sie brauchte einen Teelöffel.«

»Oh.«

Dazu muss ich sagen, dass ich von dem erwähnten Champagner völlig betrunken war und mich in Gegenwart eines Roboters in einen Wutanfall gesteigert hatte, worauf ich den Ring achtlos in die Besteckschublade geworfen hatte. Ich bin nicht stolz darauf, aber damals kam es mir richtig vor. Später fand ich ihn wieder und wusste nicht, was ich damit anfangen sollte. Amy war mit Roger zusammen, und mir war nicht danach gewesen, ihn zu tragen. Also hatte ich ihn zusammen mit meinem Reisepass in eine Dose gelegt und in meiner Sockenschublade verstaut. Da lag er wohl noch immer.

»Glaub nicht, ich hätte ihn nicht vermisst«, sagte ich

schließlich. »Aber, Moment mal, wieso hat Bryony bei mir im Haus nach einem Teelöffel gesucht?«

»Wir hatten keine Ahnung, was aus dir geworden war. Also haben wir uns Mut gemacht, indem wir Zeit im Haus verbracht haben. Und dabei trinken Leute eben Tee.«

»Oh.«

Sie sah mich verlegen an.

»Ben, ich muss dich einfach danach fragen … hast du den Ring abgenommen, damit du auf deiner Reise mit anderen Frauen schlafen konntest?«

»Nein!«, sagte ich ein bisschen zu schnell und spürte Mikrosekunden später, wie mein ganzes Gesicht und mein Hals rot anliefen. Der Fairness halber muss ich sagen, dass ich den Ring *nicht deswegen* abgenommen hatte. Und es tut nichts zur Sache, dass die Frau, mit der ich damals geschlafen hatte, sein Fehlen bemerkte.

Ich hatte die kurze Affäre mit Lizzie Katz aus Houston, Texas (ihres Zeichens die große Liebe von Kato Aubergine), nie erwähnt und bewegte mich daher auf gefährlichem Terrain. Ich musste aufpassen, sonst würde Amy …

»Ich habe mit Lizzie geschlafen!« Meine Stimme hatte jegliche Verbindung zu meinem Gehirn verloren, sie schien von einem völlig anderen Menschen zu kommen. Einem Menschen, der ein Vollidiot war und keine Ahnung hatte, was gut für ihn war.

Amy machte große Augen, sie war wohl ebenso überrascht wie ich.

Mein rationales Selbst saß mit verschränkten Armen neben ihr und sah mich kopfschüttelnd an. Ich hatte Scheiße gebaut. Also platzte ich noch einmal heraus: »Es war keine Absicht, es ist einfach passiert! Du darfst mich nicht deswegen verurteilen!«

Amys Augen wurden noch größer, und sie trank einen Schluck Scotch. »Ich verurteile dich nicht«, sagte sie ruhig. »Ich wäre eine schreckliche Heuchlerin, wenn ich dir einen One-Night-Stand vorwerfen würde. Ich habe mich nur gefragt, ob du es von Anfang an geplant hattest.«

»Das hatte ich nicht.«

»Das weiß ich jetzt.«

»Wieso?«

Amy lächelte verhalten. »Weil du ein schlechtes Gewissen hast, selbst jetzt noch. Hattest du alle Hoffnung, wieder mit mir zusammenzukommen, aufgegeben?«

Aha, dachte ich, clever.

»Hattest du das, Ben?«

Ich schluckte, meine Kehle war plötzlich trocken.

»Was meinst du?«, stieß ich hervor, um Zeit zu gewinnen.

»Hast du alle Hoffnung, wieder mit mir zusammenzukommen, aufgegeben?«

Ich wusste nicht, was ich sagen sollte. Einerseits wollte ich mich ihr zu Füßen werfen und beteuern, dass ich nie die Hoffnung aufgeben würde, dass sie mich eines Tages wieder so lieben könnte wie früher. Andererseits stand eine Menge auf dem Spiel, und wir wussten nicht, ob es funktionieren würde.

Angenommen, wir wären wieder zusammen. Möglichkeit eins: Sie gelangte zu dem Schluss, dass ich letztlich doch der Verlierer war, für den sie mich damals gehalten hatte, und verließ mich erneut. Dann würde ich wieder verletzt und Bonnie auch. Möglichkeit zwei: Ich würde wegen Diebstahls der Roboter verhaftet und ins Gefängnis geworfen. Auch keine schöne Aussicht.

Also tat ich das Nächstbeste. Ich lief weg.

»Ich … tut mir leid. Ich … muss mal … nachdenken. Keine Ahnung.« Ich stand auf und wich zurück, stolperte über das Bärenfell und konnte mich gerade noch fangen. »Gute Nacht. Morgen früh gehen wir mit Tang Skilaufen, okay?«

Dann suchte ich Zuflucht in meinem Zimmer.

30

Draußen

»Warum soll ich machen?«, fragte Tang skeptisch. Er war schon einmal im Schnee gewesen, und es hatte ihm nicht besonders gefallen. Extreme Temperaturen waren nicht sein Ding, weshalb es auch nicht ganz logisch gewesen war, mit einem Kleinkind, das gerade laufen konnte, einem Roboter, der nur schwebte, und einem, der keinen Schnee mochte, in Skiurlaub zu fahren. Vielleicht hatten Amy und ich einfach mal etwas nur für uns getan.

Vielleicht hatten wir ausnahmsweise nicht an die anderen gedacht und uns für etwas entschieden, an dem wir selbst Freude hatten. Wir hatten schöne Skiurlaube miteinander verbracht und wollten womöglich eine Situation heraufbeschwören, in der wir zusammen und glücklich gewesen waren. Vielleicht wollten wir sehen, ob unser altes und neues Leben zueinanderpassten.

Was immer der geheime Plan gewesen sein mochte, Tatsache war, dass der einzige Schutzbefohlene, der auch nur entfernt die Voraussetzung zum Skilaufen besaß, überhaupt nicht daran interessiert war. Amy war mit Bonnie im Haus, nachdem die Kleine eine halbe Stunde, dick verpackt wie ein Astronaut, draußen umhergewatschelt war und sich sichtlich unwohl gefühlt hatte. Irgendwann hatte sie sich hingesetzt und angefangen, Schnee zu essen.

Jasmine war bis zur Tür geschwebt, hatte mit dem roten Licht über die weiße Landschaft und den Himmel gestrichen und dann beschlossen, dass sie nicht daran interessiert war. Sie tischte uns höflich irgendeinen Unsinn über ihre Schaltkreise auf, die nicht für Temperaturen unter minus fünfzehn Grad geschaffen seien, und verzog sich wieder ins Haus. Dann holte sie sich ein Taschenbuch und schwebte in den Sessel, der unmittelbar neben dem Kamin stand. Von wegen Schaltkreise.

So viel Taktgefühl konnte man von Tang nicht erwarten.

»Will nicht raus. Sieht kalt aus.«

»Es ist auch kalt, darum geht es ja. In den Tropen gibt es dafür keinen Schnee.«

»Will auch keine Tropen.«

»Das weiß ich doch. Ich wollte nur … es war … ach egal. Komm schon, es wird lustig.«

»Wieso?«

Wir führten diese Diskussion jetzt schon den dritten Winter in Folge. Letztes Jahr hatte Tang sich rundheraus geweigert, nach draußen zu gehen, dabei waren nur ein paar Flocken gefallen, die nach einer Nanosekunde tauten. Diesmal sah er jedoch richtigen Schnee in rauen Mengen, und ich dachte mir, dass er vielleicht mit der Zeit Gefallen daran finden würde. Probieren ging über studieren.

Das sagte ich ihm auch.

»Aber alle anderen sind drinnen …«

»Amy möchte aber eigentlich nicht drinnen sein, oder?«

»Nein. Ich bin nur hier, weil Bonnie noch zu klein ist, um länger draußen zu bleiben. Ich würde lieber Skilaufen.«

»Warum machen nicht Ben und Amy Skilaufen, und ich sehe nach Bonnie?«

Erwischt. Eigentlich gab es keinen Grund, das Angebot abzulehnen – bis auf die Tatsache, dass ich mit Tang ein bisschen Spaß im Schnee haben wollte. Es widerstrebte mir auch, zwei Roboter und ein Kleinkind in einem fremden Haus in einer fremden Umgebung allein zu lassen.

»Hör mal, wenn wir jetzt Skilaufen gehen, kannst du nachher ein schönes warmes Diesel trinken. Wie wär's?«

Das gab den Ausschlag.

»Komm, Ben, gehen jetzt. Schnell gehen, dann schneller Diesel trinken.« Er bewegte sich zur Tür. Amy hauchte »warmes Diesel?«, doch ich schüttelte den Kopf. Ich hatte keine Ahnung, wie man Diesel erwärmen konnte, ohne dass es gasförmig wurde, aber es war einen Versuch wert. Elternsein bestand zur Hälfte daraus, sich Sorgen zu machen, und zur anderen aus Bestechung. Zumindest, wenn es um Tang ging. Ich hingegen betrachtete es als Geben und Nehmen. Ein Belohnungssystem, wenn man so wollte.

»Stell dir vor, du hättest Rollschuhe an«, sagte ich zu Tang, als er versuchte, durch den Schnee zu stapfen. Wir hatten uns erst ein paar Schritte vom Haus entfernt, etwa so weit, wie wir am Vortag vom Auto bis zur Haustür gegangen waren, doch da hatte ihn wohl die Freude über das Ende der langen Fahrt abgelenkt.

Er funkelte mich an, als ich die Rollschuhe erwähnte,

mit denen er nie richtig zurechtgekommen war. Er hatte es aufgegeben, Bonnie auf ihnen zu jagen, und wartete jetzt einfach ab, dass sie von sich aus zu ihm kam, was sie gewöhnlich auch tat. Vermutlich würden die Rollschuhe in der Garage verstauben und den Spinnen als Behausung dienen.

Ich nahm seinen Greifer und zog ihn mehr oder weniger durch den Schnee, was gar nicht so schwer war, da seine Füße aus flachen Platten bestanden, die ähnlich wie Schlittenkufen funktionierten. Bald glitt er mühelos dahin, und ich fragte mich, wie ich ihn bremsen sollte. Tang ist nicht gerade leicht gebaut. Doch vor dem Skilift ging es etwas bergauf, und ich wurde automatisch langsamer und er mit mir.

»Nein«, sagte der Liftführer und deutete kopfschüttelnd auf Tang.

»Was soll das heißen?«

»Das da können Sie nicht mit in den Lift nehmen.«

»Wieso? Was ist denn mit ihm?«

»Schauen Sie ihn doch an, er passt gar nicht da rein. Man kann den Sicherheitsbügel nicht schließen.«

»Kann er nicht auf einem dieser runden Dinger fahren, bei denen die Beine herunterhängen?« Ich deutete auf die Lifte am Idiotenhügel. »Es ist ja nicht so, dass ich mit ihm auf die schwarze Piste will.«

»Mag sein, aber was soll er an die Füße ziehen? Glauben Sie etwa, wir hätten Ski für Leute mit quadratischen Füßen?«

Der Gedanke war mir gar nicht gekommen. Vermutlich betrachtete ich Tang einfach als seltsam geformten Menschen und hatte mir gar keine Gedanken um seine Plattenfüße gemacht.

»Sie sind rechteckig, nicht quadratisch«, korrigierte ich ihn. Der Liftführer hob nur die Augenbraue.

»Wir sind vom Ferienhaus bis hier gerutscht. Vielleicht braucht er gar keine Ski. Er könnte einfach so den Hügel runterrutschen.«

»Das könnte er ganz sicher, aber ich werde ihn nicht lassen.«

»Wieso nicht?«

»Weil die Vorschriften besagen, dass niemand ohne Ski oder Snowboard auf die Piste darf. Wir haben keine Lust, Leute zu retten, nur weil sie sich in den Kopf gesetzt haben, auf der Skipiste zu wandern, und über den Haufen gefahren werden. Wenn Sie raufwollen, müssen Sie auf einem Sportgerät wieder runterkommen. So lautet die Vorschrift.«

Tang zupfte an meinem Ärmel.

»Du hörst, was er sagt. Kann nicht da rauf. Müssen zurück in Haus und Diesel trinken, ja?«

Ich seufzte, funkelte den Liftführer böse an und schob Tang aus der Hütte.

»Na schön, gehen wir nach Hause.«

Tang machte sich geradezu begeistert daran, neben mir zurück zum Ferienhaus zu rutschen. Nun, da die Drohung des Skilaufens aus der Welt war, fand er tatsächlich Spaß daran, auf seinen Platten dahinzugleiten.

»Schau, Ben, schwebe wie Jasmine.«

»Ja, da hast du recht.«

»Mich ziehen«, sagte er, und als ich stehen blieb, trat er

hinter mich und umklammerte meine Jacke. »Jetzt gehen, Ben!«

Ich trottete los und kam mir vor wie ein Maultier, als ich Tang so hinter mir herzog, doch solange er seinen Spaß im Schnee hatte, sollte es mir recht sein.

»Ben! Ist wie in Kalifornien mit Boden!«

Ich lächelte. »Ja, das stimmt.« Wir waren dort im Gebäude einer Firma gewesen, die Roboter herstellte, und Tang hatte festgestellt, dass die glänzend polierten Marmorböden eine wunderbare Schlittschuhbahn abgaben. Hätte ich mich früher daran erinnert, wäre er wohl längst bereitwillig aus dem Haus gegangen.

»Da rüber!«, instruierte mich Tang, als wir uns dem Haus näherten, und ließ mit einem Greifer meine Jacke los, wobei er ein bisschen hin und her wackelte. Er deutete auf einen gewaltigen Schneehaufen, den man beiseitegeschaufelt hatte. Ich zog ihn hinauf. Er ließ meine Jacke los und stellte sich neben mich.

»Helfen, Ben«, sagte er, kippte nach vorn und sauste den kleinen Hang hinunter. Unten angekommen, plumpste er scheppernd aufs Hinterteil. Ich fluchte leise vor mich hin und rannte zu ihm, doch er grinste nur.

»Noch mal! Noch mal!« Ich zog ihn auf die Füße, und nun wackelte er allein den Hang hinauf und rutschte mir, ehe ich mich versah, entgegen. »Noch mal, noch mal!«

Und so ging es eine ganze Weile.

»Tang, Kumpel, mir wird kalt. Können wir jetzt bitte reingehen?«

Er sauste noch einmal herunter und blieb mit trauriger Miene vor mir stehen.

»Müssen wir?«

Ich betrachtete lächelnd den Schnee, der an seinen Plattenfüßen klebte, und die Spuren, die er auf dem kleinen Hang hinterlassen hatte. Letztlich war Tang nun doch zum Skiläufer geworden.

Den Rest der Ferien verbrachten wir damit, Tang abwechselnd dabei zuzuschauen, wie er den kleinen Hügel neben dem Haus hinunterrutschte. Manchmal reichte es, dass wir mit einem warmen Kakao am Fenster standen und den Daumen in die Höhe reckten, doch in neunzig Prozent der Fälle verlangte er, dass ihn wenigstens einer von uns begleitete.

Bonnie teilte seine Begeisterung, nachdem sie entdeckt hatte, dass es viel spaßiger war, auf unserem Schoß auf einem Backblech den Hang hinunterzurutschen, als den Schnee zu essen. Amy und ich schafften es nur ein- oder zweimal auf die Piste. Mir machte es nichts aus, denn wir hatten Spaß, und das allein zählte. Selbst wenn die Leute uns komisch ansahen. Das waren wir schließlich gewöhnt.

Vielleicht lag es daran, dass unsere Familie zusammen war oder ich mich zum ersten Mal seit Monaten entspannt fühlte, jedenfalls war der letzte Abend im Ferienhaus besonders lustig.

Amy und ich waren nicht richtig zusammen, hatten aber so viel Schönes erlebt, dass es nicht wichtig schien. Sie war hier, sie war die Mutter meines Kindes, und ich würde sie jeden Tag sehen, solange sie in meinem Haus leben wollte. Vielleicht würde sie irgendwann jemanden kennenlernen und ausziehen. Aber nicht heute, und dafür war ich dankbar. Ich war dankbar für jeden Morgen, an dem sie noch da war, an dem Bonnie da war, an dem die Roboter da waren und an dem Jasmine keine Befehle von Bollinger mehr entgegennehmen wollte. Ich sah ein Licht am Ende des Tunnels, und wir genossen die Sonne, solange sie schien.

Jemand schlug mir mit einem Baguette auf den Kopf und riss mich aus meinen Gedanken. Ich drehte mich um und sah Amy, die gerade Knoblauchbutter auf Brotscheiben strich, übers ganze Gesicht grinsen.

»Du warst weit weg.«

»Das stimmt. Brauchst du Hilfe?«

»Da sage ich nicht nein. Du könntest die Zwiebeln hacken.«

Wir standen nebeneinander und bereiteten ein Festmahl in Form von Spaghetti Bolognese vor. Das war meine Schuld. Als ich den Zimmerservice gebucht hatte, hatte ich einen Tag zu wenig angegeben. Als wir feststellten, dass man uns heute nichts mehr liefern würde, hatte Amy erklärt, dann würden wir eben selbst kochen, statt ins Restaurant zu gehen. Und als ich die Kinder über die Frühstückstheke hinweg beobachtete, wie sie nach falschen Regeln KerPlunk spielten und einen Riesenspaß dabei hatten, wusste ich, dass Amy recht gehabt hatte.

Mir wurde klar, dass ich nicht ehrlich mit mir war. Natürlich machte es mir etwas aus, dass wir nicht zusammen waren, natürlich wollte ich sie zurück. Amy nur tröstend oder freundschaftlich im Arm zu halten war nicht genug. Ich wollte wieder ihr gehören, und niemand außer mir sollte sie haben. Ich liebte sie noch immer. Die Frage war nur, liebte sie mich auch?

Ich bewarf sie mit einem Stück Zwiebel, eine verspätete Retourkutsche für das Baguette, und sie quiekte laut und warf mit geriebenem Parmesan zurück, den ich mit einem Stück Lauch konterte, und ehe wir uns versahen, waren wir mitten in der schönsten Essensschlacht, bis Tang schließlich »Aufhören!« schrie.

Wir hielten abrupt inne und schauten zu den Robotern und Bonnie, die uns anstarrten. Von Amys Ellbogen tropfte Tomatensoße auf den Boden. Tang zuckte seufzend mit den Schultern. »Nicht nett, mit Essen werfen.«

Wir bemühten uns, möglichst zerknirscht auszusehen.

»Tut mir leid, Tang, du hast recht. Wir waren sehr albern«, sagte Amy kichernd, was Tang gar nicht komisch zu finden schien.

»Schlecht für Bon-niiee. Nimmt Gewohnheiten an.«

»Entschuldigung«, murmelte ich. Um mein Grinsen zu verbergen, drehte ich mich um und öffnete eine Weinflasche. Ich kippte ein bisschen Wein über die Soße und schenkte Amy und mir ein Glas ein. Tang, Jasmine und Bonnie waren zu ihrem Spiel zurückgekehrt, und während das Essen vor sich hin köchelte, schauten wir ihnen so ruhig und manierlich wie nur möglich zu.

31

Logik

»Erinnerst du dich an unsere erste Verabredung?«, fragte Amy, nachdem wir es uns gemütlich gemacht hatten. Die Roboter und Bonnie waren in ihren Zimmern, schliefen oder waren kurz davor. Jasmine las vermutlich noch, wieder einen Liebesroman, den sie hoffentlich nicht mit Tang diskutieren würde. Die Spülmaschine war eingeräumt, und uns blieb nichts anderes zu tun, als auf dem Sofa zu sitzen und etwas zu trinken. Plötzlich wurde ich nervös.

»Natürlich, du hast mir deine Schuhe gezeigt.« Amy hatte ein dunkelblaues, knielanges Wickelkleid getragen. Ich hätte sie am liebsten ausgewickelt. Sie hatte das eher konservative Kleid mit Lackleder-Pumps in Neonpink kombiniert, auf die sie sehr stolz gewesen war.

Sie legte die Hand an die Stirn und wurde rot.

»Hör auf. Ich habe keine Ahnung, was mich dazu getrieben hat, dir diese Dinger zu zeigen. Das ist mir jetzt noch peinlich.«

Ich lachte.

»Ich war so nervös. Ich hatte wohl befürchtet, du könntest Anwältinnen langweilig finden. Und wollte dir beweisen, dass ich wenigstens ein bisschen verrückt bin.«

»Ich hätte dich nie nur wegen deines Jobs für langweilig gehalten. Bryony ist meine Schwester, ich weiß, wie Anwältinnen sind.«

»Eben drum.« Sie grinste boshaft.

»Ich glaube, jetzt hast du zum ersten Mal etwas gegen Bryony gesagt!«

Und es stimmte. Der Boden unter meinen Füßen bewegte sich, dies war eine tektonische Plattenverschiebung in unserer Beziehung. Ich war immer davon ausgegangen, dass Amy sich zuallererst meiner Schwester verpflichtet fühlte, weil sie einander länger kannten, und dass Bryony für sie stets an erster Stelle kommen würde.

Dann verdrängte ich meine Angst und betrachtete die Situation logisch. Amy war hier, bei mir, im Urlaub, mit unserer Familie, sie lebte mit mir und unserem Kind zusammen. Sie hatte Tang akzeptiert und dann auch noch Jasmine. Und als Roger sie und Bonnie hinausgeworfen hatte, war sie zu mir statt zu Bryony gegangen.

Das Einzige, was Amy noch daran hinderte, mit mir zusammen zu sein, war ich selbst.

»Ich bin vor deiner Tür«, schrieb ich. Nur fünf Wörter, aber ich las sie wieder und wieder, um mich davon zu überzeugen, dass ich das Richtige tat. Mein Daumen schwebte über der Taste. Gut, es war riskant. Oder nicht? Amy könnte die Nachricht einfach ignorieren.

Aber in diesem Urlaub hatte sich etwas verändert. Es war fast, als hätten wir uns gerade erst kennengelernt, als hätte ich eine Flasche voller Dinge, die ich ihr sagen wollte und deren Stöpsel jeden Augenblick herausfliegen konnte.

Die Hoffnung siegte, ich schickte die SMS. Und bereute es sofort. Es gab kein Zurück.

Gerade eben war mir die SMS noch ganz passend erschienen. Jetzt fand ich sie auf einmal gruselig und fragte mich, weshalb ich nicht einfach angeklopft hatte.

Ich lehnte die Stirn gegen die Tür und hoffte, dass Amy öffnen möge. Oder lieber nicht? Es war doch gut gelaufen mit unserer Familie, was wollte ich mehr? Fünf Minuten. Ich würde noch fünf Minuten warten, nur für den Fall, dass sie nicht auf ihr Handy geschaut hatte.

Der Gedanke war noch nicht zu Ende gedacht, als die Türklinke von innen niedergedrückt wurde. Ich trat zurück, um Amy nicht würdelos entgegenzufallen.

Dann standen wir einander gegenüber, und die ganzen Klischees prasselten auf mich ein – mit einem Fuß am Abgrund, am Rand einer Klippe, der Schritt ins Unbekannte. Sie lächelte und ließ mich herein, nahm mir die Whiskygläser aus der Hand und zog die Flasche unter meinem Arm hervor. Ich wollte einen Witz machen, um die Spannung zu lösen, aber mir fiel keiner ein. Eigentlich fiel mir gar nichts ein. In solchen Situationen greift man gewöhnlich zu einem Drink. Ein Drink gibt einem etwas, an dem man sich festhalten, mit dem man Zeit gewinnen kann. Oft führt er zu zwei Drinks oder mehr, und am nächsten Tag kann man sagen, der Alkohol sei schuld gewesen, nicht die Liebe. Aber in Wahrheit liegt es nie am Alkohol.

Wenn ich mich jetzt falsch verhielt, wäre alles in Gefahr: unsere Harmonie, die unserer Kinder, ihr Glück.

Es war ein Wagnis. Aber Amy hatte die Tür geöffnet. Das war ein guter Anfang.

Sie wollte nach dem Whisky greifen, und ich berührte ihren Arm. Sie sah mich an, eine halbe Sekunde dehnte sich ins Unendliche.

Ich wagte nicht, mich zu bewegen. Wenn ich auch nur mit dem Daumen über ihren Unterarm strich, wären wir beide verloren. Sie musste den ersten Schritt machen.

Aber den hatte ich ihr abgenommen, indem ich die SMS geschickt und den Arm nach ihr ausgestreckt hatte. All das schoss mir in Sekundenbruchteilen durch den Kopf.

Ich spürte, wie mir das Blut in den Adern gefror. Jetzt war es an ihr. Wenn Amy auch nur einen Schritt machte, die Hand auf meinen Arm legte, so wie ich meine Hand auf ihrem hatte, würde ich hier und jetzt zu einer Pfütze schmelzen.

Ich konnte mich nicht bewegen. Aber wir konnten auch nicht ewig so stehen bleiben. Einer von uns musste die Initiative ergreifen.

Meine Kehle war ganz eng vor Sehnsucht. Einen halben Schritt, mehr brauchte es nicht, und mein Mund läge auf ihrem. Dann würde sie zurückweichen und mich vermutlich ohrfeigen.

Oder auch nicht. Vielleicht würde sie meinen Kuss erwidern, und danach würde ich ihr alles sagen, was mir im vergangenen Jahr durch den Kopf gegangen war. Ich würde ihr sagen, dass ich beim allerersten Blick in ihre Augen gewusst hatte, dass es mich erwischt hatte. Dass ich sie immer geliebt hatte und nie so sehr wie in diesem letzten Jahr. Dass ich im Nachhinein froh über die Trennung war, weil ich sie dadurch erst richtig schätzen gelernt hatte.

Ich würde sie fragen, ob sie sich an unseren ersten Kuss

erinnerte und wie sie sich danach gefühlt hatte. Ob sie sich erinnerte, wie wir bei Bryony zum Abendessen gewesen waren und nebeneinandergesessen hatten und etwas Seltsames zwischen unseren Armen hin- und hergesprungen war, die nur einen Zentimeter voneinander entfernt auf dem Tischtuch ruhten. Dass ich hoffte, sie hätte es auch gespürt. So etwas war mir noch nie passiert, und es wäre schade, wenn nur ich es so empfunden hätte. Ich würde sie fragen, ob sie es auch jetzt spürte.

Aber das lag noch in der Zukunft, zuerst musste ich diese Sekunde bewältigen.

Das Blut rauschte in meinem Kopf, es tat richtig weh. Alles war gefangen in diesem zerbrochenen Augenblick, einer fragilen Skulptur aus verlorener Zeit, die aus hundert Momenten bestand, in denen ich mir insgeheim gewünscht hatte, alles wäre anders gelaufen.

Und dann war sie da, wie aus dem Nichts, drückte sich an mich, streckte mir das Gesicht entgegen. Sie umfasste meinen Oberarm und schlang den anderen Arm um meinen Rücken. Es ging so schnell, dass ich kaum merkte, was sie tat. Dann löste sich meine Starre, das Blut floss wieder, und ich küsste sie.

Am nächsten Tag waren wir mit unserer Truppe auf dem Weg vom Ferienhaus zur Rezeption, die Heimreise stand an. Es wäre sinnvoll gewesen, einen Trägerroboter zu ordern, aber Amy und ich waren zu abgelenkt gewesen, um daran zu denken.

»Was ist das?«, fragte Tang und schaute Amy und mich prüfend an.

»Was meinst du?« Ich hatte nur Augen für Amy. Sie war wunderschön. Ich musste sie die ganze Zeit ansehen.

»Das Gesichtsding. Hast Amys Gesicht gequetscht. Warum machst du das?«

Amy lächelte und wurde rot, während ich mich um eine Antwort bemühte.

»Es nennt sich Küssen, das machen Leute, wenn … ach egal.« Ich wollte das jetzt nicht näher ausführen und die Stimmung verderben. Amy und ich hatten selbst noch nicht über das gesprochen, was geschehen war. Im Augenblick war ich zufrieden, solange sie lächelte.

Tang war allerdings nicht zufrieden.

»Verstehe nicht. Nicht logisch.«

Ich musste lachen.

»Na ja … es ist wohl nicht logisch. Aber wir machen es trotzdem.« Und zum Beweis küsste ich Amy noch einmal. Tang wandte sich angewidert ab, doch aus dem Augenwinkel sah ich, dass er lächelte. Auch Bonnie und Jasmine hatten ihren Spaß. Bonnie spielte »Greif den Kleiderbügel«, und Jasmine zog ihn lachend weg. Vielleicht hatte ich mir unnötige Sorgen gemacht. Vielleicht würde doch noch alles gut.

32

Heimkehr

Der harte Schnee knirschte unter den Reifen, als wir am frühen Abend nach Hause kamen. Es schneite ein bisschen, und laut Wettervorhersage war dies erst der Anfang, so dass uns der Anblick des Hauses sehr willkommen war. Als wir in die Einfahrt bogen, sagte Amy: »Schau mal, im Wohnzimmer brennt Licht.«

»Mr Parkes muss es angelassen haben, als er Katze gefüttert hat.«

»Im Wohnzimmer? In der Küche könnte ich es ja verstehen, aber …«

»Vielleicht dachte er, es würde Einbrecher abschrecken, wenn er dann und wann das Licht einschaltet.«

Amy nickte, wirkte aber nicht sonderlich überzeugt. Als wir unsere halb menschliche, halb elektronische Familie durch die Haustür bugsiert hatten, begann ich, ihre Bedenken zu teilen. Keine Spur von den Katzen, aber es war jemand im Haus.

Und dort saß, im alten Lehnstuhl meines Vaters, die Personifizierung aller unserer Befürchtungen. Ich wollte Amy zurufen, sie solle Bonnie und die Roboter in Sicherheit bringen, aber sie standen schon neben mir auf der Schwelle.

Bollinger erhob sich, strich sein Hemd und das schulterlange weiße Haar glatt und ging Amy dann mit ausgestreckter Hand entgegen. Sie reichte mir Bonnie.

Mein Magen zog sich zusammen, als Bollinger ihre Hand ergriff, und ich musste mich beherrschen, um ihn nicht von ihr wegzureißen. Andererseits war Amy eine erfahrene Kickboxerin und wusste sich zu verteidigen. Also griff ich mir Bonnie, die mit Tang ins Haus gekommen war. Tang selbst drängte sich an mir vorbei, gefolgt von Jasmine.

»Nein, warte, stopp …«

Er blieb drohend vor Bollinger stehen, der ihn mit einem breiten, verstörenden Lächeln ansah und die Arme ausbreitete.

»James!« Ich biss die Zähne zusammen, als ich Tangs früheren Namen hörte. Dieses eine Wort raubte uns jede Hoffnung, dass Bollinger gekommen sein könnte, um unserer Familie seinen Segen zu erteilen.

»Warum hier?«, fragte Tang.

»Darfst du denn so mit mir reden?«

»Ja.«

Tang hatte das Konzept der rhetorischen Frage nie durchschaut und würde jetzt auch nicht damit anfangen.

Bollinger ignorierte ihn und wandte sich zu mir.

»Und das muss Bonnie sein«, sagte er und winkte ihr zu. Sie bedachte ihn mit einem strafenden Blick, den sie von Amy geerbt hatte.

»Darf ich?« Bollinger streckte tatsächlich die Arme nach ihr aus. Ich drehte mich schützend weg.

»Sie machen wohl Witze. Nie im Leben.«

Er wandte sich achselzuckend ab.

»Sie waren nicht hier, als ich angekommen bin, also habe ich es mir gemütlich gemacht.« Er schaute sich um, lupfte die Hosenbeine und setzte sich wieder in den Sessel.

»Offensichtlich«, sagte ich zähneknirschend. Und dann, ohne ihn aus den Augen zu lassen: »Jasmine, du hast gesagt, du hättest nicht mehr gesendet.«

»Das habe ich auch nicht. Ich habe seit damals keine Koordinaten mehr geschickt.«

»Warum ist er dann hier? Ich bin sehr enttäuscht, Jasmine. Geh auf dein Zimmer!«

Das rote Licht, das ihr Auge markierte, senkte sich, und sie schwebte auf einmal deutlich tiefer über dem Boden. Dann drehte sie sich um und verließ das Zimmer.

Aus dem Augenwinkel bemerkte ich, wie Tangs Miene sich verdüsterte. Vielleicht hatte ich überreagiert. Es wäre auch zu viel verlangt, dass sie ihre Programmierung vollkommen über den Haufen warf.

Bollinger grinste breit, sein Gelächter hallte durchs Zimmer.

»Was gibt es da zu lachen?«, fragte Amy.

»Nicht Jasmine hat mir verraten, wo Sie wohnen. Ihre Übertragungen haben nämlich aus heiterem Himmel aufgehört. Aber damit hatte ich gerechnet.«

»Sie wussten, dass sie sich gegen ihre eigene Programmierung wenden würde?«

Bollinger leckte sich die Lippen. »Es erschien mir plausibel. Mich hat schon einmal ein Roboter verraten.« Er schaute demonstrativ zu Tang, der sich an mein Hosenbein klammerte. »Ich konnte meinen Plan nicht von den

Launen eines Roboters abhängig machen. Jasmine musste senden, sie konnte nicht anders. Ich habe ihr einen Peilsender eingebaut.«

»Das ergibt tatsächlich mehr Sinn als der Plan, von dem sie uns berichtet hat«, sagte ich.

Bollinger schüttelte lachend den Kopf. »Sie hat Ihnen nur gesagt, was sie Ihnen sagen sollte. Keine Ahnung, wie es Ihnen gelungen ist, aber Sie haben tatsächlich beide Roboter gegen mich aufgehetzt.«

»Das haben Sie ganz allein geschafft«, sagte Amy boshaft.

Jetzt lachte Bollinger nicht mehr. Seine Augen wurden hart und undurchdringlich, so wie auf der Insel, bevor er Tang und mich gefangen nehmen wollte. Ich drückte Bonnie fester an mich.

»Roboter sollen ihrem Herrn dienen«, keifte er. »Und ihr Herr bin ich. Ich habe sie gebaut, sie gehören mir!«

»Das ist unlogisch«, konterte Amy. »Demnach wäre jeder Mensch, der einen Androiden kauft, gezwungen, gegen dessen Programmierung anzugehen. Der Konstrukteur ist in der Regel nicht der Herr.«

»In meinem Fall schon! Es ist meine Technologie, und ich will sie zurück!«

»Fangen Sie nicht wieder damit an, das hatten wir schon«, unterbrach ich ihn. »Tang und Jasmine bleiben hier, Schluss, aus.«

»Sie dreckiger Dieb!«, schrie Bollinger und sprang auf. »Dafür kommen Sie ins Gefängnis!«

Amy und ich wichen zurück, Bonnie fing an zu weinen.

Sein Zorn legte sich so rasch, wie er aufgelodert war. »Es tut mir leid.« Er hob die Arme und setzte sich wieder.

»Aber Sie wissen, dass Sie gegen das Gesetz verstoßen. Das kann Ihre Lady Ihnen genau erklären.«

»Ich weiß. Und doch werde ich gegen Sie kämpfen, solange ich es kann.«

»Das brauchst du nicht«, sagte Amy und trat vor. »Sie haben gegen Ihre Obhutspflicht verstoßen, Bollinger. Wenn das hier vor Gericht geht, schickt man Sie sofort zurück auf Ihre Insel, und zwar ohne die Roboter. Tang bleibt hier. Und Jasmine auch.«

Bollingers Gesicht verdüsterte sich. Um ein Haar hätte Amy es geschafft, ihn zu verunsichern. Doch dann fasste er sich wieder und lächelte.

»Erst müssen Sie Jasmine finden.« Er schaute an mir vorbei. Während der hitzigen Diskussion hatte ich gar nicht bemerkt, dass Tang mein Hosenbein losgelassen hatte und verschwunden war. Jetzt kam er wieder herein und bestätigte, was Bollinger schon angedeutet hatte.

»Jasmine ist weg. Gehe suchen.«

Panik brach aus, nur Bollinger blieb völlig ungerührt. Er saß im Lehnstuhl meines Vaters, die Fingerspitzen aneinandergelegt, schadenfroh, eine boshafte Schmeißfliege, die der Klatsche entgangen war.

Bonnie wollte sich gar nicht beruhigen, also reichte ich sie an Amy weiter. Wir versuchten fieberhaft, uns einen Plan zurechtzulegen.

»Du musst sie suchen«, sagte Amy, aber so einfach war es nicht.

»Ich kann dich und Bonnie nicht mit diesem Mann allein lassen. Er ist gefährlich.«

»Ben, wir kommen schon zurecht. Du suchst Jasmine. Tang kann das nicht allein.«

»Wieso nicht? Er ist allein um die halbe Welt gereist. Er kann viel mehr, als wir ihm zutrauen.«

»Darum geht es nicht! Ich will ihn nicht kränken, aber Tang ist einfach zu langsam. Jasmine kann schon kilometerweit entfernt sein, wenn er gerade mal das Ende der Straße erreicht hat.«

»Ich gehe!«, sagte Tang laut und deutlich. Amy und ich schauten ihn an. »Habe Plan.«

Er stand mit ernsthafter Miene vor uns und hielt seine verstaubten Rollschuhe in die Höhe.

Ich lief im Zimmer auf und ab, während Tang unterwegs war. Amy saß in der äußersten Ecke des Wohnzimmers, beruhigte Bonnie und ignorierte jeglichen Konversationsversuch von Seiten Bollingers. Er gab sich gelassen und tat, als liefe alles nach Plan.

Irgendwann hielt ich es nicht mehr aus und flüsterte Amy ins Ohr: »Ruf die Polizei.«

Sie sah mich mit großen Augen an. »Aber du …«

»Trotzdem. Du bist Anwältin, ich verlasse mich auf dich.«

»Ich bin keine Strafverteidigerin.«

»Das ist mir egal. Es ist unsere einzige Chance. Sieh ihn dir an.« Amy schaute an mir vorbei zu Bollinger. »Der geht nicht freiwillig. Er ist sich seiner Sache ganz sicher.«

»Er blufft. Vielleicht können wir ihn davon überzeugen, uns in Ruhe zu lassen.«

»Niemals. Ruf einfach die Polizei. Ich lenke ihn solange ab.«

Amy stand auf und vergrub ihr Gesicht in Bonnies Haaren, damit sie ihre Mutter nicht weinen sah. Ich küsste erst Bonnie und dann Amy, wobei ich ihr mit den Daumen Tränen abwischte. Dann nickte sie entschlossen und verließ das Zimmer.

Bollinger schien sich seiner Sache absolut sicher. Wir hatten keine Ahnung, ob er irgendeinen Einfluss besaß oder den Behörden, die ihn verbannt hatten, nützlich sein konnte. Er schien das jedenfalls zu glauben. Als ich mich wieder hinsetzte und ihm in die Augen sah, bemerkte ich jedoch eine winzige Spur von Ungewissheit. Sie verschwand sofort wieder, und wir funkelten einander an.

Ich hätte ihn am liebsten richtig vermöbelt, aber es hätte wohl einen schlechten Eindruck gemacht, wenn ein Mittdreißiger einen Rentner verprügelte, so durchgedreht er auch sein mochte.

»Also«, sagte ich und hoffte, irgendeine sinnvolle Aussage zustande zu bringen, »Sie haben uns also gefunden.« Sehr sinnvoll.

Bollinger deutete auf sich selbst. »Wie Sie sehen.«

»Ich habe eine Frage. Warum machen Sie das?«

»Ganz einfach, ich will meine Technologie zurück.« Er wirkte genervt, als versuchte er, einem lernschwachen Kind eine Matheaufgabe zu erklären.

»Nein, ich meine, warum haben Sie einen Roboter wie Jasmine für diese Aufgabe gebaut, wenn Sie ebenso gut eine Drohne hätten schicken können? Warum das Risiko eingehen? Sie mussten damit rechnen, dass sie sich ebenfalls gegen Sie wenden würde. Warum also einen fühlenden Roboter erschaffen?«

»Sie könnten mich ebenso gut fragen, warum ich atme.« Meine Miene musste ihm verraten haben, dass ich ihn nicht verstand. »Meinen Sie etwa, ich könnte nach Tang einfach nur Maschinen bauen? Ein Schöpfer hört nicht auf, wenn er beim ersten Versuch scheitert, er macht weiter, bis sein Werk vollkommen ist.«

»Aber wenn Sie wussten, dass Jasmine Sie verraten würde …«

»Ich wusste es nicht, ich habe es vermutet. Man kann nicht vorhersagen, wie sich ein fühlendes Wesen verhalten wird, weshalb ich vorsichtshalber den Peilsender eingebaut habe.«

Es schien, als würde er unserer Unterhaltung überdrüssig, aber Amy war noch nicht zurück. Ich musste ihn hinhalten.

»Genau das meine ich. Warum überhaupt einen fühlenden Roboter erschaffen?«

Ich drehte mich im Kreis, hoffte aber, dass ich ihn lange genug ablenken konnte.

»Die Frage habe ich bereits beantwortet. Wollen Sie einfach dasitzen und sinnlose Fragen stellen, bis die Roboter wieder da sind?«

»Was bringt Sie auf den Gedanken, sie würden zurückkommen?«

»Sie wissen, wer ihr Herr ist.«

Jetzt war es an mir zu lächeln. »Sie haben keine Ahnung, Bollinger. Sie sind ebenso wenig ihr Herr, wie ich es bin. Die beiden sind ihre eigenen Herren, und falls Sie das nicht begreifen, haben Sie sie auch nicht verdient.«

»Es geht nicht darum, ob ich sie verdiene, oder? Sie sind mein rechtmäßiges Eigentum.«

»Und ihr freier Wille hat nichts damit zu tun?«

»Nicht viel.«

»Das werden wir ja sehen.« Dann kam mir eine Idee. »Noch eine Frage: Warum haben Sie ihnen überhaupt einen freien Willen gegeben? Können Sie keinen fühlenden Roboter ohne freien Willen bauen, wenn Sie wirklich so ein Genie sind?«

Er funkelte mich an, schaute dann zu Boden wie ein schmollendes Kind und murmelte etwas von unerfreulichen Nebenwirkungen.

Ich war mir nicht sicher, ob ich noch mehr aus ihm herausquetschen konnte, doch in diesem Augenblick kam Amy mit Bonnie herein. Sie drückte meine Schulter, und als ich mich umdrehte, sagte sie: »Es ist erledigt.«

Ich bemerkte etwas am Rand meines Blickfelds, und was danach kam, sind nur noch Bruchstücke in meiner Erinnerung.

Plötzlich saß Bollinger nicht mehr im Lehnstuhl meines Vaters, sondern ging auf Amy zu, die Bonnie auf dem Arm hielt. Er streckte die Hände nach ihr aus, und ich wusste sofort, dass er sie töten wollte.

Ich sprang dazwischen, worauf sich seine Hände um meine Kehle schlossen. Amy begann zu schreien. Bonnie weinte.

Dann schepperte es, ich bemerkte etwas Graues neben mir, Bollingers Griff lockerte sich, ich konnte mich losreißen. Ein lauter Krach, ein Schrei, dann spürte ich einen brennenden Schmerz am Hinterkopf. Ich glaubte zu fallen und hörte einen Aufprall und sah das Zimmer plötzlich aus einem völlig anderen Winkel.

Dann wich alles vor mir zurück, oder vielleicht entfernte ich mich von allem. Es wurde dunkler, ich konnte nicht mehr richtig hören. Ich dachte noch, wie schade es war, dass meine Eltern Bonnie nicht kennengelernt hatten und dass ich ihnen bald von ihr erzählen könnte.

Das Letzte, was ich hörte, waren Geschrei und ein lauter Knall an der Haustür, aber ich konnte nicht hingehen und öffnen.

Ich glaube, jemand sagte: »Er ist hier drinnen.« Amy rief um Hilfe. Und ich war ganz weit weg.

33

Im Himmel

Ich sah etwas Rotes. Dann wurde mir klar, dass es das Innere meiner Augenlider war. Ich öffnete die Augen und sah ein helles Licht. Schmerzen hatte ich keine.

»Bin ich tot?«, fragte ich.

Etwas bewegte sich, dann tauchte Amys Gesicht vor mir auf. Meine Amy. Meine Frau. Sie weinte und lächelte zugleich. Moment – wenn ich tot war und Amy auf meine Stimme reagierte, musste sie auch tot sein.

Sie strich mir über die Haare.

»Bist du auch tot? Was ist mit Bonnie? Und den Robotern? Was ist los?«

»Hey, ganz ruhig, niemand ist tot. Uns allen geht es gut.«

»Aber da ist ein Licht …«

»Ja, du bist im Krankenhaus. Du hast dir den Kopf gestoßen. Warst bewusstlos. Du hast eine gewaltige Gehirnerschütterung, aber du wirst wieder gesund.«

»Oh.« Dann spürte ich den Schmerz im Hinterkopf. Er wurde mit zunehmendem Bewusstsein schlimmer. Ich zuckte zusammen, und Amy schob mir etwas in die Hand.

»Hier. Einfach den Knopf drücken, wenn es weh tut. Das ist eine Schmerzpumpe, die du selbst bedienen kannst.«

»Tang …«

»Dem geht es gut, zumindest erholt er sich bald wieder. Kato sagte, er würde ihn begutachten und ihn dann zum Krankenhaus bringen; vielleicht sind sie schon hier, ich weiß es nicht genau. Während du bewusstlos warst, sagten die Ärzte, du dürftest außer mir keinen Besuch bekommen, solange du auf dieser Station bist.«

»Was meinst du damit, Tang wird sich bald wieder erholen? Was ist passiert?«

»Er hat Bollinger von dir runtergestoßen und dabei einen Schlag abbekommen. Er ist eine Naturgewalt, wenn er richtig in Fahrt gerät. Bei der Landung haben sich ein paar Bauteile gelöst, aber Kato bringt ihn wieder in Ordnung.«

Ich war froh zu hören, dass Amy Kato vertraute, und ich wollte noch länger darüber reden. Aber plötzlich wurde ich sehr müde und musste mich zwingen, wach zu bleiben und ihr weiter zuzuhören.

»Du bist nach hinten gekippt und mit dem Kopf gegen das Sideboard geprallt. Da ist jetzt eine Delle drin. Im Sideboard, meine ich.«

»Bollinger …«

Amy atmete scharf ein.

»Wegen dem solltest du dir keine Gedanken machen. Du brauchst jetzt Ruhe.«

»Bollinger«, wiederholte ich, und Amy seufzte. Sie öffnete ihren Mund, um zu sprechen, wurde aber von einem Krankenpfleger gerettet, der meinen Blutdruck messen wollte. Er teilte mir außerdem mit, da ich nicht vom Tode bedroht sei, würden sie mich auf eine normale Station verlegen, sobald jemand mich begleiten könne. Alles, woran ich denken konnte, war, dass ich meine Familie sehen würde. Dann schlief ich ein.

Als ich aufwachte, hatte man mich in ein Einzelzimmer auf einer anderen Station verlegt, aber die Besuchszeit hatte noch nicht begonnen, also saß nur Amy an meinem Bett.

Wir redeten nicht, aber sie hielt meine Hand, und ich genoss ihre Nähe, trotz der Umstände.

Später kam Bryony mit Bonnie, die auf Amys Schoß Platz nahm und mir eine Überdosis Schmerzmittel verpassen wollte, in dem sie immer wieder wild auf den Knopf drückte. Der Pfleger hatte mir versichert, dass die eingebaute Sicherung das nicht zuließ, und das war gut so.

»Warum hast du geglaubt, du seist tot?«, fragte Bryony ohne jedes Mitgefühl.

»Weil Bollinger versucht hat, mich zu erwürgen. Dann bin ich aufgewacht und habe ein helles Licht gesehen.«

Sie schüttelte den Kopf und murmelte etwas von »typisch Mann, muss den Helden spielen«. Ihre Wimperntusche war verschmiert.

Ich sah Amy an.

»Zuerst kam die Polizei. Gerade rechtzeitig. Dann folgte Kato mit der siebten Kavallerie – Bollingers ehemalige Arbeitgeber.«

Ein Klopfen an der Tür lenkte uns alle ab, und da stand Kato höchstselbst, als ob Amy ihn heraufbeschworen hätte.

»Es tut mir leid, wenn ich störe«, sagte er, »aber Tang fragt nach Ms. Bryony.«

»Warum Bryony?«, fragte ich und versuchte, hinter Kato zu schauen, konnte den Roboter aber nicht entdecken. »Warum ist er nicht hier? Was ist los?«

Bryony rollte mit den Augen und ging zur Tür. »Er hat wahrscheinlich Angst davor, was du sagen wirst. Das sollte doch für jeden nachvollziehbar sein, selbst für meinen tumben Bruder.«

Ich fand Bryonys Reaktion etwas harsch, und das sagte ich ihr auch. »Bring ihn her«, sagte ich. »Ich möchte ihn sehen.« Sie sträubte sich etwas dagegen, herumkommandiert zu werden, tat dann aber wie geheißen. Kato machte ihr Platz, kam ins Zimmer und setzte sich auf den Stuhl neben Amy.

»Amy sagt, du hast uns gerettet, Kato«, sagte ich. »Danke.«

»Ich bitte dich«, sagte er und sah einen Moment lang etwas gepeinigt aus. »Er hätte überhaupt nicht in der Lage sein sollen, dich oder deine Familie zu kontaktieren. Ich wünschte …«

Ich hob meine Hand. »Es gibt keinen Grund, Kato, ehrlich. Du hast uns gerettet.«

»Tang hat dich gerettet«, sagte Kato, aber meine Augen füllten sich mit Flüssigkeit, und ich konnte nur noch nicken.

Amy fuhr mit der Geschichte fort. »Bollinger wird nach Amerika ausgeliefert und dort vor Gericht gestellt. Er muss sich für alles verantworten – den Unfall in Texas, dafür, dass er illegal künstliche Intelligenz gebaut hat, den Mordversuch an uns beiden.«

»Er hätte sofort vor Gericht gehört«, sagte Kato. »Es ist

einfach lächerlich. Man wollte internationales Aufsehen vermeiden, es sollte vertuscht werden.«

Amy schüttelte den Kopf. »Jetzt haben sie erst recht einen Skandal am Hals, und zwar einen gewaltigen. Ich glaube nicht, dass er sich da rauswinden kann. Jedenfalls sind wir in Sicherheit.«

Ich nickte andeutungsweise. Was ich gehört hatte, reichte mir völlig.

Amy holte einen Zettel aus der Tasche und hielt ihn mir hin.

»Ein Typ von Katos siebter Kavallerie hat mir eine Bescheinigung ausgestellt, mit der wir eine Lizenz für Tang bekommen. Und auch für Jasmine. Sie gehören jetzt uns, Ben.«

Meine Kehle wurde eng, ich musste schlucken. Es tat weh. Also lächelte ich, statt etwas zu sagen.

Dann hörte ich ein Scheppern draußen, drehte mich zur Tür und sah Tang, der nervös stehen geblieben war und offenbar Angst hatte, näher zu kommen. Bryony öffnete die Tür noch weiter und schob ihn ins Zimmer.

»Tang«, sagte ich und versuchte, fest, aber freundlich zu klingen, während mir selbst zum Heulen zumute war. »Du solltest nicht ins Haus zurückkommen, solange Bollinger da war, stimmt's? Er hätte dich töten können.« Tang senkte den Blick und zupfte an seinem Klebeband. Ich streckte die Hand aus, und er kam näher und nahm sie. »Aber ich bin froh, dass du gekommen bist. Du hast uns alle gerettet. Ich danke dir.«

Tang blickte auf und grinste über seinen ganzen Laufwerkschlitz. Kato erhob sich von seinem quietschenden

Plastikstuhl, damit Tang sich daraufhieven konnte. Er nahm meine Hand mit seinem Greifer und lehnte den schweren Kopf an meine Schulter.

»Ich liebe dich, Ben.«

»Ich liebe dich auch, Tang.«

Epilog

Die Gerichtsverhandlung, bei der Tang und Jasmine offiziell in unsere Obhut übergeben wurden, wäre ein Kinderspiel gewesen, da man Bollinger bereits für gefährlich geisteskrank erklärt hatte. Doch Amy, die so viel über das Thema gelesen hatte und eben Amy war, bestand auf einer richtigen Verhandlung.

Eine positive Nebenwirkung davon war, dass sie keine Zeit hatte, sich allzu intensiv mit der Vorbereitung unserer zweiten Hochzeit zu beschäftigen. Wir hatten nie die Scheidung eingereicht. Stattdessen erneuerten wir unser Ehegelübde unter unserer Weide, drei Jahre nachdem wir Tang dort vorgefunden hatten. Er trug die Ringe, und Bonnie und Jasmine waren hervorragende und liebenswerte Blumenkinder.

Man hielt uns für verrückt, Ende September eine Hochzeit im Garten zu feiern. Es würde regnen, und es würde zu kalt sein. Wir sagten, das sei uns egal und dass es für uns das Richtige wäre. Tief im Inneren hofften wir jedoch beide inständig, dass es nicht den ganzen Tag regnen würde.

Wir hatten geplant, die Zeremonie unter einem Bogen stattfinden zu lassen, den wir extra für diese Gelegenheit errichteten. Einem Bogen, der mit Blumen geschmückt sein sollte, die wir mit unserer Familie einpflanzen würden. Und der die Pferdekoppel hübsch einrahmen würde, wenn wir den Bogen aus dem Haus betrachteten.

Wir errichteten eine Pergola auf der einen Seite des Gartens, aber wie sich herausstellte, hatten wir einen Altweibersommer, und während der Rest des Landes nicht wusste, ob man dahinschmelzen oder den Sonnenschein feiern sollte, nahmen wir es als Zeichen des Segens für unsere Beziehung. Abgesehen davon, dass Amy, die gerade mitten in der Gründung ihrer eigenen Kanzlei zum Roboterrecht war, ihr vernünftiges langärmeliges Kleid aus dickem Satin in einem Panikkauf gegen eine Alternative tauschen musste, die bei dreißig Grad angenehmer war. Schließlich entdeckte sie drei Tage vor dem Ereignis online eine bezaubernde Retrorobe; ein fließendes Etwas in blassem Pink, Creme und Gold. Ich kann nicht sagen, aus welchem Stoff oder wie es überhaupt genau aussah, weil ich nur Augen für ihr Gesicht hatte. Die Amy, in die ich mich vor so vielen Jahren verliebt hatte, war ein schwacher Abglanz der Frau, die ich jetzt liebte, obwohl ich das zuvor nicht für möglich gehalten hätte. Die Amy, die neben mir stand, als wir unseren Schwur erneuerten, war für mich die Mitte der Welt, meiner Familie, und ich fühlte, dass ich mit ihrer Liebe alles erreichen könnte.

Dieses Mal würde ich mich ihrer als würdig erweisen. Und zu meiner Überraschung versprach sie mir dasselbe.

Wir flitterten in Schottland und nahmen wieder unsere drei Kinder mit. Natürlich war es ein bisschen chaotisch, aber wir hätten es nicht anders haben wollen.

Dank

Mein Dank gilt zuerst und vor allem meiner Familie, besonders Stef, Toby, Mum, Phil und Jane für ihre emotionale und praktische Unterstützung. Außerdem meiner Schreibgruppe: Pete, Pete, Liz, Sarah, Den, Cheryl, Carla und Ray – danke, dass ihr euch meine Geschichten angehört und an mich geglaubt habt, auch als Selbstzweifel sich einschlichen. Ihr seid alle sehr besonders für mich.

Ferner danke ich der unglaublichen Andrew Nurnberg Agency für all ihre harte Arbeit für Tang: Ich staune jedes Mal darüber, was ihr alles möglich macht. Besonderer Dank an Jenny Savill, Sabine Pfannenstiel und Halina Koscia.

Schließlich bedanke ich mich bei meinen Verlagen, dem S. Fischer Verlag und Shogakukan, für den Austausch, das Lektorat, die Übersetzung und dafür, dass sie einem kleinen Roboter einen großen Empfang bereitet haben.

Graeme Simsion

Der Rosie-Effekt

Roman

Aus dem australischen Englisch von Annette Hahn

Band 03185

Nach dem Mega-Bestseller ›Das Rosie-Projekt‹
geht es hinreißend weiter!

O Baby! Don Tillman, der unwahrscheinlichste romantische Held, den es je gab, hat seine Rosie gefunden. Aber mit dem Happy-End wird es erst richtig kompliziert. Don entdeckt die Liebe nach der Heirat. Und dabei erkennt er: In der Ehe steht Vernunft nicht immer an erster Stelle.

»So schräg und witzig wie die TV-Serie
›The Big Bang Theory‹«
Julia Meyer-Hermann, Bild

»Himmlisch gut und entwaffnend charmant!«
Renate Pinzke, Hamburger Morgenpost

fi 03185 / 2